大智 53

水滸傳

下

白話本

原著◎施耐庵
改寫◎張原

大智系列53

白話本**水滸傳**【下】

原　　著：施耐庵
改　　寫：張原
編　　輯：林雅萩
插　　畫：趙成偉
出 版 者：英屬維京群島商高寶國際有限公司台灣分公司
Global Group Holdings, Ltd.
地　　址：台北市內湖區洲子街88號3樓
網　　址：gobooks.com.tw
電　　話：(02) 27992788
E-mail：readers@gobooks.com.tw（讀者服務部）
pr@gobooks.com.tw（公關諮詢部）
電　　傳：出版部 (02) 27990909　行銷部（02）27993088
郵政劃撥：19394552
戶　　名：英屬維京群島商高寶國際有限公司台灣分公司
發　　行：希代多媒體書版股份有限公司/Printed in Taiwan
初版日期：2010 年 6 月

國家圖書館出版品預行編目資料

白話本水滸傳【下】／施耐庵原著；張原改寫. --初版.
-- 臺北市：高寶國際出版；希代多媒體發行，2010. 6
冊；公分.　--（大智系列；BI053）

ISBN 978-986-185-464-9(下冊；平裝)

857. 46　　99007622

目錄【下】

目錄【下】

宋公明一打祝家莊，花榮射下敵人引路燈

一丈青扈三娘粉臂輕舒，單捉王矮虎。

宋公明二打祝家莊，林沖活捉一丈青。

殷天錫意欲強占高唐州柴進花園，反遭李逵一拳打翻。

晁天王曾頭市誤中敵計，一箭斃命歸黃泉。

沒羽箭張清。

李師師香閣內宋江話宿願。

黑旋風李逵扯過招安詔書，捉住陳太尉，拽拳便打。

梁山泊好漢攻打歙州，王尚書踏倒李雲，一槍刺死石勇。

柴進化名柯引，臥底於方臘，助梁山泊好漢取清溪洞。

魯智深八月十五坐化六和寺。

宋江李逵各服毒酒，相約死後歸葬蓼窪，再續兄弟情分。

第三十一回　病關索解氣翠屏山　撲天雕兩求祝家莊

知府升廳，取了供詞，發下公文，委派當地里甲，帶了仵作公人，押了鄰舍王公一批人，下來檢驗屍首。

那婦人聽得，目瞪口呆，不敢吭氣，只是肚裡暗暗叫苦。楊雄在薊州府裡，聽到有人說起殺死和尚頭陀一事，心裡早已經明白緣由，尋思：「這件事準是石秀做出來的。我前幾天錯怪他了。」正走過州橋前來，只聽背後有人叫他：「哥哥，到哪裡去？」

楊雄回過頭，原來正是石秀。石秀將楊雄領到客店小房內，說：「哥哥，兄弟不是說謊吧？」

楊雄說：「兄弟，你不要怪我。是我一時愚蠢，酒後失言，被那婆娘猜破了，說了兄弟許多不是。我今天特意前來見賢弟，負荊請罪。」當時就說開了。

石秀說：「哥哥，依著兄弟的話，叫你做一個好男子。」

楊雄問：「賢弟，你怎麼叫我做一個好男子？」

石秀說：「這裡東門外有一座翠屏山，十分僻靜。哥哥明天，只說：『我很久沒有燒香了，今天卻和大嫂同去走一走。』把那婦人哄出門來，帶了迎兒一同到山上。小弟先在那裡等著，當頭對質，把這是非都對得明明白白。哥哥那時再寫下一紙休書，棄了這個婦人，不是上著？」

楊雄應允。第二天，天明起來，對那婦人說：「我昨夜夢見神人怪我，說有舊願沒有還得。以前曾經許下東門外嶽廟裡那炷香願，沒有還得。今天我有點空閒時間，要去還了。還得和妳一同前去。」那婦人不知其中緣故，只顧打扮整整齊齊。迎兒也插帶好了。轎夫扛著轎子，已經在門前伺候。

楊雄說：「請泰山看家，我和大嫂燒了香便回。」

潘公說：「多燒香。早去早回。」

那婦人上了轎子，迎兒跟著，楊雄也跟隨在後。出了東門，楊雄低聲囑咐轎夫，說：「給我到翠屏山去，我會多給你一些轎錢。」不到兩個時辰，來到翠屏山上。

當時楊雄把那婦人帶到半山腰，叫轎夫放下轎子，搭起轎簾，叫那婦人出轎。

婦人問：「怎麼來到這座山裡？」

楊雄說：「妳先上去，別管那麼多。轎夫，你們只在這裡等候，不要跟過來，一會兒一起打發你們的酒錢。」

轎夫說：「沒有關係，小人只在這裡伺候就是了。」

楊雄領著那婦人和迎兒，三個人上了四五層山坡，只見石秀坐在上面。

那婦人說：「怎麼不把香紙帶來？」

楊雄說：「我已經事先使人拿上去了。」把那婦人帶到一處古墓裡。

石秀便把包裹腰刀棒都放在樹根前，說：「嫂嫂拜揖。」

那婦人吃了一驚連忙問：「叔叔怎麼會在這裡？」

石秀說：「在這裡等候很久了。」

楊雄便說：「妳前幾天對我說，叔叔多次用話調戲妳，又用手摸妳的胸前，問妳有孕沒有，今天這裡無人，你們倆說清楚這件事。」

那婦人說：「哎呀！過去了的事，只顧說什麼？」

石秀睜著眼，說：「嫂嫂！妳怎麼說？」

那婦人說：「叔叔，你沒事自己還提這事做什麼？」

石秀說：「嫂嫂！嘻！」打開包裹，取出海黎和頭陀的衣服，扔在地上，說：「妳認得嗎？」那婦人看了，飛紅了臉，無話可對。石秀颼地拿出腰刀，便對楊雄說：「這件事只問迎兒就知！」

楊雄揪過那個丫頭，讓她跪在前面，喝道：「妳這個小賤人，快快好好實說！如何在和尚房裡入姦，如何約會用香桌為號，如何叫頭陀來敲木魚，實話對我說，饒了妳這條性命！若瞞一句，先把妳剁做肉泥！」

迎兒叫：「官人！不關我的事，不要殺我。我說給你。」

迎兒把知道的事都說了，石秀便說：「哥哥，知道了嗎？她這樣的話肯定不是兄弟叫她這樣說的！請哥哥再問嫂嫂！」

楊雄揪過那婦人，喝道：「賊賤人！丫頭招了，妳就不要賴了，再把實情對我說清楚，饒妳這個賤人一條性命！」

那婦人說：「是我的不是了！你看在我們往日夫妻面上，饒了我這一回！」

石秀說：「哥哥，含糊不得！一定要問嫂嫂一個來龍去脈！」

楊雄喝道：「賤人！妳快說！」那婦人只得說了。

石秀說：「今天三面說得明白了，任從哥哥處置。」

楊雄說：「兄弟，你幫我拔了這個賤人的頭飾，剝了衣裳，然後我來服侍她！」

石秀便把婦人頭面首飾和衣服都剝了。楊雄割下兩條裙帶把這婦人綁在樹上。石秀把迎兒的首飾也去掉了，遞過刀，說：「哥哥，這個小賤人留她做什麼！一起斬草除根！」

楊雄說：「果然！兄弟，拿刀來，我來動手！」迎兒見情形不好，正待要叫，楊雄已經手起一刀，把迎兒揮做兩段。

那婦人在樹上叫：「叔叔，勸一勸！」

石秀說：「嫂嫂！勸不得！」

楊雄向前，用刀先挖出那婦人舌頭，一刀割了，叫那婦人叫嚷不得。然後指著大罵：「妳這賊賤人！我一時誤聽不明，差一點被妳瞞過！一來壞了我們兄弟情分，二來久後必然被妳害了性命！我想妳這婆娘，心肝五臟是怎樣長的！我先看一看！」一刀從心窩裡一直割到小肚子下，取出心肝五臟，掛在松樹上。

石秀說：「哥哥殺了人，兄弟又殺人，不如一同去梁山泊入夥。」

正待要離開，只見松樹後走出一個人，叫：「清平世界，蕩蕩乾坤，把人割了，卻去投奔梁山泊入夥！我聽得好久了！」楊雄、石秀看時，那人納頭便拜。楊雄認得，這人姓時，名遷，是高唐州人，流落在這裡，平時做些飛簷走壁跳籬騙馬的勾當。曾經在薊州府裡吃官司，被楊雄救了。人們都叫他鼓上蚤。

當時楊雄便問時遷：「你怎麼會在這裡？」

時遷說：「節級哥哥聽稟：小人這幾天在這山裡掘些古墳，找些東西。今天見哥哥在這裡，不敢出來衝撞。聽說去投梁山泊入夥，小人現在在這裡，只能做些偷雞盜狗的勾當，什麼時候是個頭兒啊？跟隨二位哥哥一同上山去，豈不更好？不知尊意肯帶挈小人嗎？」

石秀說：「既然是好漢中的人物，那裡現在招納壯士，哪裡嫌多你一個？你既然這樣說了，我們就一同去。」

時遷說：「小人認得小路。」當時領著楊雄、石秀，三個人取小路奔到後山，然後投梁山泊而去。

楊雄、石秀、時遷，離開了薊州地面，在路上夜宿曉行，不止一天，走到鄆州地面，早早望見前面有一座高山。不覺天色漸晚，看見前面有一所靠溪的客店，三個人走了進去。

小二哥前來招呼，他們上來就要上酒肉，小二哥說肉賣沒了，酒卻有，於是放下四隻大碗，斟下酒來。

石秀看見店中簷下插著十多把好朴刀，便問：「你家店裡怎麼有這樣的軍器？」

小二哥回答：「都是主人家留在這裡的。」

石秀問：「你家主人是什麼樣的人？」

小二哥說：「客人，你是江湖上行走的人，怎麼會不知道我們這地方的名字？前面那座高山叫做獨龍山，山前有一座凜巍巍崗子叫做獨龍崗，上面便是主人家住宅。這裡方圓三十里，叫做祝家莊。莊主太公祝朝奉有三個兒子，稱做祝氏三傑。莊前莊後共有五六百戶人家，都是佃戶。這裡叫做祝家店。經常有幾十個家人來店裡住宿，所以有朴刀在這裡。」

石秀問：「他們在店裡分配軍器做什麼用？」

小二哥說：「這裡離梁山泊不遠，恐怕他們那裡的賊人前來借糧，因此準備下這些朴刀。」

石秀說：「我給你一些銀兩，你拿給我一把朴刀用，好不好？」

小二哥說：「這個辦不到，器械上都編著字型大小。我小人挨不得主人家的棍棒。我這主人法度不輕。」

石秀說：「我是拿你逗樂，你就當真了。別管那麼多，只顧拿酒來。」

小二哥說：「你們慢慢喝吧，小人先去歇了。」

楊雄、石秀，又喝了一回酒。只見時遷問：「哥哥，要肉嗎？」

楊雄說：「店小二說沒肉賣了，你又從哪裡得來？」時遷嘻嘻哈哈地提上一隻老大公雞來。

楊雄問：「哪裡得到的這隻雞？」

時遷說：「小弟剛才去外邊淨手，看見這隻雞在籠裡，尋思沒什麼酒肉，被我悄悄地拿到溪邊殺了，提桶水去了後面，在那裡收拾乾淨，煮得熟了，拿來給二位哥哥吃。」

楊雄說：「你這傢伙還是這麼賊手賊腳！」

石秀笑著說：「還是沒改本行！」三個人笑了一回，把這只雞用手撕開，一面盛飯來吃。

那店小二睡了一會兒，放心不下，爬了起來，前後去照看。只見廚桌上有一些雞毛和雞骨頭，還有半鍋肥汁。店小二慌忙去後面籠裡看時，不見了雞，連忙出來，問：「客人，你們好不講道理！怎麼偷了我店裡報曉的雞？」

時遷說：「見鬼了！耶！耶！我從路上買得這隻雞，哪裡見過你的雞！」

店小二說：「我店裡的雞哪裡去了？」

時遷說：「被野貓拖了，黃猩子吃了，鷂鷹撲去了？我怎麼會知道？」

店小二說：「我的雞在籠裡，不是你偷了是誰？」

石秀說：「不要爭吵。能值得幾個錢，賠你就是了。」

店小二說：「我的雞是報曉雞，店內少不得。你們就是賠我十兩銀子也不行，只要還我雞！」

石秀大怒，說：「你詐哄誰！老爺不賠你又怎麼樣！」

店小二笑著說：「客人，你們不要在這裡惹事！我這店裡不比別處客店，你到了莊上便做梁山泊賊寇解押了去！」

石秀聽了，大罵：「就是梁山泊好漢，你怎麼能解我去請賞？」

楊雄也怒，說：「好意賠你些錢，你不領情。不賠你，你又能怎麼著？」

店小二大叫一聲：「有賊！」只見店裡赤條條地走出三四個大漢，直奔楊雄、石秀。石秀手起，一拳一個，把這幾個大漢打翻在地。小二哥正待要叫，被時遷一拳打腫了臉，作聲不得。這幾個大漢都從後門走了。

楊雄說：「兄弟，這些人一定會找人來，我們快吃了飯走吧。」三個人馬上吃了飯，把包裹分開背了，穿上麻鞋，挎了腰刀，每個人又到架子上各揀了一條好朴刀。石秀性起，一把火將那店房燒了。

三個人拽開腳步，望大路就走。走了兩個時辰，只見前面後面火把不計其數。大約有一二百人，一邊喊，一邊追了上來。三人鬥了一時，時遷被捉，被押送到祝家莊去了。

楊雄、石秀殺出，走到天明，望見一座村落酒店。兩個人進了村店，倚了朴刀，坐下，叫酒保取些酒，做些飯。酒保安排菜蔬，燙上酒來。這時，只見外面有一個大漢走入，叫：「大官人叫你們挑了擔來莊上。」

店主人連忙說：「已經裝了擔，馬上就送到莊上。」

來人囑咐了，轉過身去，又說：「快快挑來！」正待出門，從楊雄、石秀前面經過。楊雄認得他，便叫一聲：「小郎，你怎麼卻在這裡，也不看我一看？」

那人回頭看了一看，也認得，便叫：「恩人怎麼來到這裡？」望著楊雄便拜。

當時楊雄扶起那人來，叫和石秀相見了。石秀便問；「這位兄弟是誰？」

楊雄說：「這個兄弟，姓杜，名興，是中山府人。因為長得醜，所以人們都叫他鬼臉兒。前幾年做買賣來到薊州，因為爭一口氣打死了同夥的客人，吃了官司，被監在薊州府裡，楊雄見他說起拳棒都懂得，一力維持，救了他。沒想到今天在這裡相會。」

杜興問明來路，說：「恩人不要慌。我叫他們放了時遷。小弟自從離開薊州，多得恩人的恩惠。來到這裡，感蒙一個大官人見愛，收錄小弟在家中做了一個主管，每天撥萬論千盡託付給杜興，十分信任，所以不想回鄉去了。」

楊雄問：「這位大官人是誰？」

杜興說：「這獨龍崗前面有三座崗子，每個崗子各有一個村坊：中間是祝家莊，西邊是扈家莊，東邊是李家莊。這三個莊上，算來有一二萬軍馬人家。只有祝家莊更是豪傑。為頭家長叫做祝朝奉，有三個兒子名為祝氏三傑：長子祝龍，次子祝虎，三子祝彪。又有一個教師，叫做鐵棒欒廷玉，有萬夫不當之勇。莊上有一二千了得的莊客。西邊那個扈家莊，莊主是扈太公，有個兒子，叫做飛天虎扈成，也十分了得。有一個女兒最英雄，名叫一丈青扈三娘。扈三娘使兩口日月雙刀。這裡東村上是杜興的主人，姓李名應，能使一條渾鐵點鋼刀，背鐵飛刀五口，百步取人，神出鬼沒。這三個村坊結下生死誓願，同心共意，但有吉凶，互相救應。恐怕梁山泊好漢過來借糧，因此三個村坊做了抵敵的準備。如今小弟帶著二位到莊上見李大官人，求一封信前去搭救時遷。」

楊雄又問：「你那李大官人，是不是江湖上叫做撲天雕的李應？」

杜興說：「正是他。」

來到李家莊上，楊雄看時，真是一個好大莊院。杜興領著楊雄、石秀上廳拜見。李應連忙答禮，請到廳上坐下。李應請門館先生前來商議，寫了一封信箋，填寫名諱，使個圖章印記，便派了一個副主管，騎一匹快馬，前去祝家莊，取時遷。

不久，那個副主管回來。李應叫到後堂，問：「去取的這人現在哪裡？」

主管說：「小人親自見到朝奉，送了信，朝奉倒有放還的心思，後來走出祝氏三傑，焦躁起來，所以，信也不回，人也不放，一定要解押到州上去。」

李應失驚，說：「他和我三家村坊結成生死之交，信到便當依允，怎麼能這樣呢？一定是你說得不好，以致如此！杜主管，你可親自去走一遭，面見祝朝奉，說明情形。」杜興便出莊門，上馬加鞭，奔祝家莊去了。

第三十二回　宋公明一打祝家莊　一丈青單捉王矮虎

話說看看天色已晚，只見杜興回來，下了馬，走進莊門，見他的模樣，氣得紫漲了面皮，說起對方不肯放人。李應聽了，心頭火起，大呼：「莊客！快給我備馬！」一率領三百悍勇莊客，杜興也披了一副甲，上了馬。楊雄、石秀也挺著朴刀，跟著李應，奔向祝家莊。日漸西沉，早到獨龍崗前，人馬一字排開。那祝家莊蓋得好：占著這座獨龍山崗，四下都是水，那莊正造在崗上，有三層城牆，都是頑石疊砌的，大約高達二丈。前後有兩座莊門，兩座吊橋。牆裡四邊都蓋著窩鋪，四周遍插著兵器，門樓上排著戰鼓銅鑼。李應勒住馬，在莊前大叫，便和祝彪發生了言語衝突，祝彪縱馬來戰李應。兩個人在獨龍崗前，鬥了十七八個回合。祝彪打不過李應，撥馬便走。李應縱馬趕去。祝彪左手拈弓，右手取箭，搭上箭，拽滿弓，看得真切，背翻身一箭，李應急躲時，臂上早著，翻跟頭墜下馬來。祝彪勒馬搶過來，楊雄、石秀見了，大喝一聲，挺著兩把朴刀直奔祝彪馬前殺來。祝彪抵擋不住，急忙勒回馬便走，早被楊雄一朴刀戳在馬屁股上，那馬負疼，直立起來，險些把祝彪掀在馬下。幸虧隨從馬上的人搭上箭射來。楊雄、石秀見了，自思沒有衣甲遮身，只得退回不趕。杜興早已經把李應救上馬，先去了。楊雄、石秀跟了眾莊客也走了。祝家莊人馬追趕了二三里，見天色已晚，也都回去了。杜興扶著李應，回到莊前，下了馬，一同到後堂坐下，宅眷都出來看視，拔了箭矢，服侍卸了衣甲，便用金創藥敷了瘡口，連夜在後堂商議。

楊雄、石秀對杜興說：「既然大官人被那傢伙無禮，又中了箭，時遷也不能夠出來，都是我們連累了大官人。我弟兄兩個只得去梁山泊，懇告晁、宋二公及眾頭領來給大官人報仇，一併解救時遷。」

且說兩個人來到梁山泊，眾頭領知道有好漢上山，都來大寨坐下。戴宗、楊林領著楊雄、石秀上廳參見晁蓋、宋江及眾頭領，相見後，楊雄、石秀把本身武藝及投托入夥先說了。眾人大喜，讓位請坐。楊雄又說：「有一個來投托大寨準備一同入夥的時遷，不該偷了祝家店裡的報曉雞，一時爭鬧起來，石秀放火，燒了他家店屋，時遷被捉。李應二次修書去討人，怎奈那祝家三子堅決不肯放，誓要捉盡山寨裡的好漢，而且千般辱罵。可恨那傢伙十分無禮！」

晁蓋大怒，當晚席散，第二天再備筵席會聚，便商量由宋江率領眾頭領前去攻打祝家莊。

隨後，宋江率眾頭領前往祝家莊，離那裡尚有一里多路，前軍下了寨柵。宋江在中軍帳裡坐下，和花榮商量說：「我聽得說，祝家莊裡路徑很雜，不可以進兵。可先使兩個人去探聽路途曲折，知得順逆路程，然後進兵，好與他對敵。」宋江便叫石秀過來，說：「兄弟曾經到過那裡，你可和楊林走一趟。」

石秀便說：「如今哥哥許多人馬到這裡，他莊上怎麼能不防備？我們扮做什麼樣的人進去才好？」

楊林便說：「我打扮成解魔的法師，身邊藏了短刀，手裡拿著法環，一路搖著進去。你只聽我的法環響，不要離開我的前後。」

石秀說：「我在薊州，原來曾經賣柴，我挑一擔柴進去賣就是了。身邊藏了暗器，遇到情況，扁擔也用得著。」

到得第二天，石秀挑著柴先進去了。走了不到二十多里，只見路徑曲折複雜，四下樹木叢密，難認路頭。石秀歇下柴擔不再走。聽得背後法環響，石秀看時，原來是楊林頭戴一個破笠子，身穿一領舊法衣，手裡拿著法環，一路上搖著走了進來。石秀見四周沒人，叫住楊林，說：「這裡路徑複雜，不知哪裡是我前天跟隨李應來時的路。天色已晚，他們眾人爛熟奔走，看不真細。」

楊林說：「不要管他路徑曲直，只顧揀大路走就是了。」

石秀又挑了柴，只顧望大路便走，見前面一村人家，數處酒店肉店。石秀挑著柴，便往酒店門前歇了。只見各店內都把刀插在門前。每人身上穿著一領黃背心，寫個大「祝」字，往來的人也各是如此。石秀見了，便看著一個年老的人，唱個喏，拜揖：「丈人，請問這裡是什麼風俗？為什麼都把刀插在當門？」

那老人說：「你是哪裡來的客人？原來不知，只可快走。」

石秀說：「小人是山東販棗子的客人，折了本錢，回鄉不得，因此擔柴來到這裡賣。不知這裡的鄉俗地理。」

老人說：「只可快走，到別處躲避。這裡早晚要大廝殺了！」

石秀問：「這等好村坊，為什麼要大廝殺？」

老人說：「客人，你真是不知道？我說給你：俺這裡叫做祝家村，岡上便是祝朝奉衙裡。如今得罪了梁山泊好漢，現軍馬正在村口，要來廝殺。怕我這村路雜，不敢進來，現在駐紮在外面，如今祝家莊上發下號令，每戶人家的精壯後生都要準備著，隨時前去策應。」

石秀問：「丈人村中有多少人家？」

老人說：「只我這個祝家村，也有一二萬人家。東西還有兩村人接應。東村叫做撲天雕李應李大官人；西村叫扈太公莊，有一個女兒，叫做扈三娘，綽號一丈青，十分了得。」

石秀說：「這樣說來，還怕那梁山泊做什麼？」

那老人說：「就是初來時，不知路徑，也要被捉了。」

石秀說：「丈人，怎麼初來要被捉了？」

老人說：「我這裡的路，有人說過：『好個祝家莊，盡是盤陀路！容易入得來，只是出不去！』」

石秀聽了，便哭了起來，撲翻身便拜，對那老人說：「小人是個江湖上折了本錢歸鄉不得的人！如果賣了柴出去撞見廝殺，走不脫，不是苦？爺爺，可憐可憐我！小人情願把這擔柴送給爺爺，只是請指示一下小人出去的路吧！」

那老人說：「我怎麼能白要你的柴，我就買你的。你先進來，請你吃些酒飯。」

石秀謝了，挑著柴，跟著那老人到了屋裡。那老人篩下兩碗白酒，盛上一碗糕糜，叫石秀吃了。石秀再拜，謝道：「爺爺！請指教出去的路徑！」

那老人說：「你就從村裡走，只看有白楊樹時就可轉彎。不必管路途寬狹，有白楊樹的轉彎便是活路，沒那樹時都是死路。如果有別的樹木轉彎也不是活路。如果走差了，左來右去，只是走不出去。那死路裡的地下埋藏著竹籤鐵蒺藜，如果走差了，踏著飛籤，一定被捉了，還能走到哪裡去！」

石秀拜謝了，便問：「爺爺高姓？」

那老人說：「這村裡姓祝的最多，只有我複姓鍾離。」正說著，只聽得外面鬧吵，聽得說：「拿了一個細作！」石秀吃了一驚，跟著那老人出來看時，只見七八十個軍人背綁著一個人走了過來。石秀看時，正是楊林。

那老人說：「你先在我家歇上一夜。明天打聽得沒事，便可出去。」

石秀拜謝了，住在他家。只聽得門前跑過來幾匹馬，馬上的人挨門囑咐：「你那裡百姓：今夜只看紅燈為號，齊心協力捉拿梁山泊賊人，解官請賞。」

石秀問：「這個人是誰？」

那老人說：「這個官人是本處捕盜巡檢，今夜約會要捉宋江。」石秀見說，心中自忖了一回，討了一個火把，叫了安置，自到屋後草窩裡去睡了。

這時，宋江軍馬還在村口屯駐，不見楊林、石秀出來回報，隨後又叫歐鵬前去村口，出來回報：「聽得那裡講動，說捉了一個細作。小弟見路徑複雜難認，不敢深入重地。」

宋江聽了，憤怒地說：「哪裡還能等回報了再進兵！又拿了一個細作，必然陷了兩個兄弟！我們今夜只顧進兵，殺進去。」宋江傳下將令，叫軍士都披掛了。李逵、楊雄前一隊做先鋒。李俊等人率軍做殿後。穆弘居左，黃信居右。宋江、花榮、歐鵬，做中軍頭領。搖旗吶喊，擂鼓鳴鑼，大刀闊斧，殺奔祝家莊來。

先鋒李逵到得莊前看時，吊橋已經被高高拽起，莊門裡不見一點動靜。宋江中軍人馬到來，楊雄接著，說莊上不見人馬，也沒有動靜。宋江勒住馬，心中疑忌，猛然醒悟：「是我一時見識不到，一心要救兩個兄弟，所以連夜進兵。現在深入重地，一直來到他的莊前，不見敵軍。他們必有計策，快叫三軍退去。」

李逵叫：「哥哥！軍馬已經到了這裡，不要退兵！我給你先殺過去！你們都跟我來！」話音未落，只聽得祝家莊裡，一個號炮直飛到半天裡去。獨龍崗上，千百把火把一齊點著；那門樓上弓箭如雨點般射來。宋江急忙下令從原路返回。

只見後軍頭領李俊人馬先吵嚷起來，說：「來的路都被阻塞了！必有埋伏！」宋江叫軍馬四下裡尋路走。李逵揮起雙斧，往來尋人廝殺，不見一個敵軍。只見獨龍崗山頂上又放了一個炮。響聲未絕，四下裡喊聲震地，宋公明目瞪口呆，不知所措。

小嘍囉只得往大路殺去，三軍都被堵住去路。眾軍都說：「前面都是盤陀路，走了一回，又轉到這裡。」

正在慌亂之際，只聽到有人說：「石秀來了！」宋江看時，只見石秀捻著一口刀，奔到馬前，說：「哥哥不要慌，兄弟已經知道路徑了！先暗傳下將令，叫三軍只看有白楊樹的地方轉彎走，不要管它路寬路狹！」

宋江催趲人馬，只看有白楊樹的地方便轉彎。大約走了五六里，只見前面對方的人馬越來越多。宋江心疑，便叫石秀，問：「兄弟，怎麼前面賊兵眾廣？」

石秀說：「他有燈燭為號。」

花榮在馬上看見，用手指給宋江看，說：「哥哥，你看見那樹影裡這碗燭燈了嗎？看到我們往東，他就把那燭燈望東扯；如果是我們往西，他便把燈燭望西扯。想來那就是號令。」

宋江說：「怎麼才能去掉他那碗燈？」

花榮說：「這有什麼難的！」說完，拈弓搭箭，縱馬向前，往影中只一箭，不端不正，恰好把那碗紅燈射了下來。四下裡埋伏的軍兵，不見那碗紅燈，都亂攛起來。宋江叫石秀領路，先殺出了村去。

整點人馬，其中不見了鎮三山黃信。有昨夜跟去的軍人說：「黃頭領聽著哥哥將令，前去探路，沒想到蘆葦叢中伸出兩把撓鈎，被拖翻了馬，五六個人把他活捉去了，又救不了他。」

宋江心中不樂，只好前往李家莊來打探路徑。到得莊前，莊門上杜興早看見楊雄、石秀在其中，慌忙開了莊門，放了一隻小船過來，向宋江聲了個喏。李應帶傷坐在床上，不肯出來相見。

杜興說：「只恐西村扈家莊上要來相助。那個莊上其他不打緊，只有一個女將，叫做一丈青扈三娘，使著兩口日月刀，十分了得。祝家莊第三子祝彪已經定她為妻室，早晚要娶。如果將軍要打祝家莊，不必防備東邊，只要緊防西路。祝家莊前後有兩座莊門：一座在獨龍崗前，一座在獨龍崗後。如果打前門，不管事；必須是兩個門一起夾攻，才可以破得。前門路雜難認，都是盤陀路徑，寬狹不等。只要看到有白楊樹便可轉彎，那是活路；如果沒有白楊樹就是死路。」

石秀說：「他如今把白楊樹斫去了，怎麼識路？」

杜興說：「雖然斫伐了樹，怎麼能去了根？也當有樹根在那裡。只可以白天進兵攻打，黑夜不可進去。」宋江聽了，謝了杜興，一行人馬回到寨裡來。

宋江自帶了人馬轉過獨龍崗，從後面來看祝家莊，後面都是銅牆鐵壁。這時，見西邊有一彪軍隊，吶著喊，從後殺來。宋江留下馬麟、鄧飛把住祝家莊後門，自帶了歐鵬、王矮虎，分出一半人馬前來迎戰。山坡下來大約有二三十騎，當中簇擁著一員女將，正是扈家莊女將一丈青扈三娘。扈三娘騎在青馬上，掄兩口日月雙刀，後面還有三四百名莊客，前來祝家莊策應。這王矮虎是一個好色之徒，見來的是個女將，便驟馬向前，挺刀迎敵。兩軍吶喊。那扈三娘拍馬舞刀來戰王矮虎。兩個人交戰十多個回合，宋江在馬上看時，見王矮虎架隔不住，撥回馬正待要走，被一丈青縱馬趕上，用右手把刀掛了，輕舒粉臂，將王矮虎提脫離鞍，眾莊客一齊上前，橫拖倒拽，活捉去了。

歐鵬見捉了王英，挺身來救。一丈青縱馬挎刀，和歐鵬交手。歐鵬也敵不得那女將半點便宜！鄧飛遠遠地看見捉了王矮虎，歐鵬又戰那女將不下，騎著馬，舞動一條鐵鏈，大發聲喊，奔向前來。祝家莊上唯恐一丈青有失，慌忙放下吊橋，開了莊門。祝龍親自率領三百多人，驟馬提槍來捉宋江。馬麟看見，騎著馬，掄起雙刀，迎住祝龍廝殺。鄧飛恐怕宋江有失，不離前後。宋江見馬麟戰祝龍不過，歐鵬戰一丈青不下，正慌呢，只見一彪軍馬從一側殺來。宋江看時，大喜：原來是霹靂火秦明，聽得莊後廝殺，前來救應。

宋江大叫：「秦統制，你可替馬麟！」秦明是一個急性的人，更兼祝家莊捉了他的徒弟黃信，正沒好氣，便拍馬向前，飛起狼牙棍，直取祝龍。祝龍也挺刀來敵秦明。馬麟帶了人去爭奪王矮虎。那一丈青看見馬麟前來，就撇了歐鵬，接住馬麟廝殺。兩個都會使雙刀，馬上迎著，正如風飄玉屑，雪撒瓊花。宋江看得眼都花了。這邊秦明和祝龍鬥到十個回合之上，祝龍哪能敵得過秦明！莊門裡面那教師欒廷玉，也便殺了出來。歐鵬迎住欒廷玉廝殺，欒廷玉也不來交手，往一邊就走。歐鵬趕去，被欒廷玉使個手段，把歐鵬打落在馬下。

第三十三回　宋公明二打祝家莊　鐵叫子義氣登州郡

話說鄧飛看到，大叫：「孩兒們！救人！」舞著鐵鏈直奔欒廷玉。宋江急叫小嘍囉救歐鵬上馬。那祝龍敵不過秦明，拍馬就走。欒廷玉也撇了鄧飛，來戰秦明，兩個鬥了一二十個回合，不分勝敗。欒廷玉賣了一個破綻，落荒而走。秦明舞棍趕去。欒廷玉向荒草之中奔去，秦明不知是計，也追了上來。原來祝家莊在那裡有人埋伏，見秦明馬到，拽起絆馬索來，連人和馬都絆翻了，發聲喊，捉住了秦明。鄧飛見秦明墜馬，慌忙來救，見絆馬索起，欲待回身，兩下裡叫聲「著」，撓鈎似亂麻一般搭來，在馬上就活捉了去。宋江看見，只叫得苦，最終只救得歐鵬上馬。

馬麟撇了一丈青，急急奔來保護宋江，望南而走。背後欒廷玉、祝龍、一丈青分頭趕上前來。看看沒路，正待受縛，只見正南方向有一個好漢飛馬而來，背後隨從大約有五百人馬。宋江看時，卻是沒遮攔穆弘。東南方向也有三百多人，有兩個好漢飛奔前來：一個是病關索楊雄，一個是拚命三郎石秀。東北方向又有一個好漢，高聲大叫：「把人留下！」宋江看時，是小李廣花榮。三路人馬一齊都到。宋江心下大喜，一起合力來戰欒廷玉、祝龍。莊上望見，恐怕兩個人吃虧，先叫祝虎守住莊門，小郎君祝彪騎著一匹劣馬，帶著五百多人馬從莊後殺出來，接著就是一場混戰。莊前李俊、張橫、張順下水過來，莊上亂箭齊射，不能下手。戴宗、白勝只在對岸吶喊。宋江見天色已晚，急叫馬麟先保護歐鵬出村去。宋江又叫小嘍囉篩鑼，聚攏眾好漢，且戰且走。宋江騎馬到處尋視，只怕兄弟們迷了路。正走著，只見一丈青飛馬趕來。宋江措手不及，拍馬往東而走。

宋江背後一丈青緊追，趕到村子的深處，一丈青正要趕上宋江，準備下手，只聽得山坡上有人大叫：「那鳥婆娘趕我哥哥到哪里去！」

宋江看時，正是黑旋風李逵，掄兩把板斧，領著七八十個小嘍囉，大踏步趕來。一丈青便勒轉馬，又往這樹林裡跑去。宋江也勒住馬看時，只見樹林邊轉出十多騎馬軍，當先簇擁著一個壯士，正是豹子頭林沖，在馬上大喝：「那婆娘逃到哪裡去！」一丈青飛刀縱馬，直奔林沖。林沖挺著丈八蛇矛迎敵。兩個鬥了不到十個回合，林沖賣個破綻，放一丈青兩口刀砍來，用蛇矛逼住，兩口刀逼斜了，趕攏去，輕舒猿臂，款扭狼腰，把一丈青只一拽，活挾過馬來。宋江看見，喝聲采。林沖保護宋江，押著一丈青，出了村口。

宋江收回大隊人馬，到村口下了寨柵，先叫把一丈青帶過來，叫四個頭目，騎著四匹快馬，把一丈青拴了雙手，也騎了一匹馬，宋江說：「連夜給我送上梁山泊去，交給我父親宋太公收管，便來回話，待我回到山寨，自有發落。」

眾頭領都只以為宋江自要這個女子，都十分小心地送去。又用一輛車子送歐鵬上山療傷。一行人領了將令，連夜去了。

宋江一夜沒睡。第二天，只見探事人報告：「軍師吳學究和三阮頭領、呂方、郭盛帶五百人馬到來！」

吳學究對宋江說；「這個祝家莊也是當敗。恰好有這個機會，吳用想來，這裡旦夕可破。」

宋江聽了，十分驚喜，連忙問：「這個祝家莊如何旦夕可破？機會從哪裡來？」

吳學究對宋公明說：「今天有個機會，是石勇面上來入夥的人，又和欒廷玉那傢伙最好，也是楊林、鄧飛的至愛朋友。他知道哥哥打祝家莊不利，特獻了這條計策來入夥，以為進身之禮，隨後便到。五天之內可行這一計策，可是好嗎？」

宋江聽了，大喜：「妙哉！」不由得笑逐顏開。

原來這段話正和宋公明打祝家莊時一同事發。卻說山東海邊有一個州郡，叫做登州。登州城外有一座山，山上多有豺狼虎豹，常出來傷人。因此，登州知府拘集獵戶，當廳委了杖限文書，嚴令捉捕登州山上大蟲。

登州山下有一家獵戶，弟兄兩個：哥哥叫做解珍，兄弟叫做解寶。弟兄兩個都使渾鐵點鋼叉，有一身驚人的好武藝。那解珍有一個綽號叫做兩頭蛇。解寶綽號叫做雙尾蠍。兩個人父母都亡，沒有婚娶。那哥哥七尺以上身材，紫棠色面皮，腰細膀寬。這兄弟更是厲害，也有七尺以上的身材，面圓身黑，兩隻腿上刺著飛天夜叉，有時性起，恨不得拔樹搖山，騰天倒地。

那兄弟兩個當官受了杖限文書，回到家中，整頓窩弓藥箭，弩子鏜叉，穿了豹皮褲，用虎皮套身，拿了鋼叉，兩個直奔到登州山上，下了窩弓，又去樹上等了一天，不濟事了，收拾窩弓下去。第二天，又帶了乾糧，再上山來伺候。看看天晚，兄弟兩個把窩弓下了，爬上樹去，一直等到天快亮了，仍又沒有一點動靜。兩個移了窩弓，來到西山邊下了，坐到天明，又等不著。兩個人心焦，說：「限三天內要獻納大蟲，遲時必將受責罰，這可是怎麼才好！」兩個到第三天夜裡，埋伏到後半夜，不覺身體困倦，兩個人背靠著背準備先睡一會兒，還沒有合眼，忽然聽得窩弓響。兩個人跳了起來，拿了鋼叉，四下裡看時，只見一個大蟲中了藥箭，在那地上滾。兩個撚著鋼叉向前來。那大蟲看有人來，帶著箭便逃。兩個人追向前去，不到半山裡時，藥力發作，那大蟲當不住，吼了一聲，骨碌碌地滾下山去了。解寶說：「好了！我認得這山下是毛太公的後園，我和你下到他家取討大蟲。」

當時兄弟兩個提了鋼叉，下山來，到毛太公莊上敲門。這時剛剛天明，兩個人敲開莊門進去，莊客報告太公。好一會兒，毛太公出來。解珍、解寶放下鋼叉，聲了喏，說：「伯伯，好久不見，今天特來拜擾。」

毛太公說：「賢姪怎麼來得這麼早？有什麼話說？」

解珍說：「無事不敢驚動伯伯，如今小姪因為官司委了杖限文書，要捕獲大蟲，一連等了三天，今早天快亮時射得一隻，沒想到從後山滾下，掉在伯伯園裡。還要麻煩取回大蟲。」

毛太公說：「沒關係。既然是落在我的園裡，二位先坐坐。想是肚飢了？吃些早飯後再去取。」叫莊客先去安排早膳來相待，勸二位吃了早飯。

解珍、解寶起身，說：「感承伯伯厚意，還請伯伯去取大蟲還給小姪。」

毛太公說：「既然是在我的莊後，怕什麼？先坐下喝茶，然後再去取不遲。」

解珍、解寶不敢相違，只得又坐下，莊客拿茶來叫二位喝了。毛太公說：「如今和賢姪去取大蟲。」

解珍、解寶說：「深謝伯伯。」毛太公帶了二人，來到莊後，叫莊客用鑰匙來開門，怎麼也開不開。

毛太公說：「這園很久沒有人來了，想必是鎖簧鏽了，因此打不開。還是用東西把這鎖打掉吧。」打開了鎖，眾人都到園裡看時，遍山邊去看，尋找不見。毛太公說：「賢姪，你們兩個是不是看錯了，認不仔細，應當沒有落在我的園裡吧？」

解珍說：「哪裡會我兩個錯看了？都是這裡生長的人，怎麼認不得？」

毛太公說：「你們自己去找找看吧，有的話儘管拿去。」

解寶說：「哥哥，你先來看。這裡一帶草滾得平平，又有血跡在上頭。怎麼說不在這裡？一定是伯伯家的莊客拿過了。」

毛太公說：「你不要這樣說。我家莊上的人怎麼知道大蟲在園裡，怎麼能拿過？你也看見剛才當面敲開鎖，和你兩個一同到園裡來尋找。你怎麼這樣說話？」

解珍說：「伯伯，你必須還給我們這個大蟲，讓我們拿去解官。」

毛太公說：「你們兩個好沒道理！我好意請你吃飯，你們反而賴我拿了大蟲！」

解寶說：「有什麼賴的！你家在官府中也委了杖限文書，沒本事去捉，倒來拿我們的現成，你拿去請賞，叫我兄弟兩個吃限棒！」

毛太公說：「你們吃限棒，關我什麼事！」

解珍、解寶瞪起眼來，便說：「你敢叫我們搜搜嗎？」

毛太公說：「我家須比不得你家！各有內外！你看這兩個叫化子倒來無禮！」解寶跑到廳前，尋找不見，心中火起，便在廳前打了起來。解珍也在廳前攀折欄杆，打了進去。毛太公叫：「解珍、解寶大白天搶劫！」

那兩個人打碎了廳前桌椅，見莊上已有準備，兩個人便拔步出門，指著莊上，大罵：「你賴我的大蟲，和你打官司去！」那兩個人正罵著，只見兩三匹馬奔到莊上來，領著一夥伴當。解珍認得是毛太公兒子毛仲義，說：「你家莊上莊客拿了我射殺的大蟲，你爹不去討來還我，反而要打我們弟兄兩個！」

毛仲義說：「這村上人不懂事，我父親一定是被他們瞞過了。你們兩個不要發怒，跟我到家裡，討還給你們就是了。」解珍、解寶謝了。毛仲義叫開莊門，放他兩個進去，等解珍、解寶進了門，便叫關上莊門，大喝一聲：「下手！」兩廊下走出二三十個莊客。恰才馬後帶來的都是做公的。那兄弟兩個措手不及，眾人一齊上前，把解珍、解寶綁了。毛仲義說：「我家昨夜射得一隻大蟲，你們怎麼來白賴我的？乘勢搶擄我家財，打碎家中東西，當得何罪？解上本州，也給本州除去一害！」

原來毛仲義一清早就先把大蟲解上州裡去了，又帶了許多做公的前來捉解珍、解寶。沒想到他們這兩個正中了他的計策，解釋不得。毛太公叫把兩個使的鋼叉當成贓物，扛了許多打碎的傢伙什物，把解珍、解寶剝得赤條條，背剪綁了，解上州裡來。本州有個六案孔目，姓王，名正，是毛太公的女婿，已經先在知府面前稟說了，把解珍、解寶押到廳前，不由分說，捆翻便打。定要他兩個招做「混賴大蟲，各執鋼叉，因而搶擄財物」。解珍、解寶被拷打不過，只得依他招了。

知府叫取兩面二十五斤的重枷來枷了，發下大牢。一個小牢子把他們兩個帶在牢裡，看看周圍沒人，那小節級便說：「你們兩個認得我嗎？我是你哥哥的妻舅。」

解珍說：「我們只是親弟兄兩個，沒有哪個哥哥。」

那小牢子說：「你們兩個須是孫提轄的弟兄？」

解珍說：「孫提轄是我姑舅哥哥。我沒有和你見過面，足下難道是樂和舅？」

那小節級說：「正是。我姓樂，名和，茅州人。先祖率家到這裡，把姐姐嫁給孫提轄為妻。我在這州裡勾當，做小牢子。人們見我唱得好，都叫我鐵叫子樂和。姐夫見我好武藝，也教我學了幾路拳法在身。」原來這樂和是一個聰明伶俐的人：諸般樂器學著便會，做事道頭知尾。因為看到解珍、解寶是個好漢，有心要救他們，只是孤掌難鳴。

解珍說：「你不說孫提轄也就算了。你既然說起他來，就麻煩你帶個信。」

樂和說：「你教我帶信給誰？」

解珍說：「我有個姐姐，是我爺面上的，給孫提轄兄弟為妻，現在東門外十里牌住。她是我姑姑的女兒，叫做母大蟲顧大嫂，開著一張酒店，家裡又殺牛開賭。我那姐姐，即使有二三十人也近她不得。姐夫孫新這樣的本事也輸給她。只有那個姐姐和我弟兄兩個最好。孫新、孫立的姑姑是我們的母親，以此，他兩個又是我的姑舅哥哥。麻煩你暗地帶個信給她，把我們的事說了，姐姐必然會來搭救。」

樂和聽了，囑咐：「賢親，你們兩個先寬寬心。」說完，先去藏了一些燒餅肉食，重新回到牢裡，開了門，給解珍、解寶吃了，推說有事，鎖了牢門，叫其他小節級看守了門，一直奔到東門外，望十里牌來。早早望見一個酒店，門前懸掛著牛羊等肉。後面屋下，有一群人正在那裡賭博。樂和見酒店裡有一個婦人坐在櫃上，心知便是顧大嫂，走向前，唱個喏，說：「這裡的主人姓孫嗎？」

顧大嫂慌忙答道：「就是。足下要沽酒，要買肉？如果要賭錢，請到後面坐。」

樂和說：「小人便是孫提轄妻舅樂和。」

顧大嫂笑了，說：「原來卻是樂和舅。可知尊顏和姆姆是一般模樣。先請到裡面拜茶。」樂和跟進裡面，在客位裡坐下。顧大嫂便問：「聽說舅舅在州裡勾當，家裡窮忙少閒，沒有相見。今天是什麼風吹得到此？」

樂和說：「小人如果沒事，也不敢來打擾。今天廳上偶然發下兩個罪人，雖然沒有見過面，卻多聞他們的大名：一個是兩頭蛇解珍，一個是雙尾蠍解寶。」

顧大嫂說：「這兩個是我的兄弟！不知因為什麼罪被下到牢裡？」

樂和說：「他們兩個因為射得一隻大蟲，被本鄉一個財主毛太公賴了，又把他們兩個強扭了做賊，搶擄家財，解到州裡。早晚間，就要結果了他們的性命。」

顧大嫂聽了，一片聲叫起苦來，便叫火家：「快去把二哥找回家來說話！」這個火家沒去多久，找到孫新，歸來和樂和相見。原來這孫新，是瓊州人，是軍馬子孫，因調來登州駐紮，弟兄就在這裡成了家。孫新生得身長力壯，學得他哥哥的本事，使得幾路好鞭。因此，人們多把他弟兄兩個比做尉遲恭，稱他做小尉遲。

顧大嫂和孫新商議：「你有什麼道理救我兩兄弟？」

孫新說：「如果不去劫牢，也沒有辦法救他。」

顧大嫂說：「我和你今夜就去。」

孫新笑了，說：「妳好魯莽！我和你也要有個算計，劫了牢，也要有個去向。如果不得我那哥哥和另外兩個人時，也做不得這件事。」

顧大嫂問：「這兩個人是誰？」

孫新說：「便是那叔姪兩個，最好賭的：鄒淵、鄒閏。如今在登雲山聚眾打劫。他和我最要好。如果得到他們兩個相幫，這件事就能辦成。」

第三十四回　解珍解寶雙越獄　孫立孫新大劫牢

話說顧大嫂聽了，問：「登雲山離這裡不遠，你可連夜請他叔姪兩個來商議。」

孫新說：「我現在就去，你先收拾了酒食肴饌，我一定能請得來。」顧大嫂囑咐火家宰了一口豬，鋪下數盤果品按酒，排下桌子。天色黃昏，只見孫新帶了兩個好漢歸來。那個為頭的人姓鄒，名淵，萊州人，自小最好賭錢，閒漢出身。為人忠良慷慨，更兼一身好武藝，性氣高強，不肯容人，江湖上稱他做出林龍。第二個好漢，名叫鄒閏，是他的姪兒。年紀和叔叔相仿，身材長大，天生一副異相，腦後生長著一個肉瘤，曾經有一次，因和人爭執，性起，一頭撞去，撞折了澗邊一株松樹，看的人都驚呆了。因此，都叫他做獨角龍。

當時顧大嫂見了，請到後面屋下，把上件事告訴了，然後商量劫牢一節。

鄒淵說：「我那裡雖然有八九十人，只有二十個心腹。明天幹了這件事，在這裡就安身不得了。我有一個去處，我也有心要去多時了，只不知你們夫婦二人肯去嗎？」

顧大嫂說：「不管什麼去處，都隨你，只要救了我兩個兄弟！」

鄒淵說：「如今梁山泊十分興旺，宋公明大肯招賢納士。他手下有我的三個相識：一個是錦豹子楊林，一個是火眼狻猊鄧飛，一個是石將軍石勇。都在那裡入夥多時了。我們救了你兩個兄弟，都一起到梁山泊入夥去，好不好？」

顧大嫂說：「最好！有一個不去的，我就用亂刀戳死他！」

鄒閏說：「還有一件：我們如果救得人，只怕登州軍馬追來，卻怎麼辦呢？」

孫新說：「我的親哥哥現在正做著本州軍馬提轄。登州只有他這一個了得。幾次草寇臨城，都是被他殺散了，所以到處聞名。我明天去請他來，要他依允就是了。」

鄒淵說：「只怕他不肯落草。」

孫新說：「我自有良法。」當夜飲了半夜酒，歇到天明，留下兩個好漢在家裡，卻使一個火家，帶領了一兩個人，推輛車子，「快去城中營裡請哥哥孫提轄和嫂嫂樂大娘子。說：『家中大嫂害病沉重，麻煩前來家中看望。』」

顧大嫂又囑咐火家，說：「只說我病重臨危，有幾句緊要的話，必須馬上來。」火家推車子去了。孫新在門前侍候，等接哥哥。過了許久，遠遠地望見車子來了，載著樂大娘子，背後孫提轄騎著馬，十多個軍漢跟著，朝十里牌來。

孫新進去，向顧大嫂說：「哥嫂來了。」孫提轄下了馬，進了門，真是好條大漢！淡黃面皮，絡腮鬍鬚，八尺以上身材，姓孫，名立，綽號病尉遲；射得硬弓，騎得劣馬；腕上懸一條虎眼竹節鋼鞭。海邊人見了，望風而逃。

當時，病尉遲孫立下了馬，進門，便問：「兄弟，嬸子害什麼病？」

孫新說：「她害的症候十分蹊蹺。請哥哥到裡面說話。」孫立進來。孫新囑咐火家和這夥跟馬的軍士去對門店裡飲酒。便叫火家牽過馬，請孫立到裡面坐下。良久，孫新說：「請哥哥嫂嫂去房裡看病。」

孫立同樂大娘進房裡，見沒有病人。孫立問：「嬸子在哪裡？」只見外面走入顧大嫂，鄒淵、鄒閏跟在背後。孫立問：「嬸子，你害了什麼病？」

顧大嫂說：「伯伯拜了。我害了救兄弟的病！」

孫立說：「卻又作怪！救什麼兄弟？」

顧大嫂說：「伯伯！你不要裝聾作啞！你在城中豈不知道他們兩個？是我兄弟偏不是你的兄弟！」

孫立說：「我並不知怎麼回事。是哪兩個兄弟？」

顧大嫂說：「伯伯在上。今天事急，只得直言拜稟：這解珍、解寶被登雲山下毛太公和王孔目設計陷害，早晚要謀害他們兩個性命。我現在和這兩個好漢商量好了，要去城中劫牢，救出他們兩個兄弟，都到梁山泊入夥去。恐怕明天事發，先負累伯伯，因此我只推患病，請伯伯姆姆到這裡，說個明白，如果伯伯不肯去時，我們自到梁山泊去。現在天下有什麼道理可講！走了的沒事，在的卻要吃官司！常言說：『近火先焦』。伯伯就要替我們吃官司、坐牢，那時沒人送飯給你，也沒人救你。不知伯伯尊意如何？」

孫立說：「我是登州軍官，怎麼敢做這樣的事？」

顧大嫂說：「既然伯伯不肯，我今天便和伯伯拚個你死我活！」顧大嫂在身邊拿出兩把刀來。鄒淵、鄒閏各拔出短刀在手。

孫立叫：「嬸子先住手！不要著急。等我從長計較，慢慢地商量。」樂大娘子驚得半晌做聲不得。

顧大嫂又說：「既然伯伯不肯去，那就先送姆姆前行！我們自去下手！」

孫立說：「雖要這樣做，也要等我回到家去，收拾了包裹行李，看個虛實，才可行事。」

顧大嫂說：「伯伯，你的樂阿舅已經透風給我們了！現在就去劫牢，同時去取行李不遲。」

孫立嘆了一口氣，說：「你們眾人既然已經決定了，我怎麼能推得？終究不成日後倒要替你們吃官司？罷！罷！罷！罷！都做一處商量就是了！」先叫鄒淵回登雲山寨裡收拾起財物馬匹，帶了那二十個心腹人，來店裡取齊。鄒淵去了。又叫孫新到城裡找樂和，約會了，暗通消息給解珍、解寶得知。

第二天，登雲山寨裡鄒淵收拾好金銀，自和那起人到來相助；孫新家裡也有七八個知心腹的火家，加上孫立帶來的十多個軍漢：共有四十多人。孫新宰了兩口豬、一腔羊，眾人吃了一飽。顧大嫂貼肉藏了尖刀，扮做一個送飯的婦人先去。孫新跟著孫立，鄒淵領了鄒閏，各帶了火家，分做兩路前去。

當天樂和拿著水火棍，正站在牢門裡石獅子嘴邊，只聽得拽鈴子響。樂和問：「什麼人？」

顧大嫂說：「送飯的婦人。」

樂和已經明白了，便來開門，放顧大嫂進去，再關了門。包節級正在亭心裡看見，大喝：「這婦人是什麼人？敢進牢裡送飯！自古說『獄不通風』！」

樂和說：「這是解珍、解寶的姐姐親自送飯進來。」

包節級大喝：「不要叫她進去！你們自給她送進去就是了。」

樂和討了飯，開了牢門，給了他們兩個。解珍、解寶問：「舅舅，夜來所說的事怎麼樣了？」

樂和說：「你姐姐進來了。只等前後相應。」

只聽得小牢子進來報告：「孫提轄敲門，要進來。」

包節級說：「他自是營管，來我牢裡，有什麼事幹！不要開門！」

顧大嫂慢慢地移到亭心邊，外面又叫：「孫提轄焦躁，正在打門。」包節級憤怒，便下亭心來。顧大嫂大叫一聲：「我的兄弟在哪裡？」從身邊便拿出兩把明晃晃的尖刀。包節級見不是頭，朝亭心外就走。解珍、解寶提起枷從牢眼裡鑽出來，正迎著包節級。包節級措手不及，被解寶一枷打去，把腦蓋劈得粉碎。當時顧大嫂早戳翻了三四個小牢子，一齊發喊，從牢裡打出來。孫立、孫新兩個把住牢門，見到四個人從牢裡出來，一起往州衙前走去。鄒淵、鄒閏從州衙裡提出王孔目的頭來。一行人大喊，步行者在前，孫提轄騎著馬，彎著弓，搭著箭，跟在後面。街上的人家都關上門，不敢出來。州裡做公的人認得是孫提轄，誰敢向前攔阻。眾人簇擁著孫立奔到山城門去，一直往十里牌來，扶樂大娘子上了車子，顧大嫂上了馬。

解珍、解寶對眾人說：「可恨毛太公那老賊！怎麼能不報仇了去！」

孫立說：「說得是。」便令兄弟孫新和舅舅樂和，「先護持車子往前走，我們隨後趕來。」孫新、樂和簇擁著車子先走了。孫立帶著解珍、解寶、鄒淵、鄒閏及火家伴當一起奔到毛太公莊上來，正值毛仲義在太公莊上慶壽飲酒。一夥好漢吶聲喊殺了進去，就把毛太公、毛仲義及一門老小都殺了，不留一個；到臥房裡搜檢得十多箱金銀財寶，又從後院牽得七八匹馬，解珍、解寶揀上幾件好的衣服穿了，把莊院一把火燒了。各人上馬，帶了一夥好漢，趕不到三十里，早趕上車仗人馬，合在一處上路。在路上又奪得三四匹好馬，一行星夜奔上梁山泊。

不過一二天，來到石勇酒店裡，那鄒淵和他相見了，問起楊林、鄧飛二人。石勇說：「宋公明去攻打祝家莊，二人都跟去了，兩次失利。聽得報來說，楊林、鄧飛都陷在那裡，不知性命如何。那祝家莊三子豪傑，又有教師鐵棒欒廷玉相助，因此二次都沒能打破那個莊子。」

孫立聽了，大笑：「我們眾人來投大寨入夥，正沒半分功勞。獻一條計，去打破祝家莊，作為進身之禮，好不好？」

石勇大喜，說：「願聞良策。」

孫立說：「欒廷玉和我是一個師父教的武藝。我學的刀，他也知道；他學的武藝，我也盡知。我們今天只裝做登州對調來鄆州守把，經過這裡相望，他必然出來迎接我們。進去後，裡應外合，必成大事。這條計策好不好？」正跟石勇說著，只見小校前來報告：「吳學究下山來了，要前往祝家莊救應去。」

石勇聽得，便叫小校快去報知軍師，請來這裡相見。話音未落，已有軍馬來到店前，是那呂方、郭盛和阮氏三雄，隨後軍師吳用帶領五百多人馬到來。石勇接到店內，領著這一行人都相見了，說起投托入夥、獻計一節。吳用聽了大喜，說：「既然眾位好漢肯作成山寨，先不要上山，便麻煩一同疾往祝家莊，就行此一事，成全這段功勞，好不好？」

孫立等眾人都喜，一齊都依允了。吳用說：「小生現在人馬先去。眾位好漢隨後一起前來。」吳學究商議已定，先來宋江寨中，見宋公明眉頭不展，面帶憂容。便置酒給宋江解悶，說起：「石勇、楊林、鄧飛三個的一起相識是登州兵馬提轄病尉遲孫立，和這祝家莊教師欒廷玉是一個師父教的。今來共有八人，投大寨入夥。特獻這條計策，以為進身之報。今已商量定了，裡應外合，如此行事。隨後便來參見兄長。」宋江聽說，大喜。

等到孫立一行前來，宋江置酒設席管待，不在話下。

吳學究暗傳號令給眾人，叫第三天怎麼做，第五天怎麼做。囑咐完了，孫立等眾人領了計策，一行人帶著車仗人馬到祝家莊進身行事。

再說當時軍師吳用對戴宗說：「賢弟可給我回山寨去取鐵面孔目裴宣、聖手書生蕭讓、通臂猿侯健、玉臂匠金大堅。可叫這四個人帶了如此行頭連夜下山來。我自有用他們處。」

戴宗去了。只見寨外軍士來報：「西村扈家莊上扈成，牽牛擔酒，特來求見。」

扈成來到中軍帳前，再拜懇告：「小妹一時魯莽，年幼不懂人事，誤犯威顏。」

宋江說：「祝家莊那傢伙真是無禮，這事本來和你扈家無關。只是令妹帶人捉了王矮虎，因此拿了令妹。你把王矮虎放還給我，我便把令妹還給你。」

扈成說：「只是那個好漢已被祝家莊拿了去。」

吳學究說：「只要依小生所說：今後祝家莊上有事，你的莊上切不可令人來救護。如果祝家莊上有人投奔到你那裡，你可就地縛了。那時送還令妹到貴莊。」扈成拜謝了去。

且說孫立便把旗號上改做「登州兵馬提轄孫立」，領了一行人馬，都來到祝家莊後門前。

欒廷玉聽得是登州孫提轄前來相望，放下吊橋，出來迎接。欒廷玉問：「賢弟在登州守把，如何到了這裡？」

孫立說：「總兵府行下文書，對調我來這裡的鄆州守把城池，防備梁山泊強寇。便道經過，問覓村裡，從小路問到村後，前來拜望仁兄。」欒廷玉大喜，當時就帶著一行人進莊裡來。孫立一行人安頓車仗人馬，更換衣裳，都在前廳來相見祝朝奉，又和祝龍、祝虎、祝彪三傑都相見了。

欒廷玉帶著孫立等人來到廳上相見。祝朝奉以及三子雖然聰明，只是見他有老有小，還有許多行李車仗人馬，又是欒廷玉教師的兄弟，哪裡會有疑心？只顧殺牛宰馬做筵席管待眾人飲酒。

過了一兩天，到第三天，莊兵報告：「宋江軍馬又殺奔莊上來了！」

祝彪說：「我去拿那些賊！」便出莊門，放下吊橋，率一百多馬軍殺了出來。早迎見小李廣花榮。祝彪見了，向前來鬥。數十回合，花榮回馬便走，有人說：「將軍不要去趕，恐防暗器。這個人深好弓箭。」祝彪聽了，便領回人馬，投莊上來；祝彪一直到廳前下馬，進後堂來飲酒。

孫立問：「小將軍今天拿得什麼賊？」

祝彪說：「今天這夥人中有個什麼小李廣花榮，箭法十分了得。鬥了五十多個回合，那傢伙走了。我正要追他，人們說：『那傢伙一手好弓箭』，因此各自收兵回來。」

孫立說：「改天看小弟不才，拿他幾個。」

又歇了一夜。到了第四天，忽然有莊兵報告：「宋江軍馬又到莊前來了！」堂下祝龍、祝虎、祝彪三子都披掛了，出到莊前門外。這裡祝朝奉坐在莊門上，左邊欒廷玉，右邊孫提轄；祝家三傑和孫立帶來的許多人馬，都擺在門邊。林沖挺起丈八蛇矛，和祝龍鬥了三十多個回合，不分勝敗。祝虎大怒，提刀上馬。沒遮攔穆弘來戰祝虎，鬥了三十多個回合，又沒分出勝敗。祝彪見了大怒，飛身上馬，帶了二百多騎，奔到陣前。病關索楊雄，飛搶出來戰祝彪。

第三十五回　宋公明三打祝家莊　插翅虎枷擊白秀英

話說孫立見兩隊在陣前廝殺，便叫孫新：「取我的鞭來！把我的衣甲頭盔袍襖拿來披掛了！」牽過自己馬來，這騎馬，號「烏騅馬」。孫立腕上懸了虎眼鋼鞭，祝家莊上一聲鑼響，孫立出馬來在陣前。宋江陣上，林沖、穆弘、楊雄都勒住馬立於陣前。孫立早跑馬出來，說：「看我捉這夥賊人！」孫立把馬兜住，喝問：「你那賊兵陣上有好廝殺的出來和我決戰！」宋江陣內鸞鈴響處，一騎馬跑了出來。眾人看時，乃是拚命三郎石秀來戰孫立。兩馬相交，兩個鬥到五十回合，孫立賣個破綻，讓石秀一搠過來，虛閃一下，把石秀輕輕地從馬上捉了過來，一直挾到莊門撇下，喝道：「縛了！」祝家三子把宋江軍馬一攪，都趕散了。三子收軍回到門樓下，見了孫立，眾都拱手欽服。

孫立便問：「一共捉得幾個賊人？」

祝朝奉說：「起初先捉得一個時遷，過後拿得一個細作楊林，又捉得一個黃信；扈家莊一丈青捉得一個王矮虎；陣上捉得兩個：秦明、鄧飛，今天將軍又捉得一個石秀，這傢伙正是燒了我店屋的。共是七個了。」

孫立說：「一個也不要傷了他。快做七輛囚車裝了，給他們吃些飯酒，不要餓壞了他們，不好看。他日拿了宋江，一起解赴到東京去，叫天下傳名，說這個祝家莊三傑！」

看官聽說：石秀的武藝不低於孫立，要賺祝家莊人，故意叫孫立捉了，使他莊上人信他。孫立又暗暗地使鄒淵、鄒閏、樂和去後房裡把門戶都看了。楊林、鄧飛見了鄒淵、鄒閏，心中暗喜。看看周圍沒有人，便透個消息給眾人知道了。顧大嫂和樂大娘子在裡面，又看了房戶出入的門徑。到第五天，孫立等眾人都在莊上閒走。

當天早飯過後，只見莊兵報告：「今天宋江分兵做了四路，來打本莊！」

孫立說：「分十路又能怎麼樣！你手下人先不要慌，早做準備就是了。先安排撓索，須要活捉，拿死的也不算！」莊上人都披掛了。祝朝奉親自率領一班人上門樓來看，見正東上有一彪人馬，當先有一個頭領，乃是豹子頭林沖，背後便是李俊、阮小二，大約有五百以上人馬；正西上又有五百來人馬，當先一個頭領乃是小李廣花榮，隨後是張橫、張順；正南門樓上望時，也有五百來人馬，當先三個頭領乃是沒遮攔穆弘、病關索楊雄、黑旋風李逵，四面都是兵馬。

欒廷玉看了，說：「今天不可輕敵。我帶一隊人馬出後門，殺這正西北上的人馬。」

祝龍說：「我出前門殺這正東上的人馬。」

祝虎說：「我也出後門殺那西南上的人馬。」

祝彪說：「我自出前門捉宋江，是要緊的賊首！」

祝朝奉大喜，都賞了酒，各人上馬，盡帶了三百多騎，奔出莊門。其餘的守住莊院門樓吶喊。

這時，鄒淵、鄒閏已經藏了大斧，守在監門左側。解珍、解寶藏了暗器，不離後門。孫新、樂和已經守定前門左右。顧大嫂先撥軍兵保護樂大娘子，拿了兩把雙刀在堂前蟄伏。只聽風聲便要下手。

且說祝家莊四下裡去拚殺。孫立帶了十多個軍兵待在吊橋上。門裡孫新便把原帶來的旗號插在門樓上，樂和便唱了起來，鄒淵、鄒閏聽得樂和唱，便呼哨了幾聲，掄動大斧，早把守監門的莊兵砍翻了數十個。開了陷車，放出七隻大蟲來，各各從架上拔了刀，一聲喊起，顧大嫂拿出兩把刀，一直奔到房裡，把應有婦人，一刀一個，都殺了。祝朝奉見勢頭不好了，正要投井時，早被石秀一刀剁翻，割了首級。那十多個好漢分別前來殺莊兵。後門頭解珍、解寶便在馬草堆裡放起一把火。

祝虎見莊裡火起，先奔回來。孫立守在吊橋上，大喝一聲：「你那廝哪裡去！」攔住吊橋。祝虎明白，便撥轉馬頭，再奔向宋江陣上來。這裡呂方、郭盛早把祝虎連人和馬搠翻在地。眾軍亂上，剁做肉泥。前軍四散奔走。孫立、孫新迎接宋公明入莊。

東路祝龍鬥林沖不過，飛馬往莊後來。到得吊橋邊，見後門頭解珍、解寶把莊客的屍首一個個攛了下來。祝龍急回馬往北而走，猛然撞著黑旋風李逵，祝龍措手不及，倒撞下馬來，被李逵只一斧，把頭劈下。

祝彪見莊兵走來報知，不敢回莊，一直朝扈家莊奔來，被扈成叫莊客捉了，綁縛了。正解押來見宋江，恰好遇著李逵，只一斧，砍翻祝彪，莊客都四散走了。李逵再掄起雙斧，看著扈成砍來。扈成見局面不好，投馬落荒而走，棄家逃命，投到延安府去了。後來中興內也做了個軍官武將。李逵殺得手順，一直搶入扈家莊裡，把扈太公一門老少都殺了，不留一個。叫小嘍囉牽了馬匹，把莊裡一應有的財賦，有四五十馱，帶上，把莊院一把火燒了，回來獻納。

這時候，宋江已在祝家莊上正廳坐下，眾頭領都來獻功，生擒得四五百人，奪得好馬五百多匹，活捉牛羊不計其數。打破祝家莊，得到糧米五十萬石。

話分兩頭。且說撲天雕李應剛剛將息得箭瘡平復，閉門在莊上不出，暗地使人常常去探聽祝家莊消息，得知被宋江打破了，驚喜相半。

只見莊客入來報告：「有本州知府帶著三四十漢子到莊來，便問祝家莊事情。」李應慌忙叫杜興開了莊門，放下吊橋，迎接入莊。李應把一條白絹搭膊絡著手，出來迎接，邀請進莊裡前廳。知府下了馬，來到廳上，居中坐了。側首坐著孔目，下面是押番和幾個虞候，階下盡是許多節級牢子。李應拜了，立在廳前。

知府問：「祝家莊被殺一事，怎麼說？」

李應說：「小人因為被祝彪射了一箭，傷了左臂，一向閉門不出，不知其實。」

知府說：「胡說！祝家莊有狀子告你結連梁山泊強寇，引誘他軍馬打破了莊，前天又受他鞍馬羊酒，彩緞金銀。你怎麼能賴得過？」

李應說：「小人是知法度的人，怎麼敢接受他們的東西？」

知府說：「難信你的話！先提到府裡，你自和他對理明白！」喝叫獄卒牢子，「捉了！帶他州裡去和祝家分辯！」兩下押番、虞候把李應縛了。眾人簇擁知府上了馬。

知府又問：「哪個是杜主管杜興？」

杜興說：「小人就是。」

知府說：「狀上也有你的名，一同帶去。也把他鎖了。」一行人出了莊門。當時拿了李應、杜興，離了李家莊，不停腳地解來。走了不到三十多里，只見林子邊撞出宋江、林沖、花榮、楊雄、石秀一班人馬，攔住去路。

林沖大喝：「梁山泊好漢合夥在此！」

那知府等人抵抗不了，撇了李應、杜興逃命去了。宋江喝叫趕上。眾人趕了一程，回來說：「我們如果能趕上時，也把這個鳥知府殺了。但已不知去向。」

李應、杜興被解了縛索，開了鎖，牽了兩匹馬過來，給他們兩個騎了。宋江便說：「先請大官人上梁山泊躲上幾天好不好？」

李應說：「這可使不得。知府是你們殺的，不幹我事。」

宋江笑著說：「官司裡怎麼肯給你這樣分辯？我們去了，必然要負累了你。既然大官人不肯落草，先在山寨稍停幾天，打聽得沒事了，再下山來不遲。」當下也不由李應、杜興，一擁去了。

來到山上，李應稟告宋江：「我們兩個已經送將軍到了大寨，既然和眾頭領也都相見了，在這裡趨侍沒有什麼關係，只是不知家中老小怎麼樣了，可叫小人下山去看看。」

吳學究笑著說：「大官人差矣。寶眷已經都取到山寨了。貴莊一把火已被燒做白地，大官人回到哪裡去？」

李應不信，早見車仗人馬上山來。李應看時，見是自家的莊客和老小人等。李應連忙過去，問時，妻子說：「你被知府捉走，隨後又有兩個巡檢帶著四個都頭，帶了三百多個士兵，前來抄紮家私。把我們好好地叫上車子，家裡一應箱籠牛羊馬匹驢騾等都拿了去，又把莊院一把火燒了。」李應聽了，只得叫苦。

晁蓋、宋江都下廳請罪，說：「我們兄弟久聞大官人好處，因此定下這條計來。萬望大官人寬恕。」李應聽了這樣說，只得隨順了。

宋江等人當時請到廳前敘說閒話，眾人大喜。宋江便取笑說：「大官人，你看我叫過兩個巡檢和那知府過來相見。那扮知府的是蕭讓，扮巡檢的兩個是戴宗、楊林，扮孔目的是裴宣，扮虞候的是金大堅、侯健。」宋江又叫那四個都頭，原來卻是李俊、張順、馬麟、白勝。李應看了，目瞪口呆，說不出話來。

宋江叫王矮虎過來，說：「我當初在清風寨時許下你一頭親事，懸掛在心裡，沒有完得這一願望。今天我父親有一個女兒，要招你為婿。」宋江請出宋太公來，帶著一丈青扈三娘來到筵前。宋江親自給她賠話，說：「我這兄弟王英，雖然有武藝，不及賢妹。是我當初曾經許下他的一頭親事，沒有成得。今天賢妹認義我父親了。眾頭領都是媒人，今天是個良辰吉日，賢妹和王英結為夫婦。」一丈青見宋江義氣深重，推卻不得。兩口兒只得拜謝了。晁蓋等眾人都喜，齊稱宋公明是有德有義之士。

當天筵席，飲酒慶賀。正飲宴時，只見朱貴酒店裡使人上山來，報告說：「有一個稱是鄆城縣都頭的雷橫，朱頭領邀請住了，先派小校前來報知。」

晁蓋、宋江聽了大喜，同軍師吳用三個下山迎接。三個人和雷橫相見了。雷橫說：「小弟蒙本縣差遣往東昌府公幹回來，經過路口，小嘍囉攔討買路錢，小弟提起賤名，因此朱兄堅意留住。」

晁蓋、宋江，置酒管待。雷橫一連住了五天，每天和宋江說些閒話。晁蓋問起朱仝消息。雷橫回答：「朱仝現在參做本縣當牢節級，新任知縣十分歡喜。」

雷橫臨走，得了一大包金銀下山，自回鄆城縣了，到家參見老母，又到縣裡來拜見了知縣，銷繳了公文批帖，先歸家暫歇。依舊每天到縣裡書畫卯酉，聽候差使。

一天走到縣衙東邊，有本縣一個幫閒的李小二，叫住雷橫，說：「都頭出去多時了，不知這裡近段時間有個東京新來的行院，色藝雙絕，叫做白秀英。那妮子來參都頭，正值公差出外不在。現在勾欄裡，說唱諸般品調。每天有那一班打散，或是戲舞，或是吹彈，或是歌唱，賺得那人山人海地看。都頭怎麼不去看一看？真是一個好粉頭！」

雷橫聽了，便和那李小二到勾欄裡來看。一場笑樂院本下來，只見一個老兒，穿著一領茶褐羅衫，繫一條皂條，拿把扇子上來，開科說：「老漢是東京人，白玉喬的便是。如今年邁，只憑女兒秀英歌舞吹彈，普天下服侍看官。」

鑼聲響處，那白秀英早上戲臺，參拜四方。拈起鑼棒，如撒豆般點動。拍下一聲界方，那白秀英便說：「今日秀英招牌上明寫著這場話本，叫做『豫章城雙漸趕蘇卿』。」說了開話又唱，唱了又說，眾人喝采不絕。

白玉喬說：「我兒先走一遭，看官都待賞妳。」

白秀英托著盤子，先到雷橫面前。雷橫便在身邊袋裡去摸，沒想到並無一文。雷橫說：「今天忘記了，沒有帶得出來，明天一起賞妳。」

白秀英笑著說：「『頭醋不釅二醋薄。』官人坐當其位，可出個標首。」

雷橫通紅了面皮，說：「我一時沒有帶得出來，不是我捨不得。」

白秀英說：「官人既然是來聽唱的，怎麼不記得帶錢出來？」

雷橫說：「我賞妳三四兩銀子，也不打緊。只是今天忘記帶來。」

白秀英說：「官人今天眼見一文也沒有，提什麼三四兩銀子！正是叫俺『望梅止渴』、『畫餅充飢』。」

白玉喬叫：「我兒，妳沒長眼，不看城裡人村裡人，只顧問他討什麼！先過去問那懂事的恩官告個標首。」

雷橫說：「我怎麼不是懂事的？」

白玉喬說：「你如果懂得這子弟門庭時，狗頭上生角！」眾人齊和起來。

雷橫大怒，便罵：「這忤奴，怎麼敢侮辱我！」

白玉喬說：「便罵你這三家村使牛的，打什麼要緊！」

有認得的，喝道：「使不得！這個是本縣雷都頭。」

白玉喬說：「只怕是『驢筋頭』！」

雷橫哪裡忍耐得住，從坐椅上一直跳到戲臺上，揪住白玉喬，一拳便打得唇綻齒落。眾人見打得凶了，都來勸解，又勸雷橫回去了。勾欄裡的人盡散。

原來這白秀英和那新任知縣衙內在東京兩個來往，今天特地在鄆城縣開勾欄。那花娘見父親被雷橫打了，又帶了重傷，叫了一乘轎子，來到知縣衙內訴告：「雷橫打父親，攪散勾欄，意在欺騙奴家！」

知縣聽了，大怒：「快寫狀來！」

這個叫做「枕邊靈」。

那婆娘立等知縣派人把雷橫捉拿到官，當廳責打，取了招狀，用具枷來枷了，定要把雷橫號令示眾在勾欄門前。

知縣便叫人把雷橫扒在街上。雷橫的母親正來送飯，看見兒子吃扒在那裡，便哭了起來，罵那禁子們，說：「你們眾人也和我兒一般是在衙門裡出入的人，錢財真這般好使！

誰保得住常沒事！」那婆婆一面自去解索子。一面嘴裡罵：「這個賊賤人真是狗仗人勢！我自解了！」

白秀英聽得，柳眉倒豎，星眼圓睜，大罵：「老咬蟲！賤人怎敢罵我！」婆婆說：「我罵妳，能怎麼樣？妳須不是鄆城縣知縣！」

白秀英大怒，搶到跟前，一掌，把那婆婆打了一個踉蹌，那婆婆正待掙扎，白秀英再趕過去，老大耳光子只顧打。這雷橫已經是銜憤在心，又見母親挨打，一時怒從心起，扯起枷來，望著白秀英腦蓋上，只一枷，打個正著，劈開了腦蓋，撲地倒了。眾人看時，腦漿迸流，眼珠突出，動彈不得，死了。

第三十六回　朱仝誤失小衙內　李逵打死殷天賜

話說眾人見打死了白秀英，就押帶了雷橫，一起來到縣裡首告，雷橫被下在牢裡。當牢節級是美髯公朱仝，見發下雷橫，也沒有辦法可想，只得安排一些酒食管待，叫小牢子打掃一間淨房，安頓了雷橫。

不久，他娘來牢裡送飯，哭著哀告朱仝，說：「老身年紀六旬之上，眼睜睜地只看著這個孩兒！煩節級哥哥看在日常間弟兄面上，可憐見我這個孩兒，看覷，看覷！」

朱仝說：「老娘請放心歸去。今後飯食，不必來送，小人自會管待他。如果有方便處，可以想法救他。」

雷橫娘說：「哥哥救得孩兒，是重生父母！如果孩兒有些好歹，老身性命也就休了！」

那知縣只是恨這雷橫打死了他婊子白秀英，又怎奈白玉喬催並疊成文案，要知縣斷讓雷橫償命。囚在牢裡，六十天限滿，斷結解上濟州。主案押司抱了文卷先行，叫朱仝解送雷橫。朱仝帶了十多個小牢子，監押著雷橫，離了鄆城縣。大約走了十多里，見有一個酒店。朱仝說：「我們眾人先在這裡飲上兩碗酒再去。」眾人都到店裡飲酒。朱仝獨自帶過雷橫，來到後面僻靜處，開了枷，囑咐：「賢弟自回，快去取了老母，星夜去別的地方逃難去吧。這裡我自替你吃官司。」

雷橫說：「小弟走了沒什麼，必定要連累了哥哥。」

朱仝說：「兄弟，你不知道：知縣怪你打死了他的婊子，把這文案都做死了，解到州裡，一定是要你償命。我放了你，我終不該死罪。我又沒有父母掛念，家私盡可賠償。你儘管前去，快去。」

雷橫拜謝了，便從後門小路奔回家裡，收拾了細軟包裹，帶著老母，星夜到梁山泊入夥去了，不在話下。

且說朱仝出來對眾小牢子說：「雷橫跑了，卻是怎麼好！」故意拖延了半晌，料雷橫去得遠了，才帶著眾人來到縣裡出首。知縣本愛朱仝，有心出脫他，白玉喬要赴上司陳告朱仝故意脫放雷橫，知縣只得把朱仝所犯情由申報濟州去。當廳審錄明白，斷了二十脊杖，刺配滄州牢城。

兩個公人押著朱仝來到滄州，呈上公文。知府看了，見朱仝一表非俗，貌如重棗，美髯過腹，先有八分歡喜，便叫：「這個犯人不要發配到牢城營裡，只留在本府聽候使喚。」當下除了行枷，便給了回文，兩個公人自回。

只說朱仝自在府中，每天只在廳前伺候。忽然有一天，本官知府正在廳上坐堂，朱仝在階下侍立。只見屏風背後轉出一個小衙內，年方四歲，生得美貌，乃是知府親子，知府愛惜，如金似玉。那小衙內見了朱仝，走過來便要他抱。朱仝只得抱起小衙內在懷裡。

那小衙內雙手扯住朱仝長髯，說：「我只要這鬍子抱！」

知府說：「孩兒快放了手，不要胡來！」

小衙內又說：「我只要這鬍子抱！和我去玩耍！」

朱仝稟告：「小人抱衙內去府前閒走走，玩一會兒回來。」

知府說：「孩兒既然是要你抱，你和他去玩一會兒回來吧。」朱仝抱了小衙內，出了府衙，買些細糖果子給他吃。又轉了一遭，再抱到府裡來。從此為始，每天和小衙內上街閒耍。朱仝又有錢，只要本官喜歡，小衙內面上，儘管花費不提。

時過半月之後，便是七月十五日，各處點放河燈，修設好事。當天天晚，堂裡侍婢叫：「朱都頭，小衙內今夜要去看河燈。夫人囑咐，你可抱他去看一看。」朱仝說：「小人抱去。」那小衙內穿了一領紗衫，頭上角兒拴著兩條珠子頭鬚，從裡面走出來。朱仝托在肩頭上，轉出府衙，往地藏寺裡去看點放河燈。那時才剛剛天黑，朱仝肩背著小衙內，來到水陸堂放生池邊看放燈。那小衙內爬在欄杆上，看了笑耍。這時，只見背後有人拽朱仝袖子，說：「哥哥，借一步說話。」朱仝回頭看時，是雷橫，吃了一驚，便說：「小衙內，先下來坐在這裡。我去買糖來給你吃，你切不要走動。」

小衙內說：「你快來，我要到橋上看河燈。」朱仝說：「我就來。」轉身和雷橫說話。

雷橫扯朱仝到僻靜處，拜道：「自從哥哥救了性命，和老母無處可歸，只得上梁山泊投奔了宋公明入夥。宋公明也十分思想哥哥舊日放他的恩念，晁天王和眾頭領都感激不淺，因此特地叫吳軍師同兄弟前來相探。」

朱仝問：「吳先生現在何處？」背後轉過吳學究，說：「吳用在此。」說完便拜。朱仝慌忙答禮。吳學究說：「山寨裡眾頭領多多致意，今天叫吳用和雷都頭特來相請足下上山，同聚大義。」朱仝聽了，半晌答應不得。吳學究說：「既然都頭不肯去時，我們先自告退。」

朱仝說：「說我賤名，向眾位頭領問好。」一同到了橋邊，朱仝回來，不見了小衙內，叫起苦來，兩頭沒路可尋。

此時，雷橫扯住朱仝，說：「哥哥不要找了，多管是我帶來的兩個伴當，聽得哥哥不肯去，抱了小衙內去了。我們一同去尋。」

朱仝說：「兄弟，不是耍處！如果這個小衙內有些好歹，知府相公的性命也就休了！」

雷橫說：「哥哥，先跟我來。」

三個人離了地藏寺，出了城外，朱仝心慌，離城大約走了二十里，只見李逵在前面叫：「我在這裡。」

朱仝搶近前來，問：「小衙內放在哪裡？」

李逵唱個喏，說：「被我拿些麻藥抹在嘴裡，一直抱出城來，如今睡在林子裡，你自己去看。」

朱仝乘著月色明朗，奔入林子裡，只見小衙內倒在地上。朱仝用手去扶時，只見頭劈成兩半，已經死在那裡。

朱仝大怒，便要和李逵拚命。吳用、雷橫勸住。眼看無法再回去了。

當下朱仝對眾人說：「如果要我上山時，只殺了黑旋風，給我出了這口氣，我就不提這事了！」又說：「如果有黑旋風時，我死也不上山去！」

適逢小旋風柴進之莊便在左近，那柴進聽了次事，便道：「這也容易。我自有個道理，只留下李大哥在我這裡就是了。你們三個人上山去，以滿晁、宋二公之意。」

滄州知府晚上不見朱仝抱小衙內回來，派人四散去找了半夜，人見殺死在林子裡，第二天升廳，便行開公文，各處緝捕，捉拿朱仝正身。

只說李逵在柴進莊上，住了一個多月。忽然有一天，見到有一個人拿著一封信火急地奔到莊上來，柴大官人正好迎著，接過來看了，大驚，對李逵說：「我有個叔叔柴皇城，現在高唐州居住，今被本州知府高廉老婆的兄弟殷天錫那傢伙要強占花園，嘔了一口氣，臥病在床，早晚性命不保。必有遺囑囑咐，特來叫我。叔叔無兒無女，我必須親身去走一遭。」

李逵說：「既然大官人要去時，我也跟大官人去走一遭。」

不一天，來到高唐州，入城一直來到柴皇城宅前下馬，柴進來到臥房裡看叔叔，坐在榻前，放聲慟哭。皇城的繼室出來，柴進說：「尊嬸放心。只顧請好醫士調治叔叔。但有門戶，小侄自會使人回滄州家裡去取丹書鐵券來，和他理會。便是告到官府，今上御前，也不怕他。」

正說著，裡面侍妾慌忙來請大官人看視皇城。柴進到裡面臥榻前，只見皇城流下兩行眼淚，對柴進說：「賢姪志氣軒昂，不辱祖宗。我今被殷天錫嘔死，你可看骨肉之面，親書往京師攔駕告狀，給我報仇。九泉之下也感賢姪親意！保重，保重，再不多囑！」說完，便咽了氣。

柴進叫依官制，備辦內棺外槨，依禮鋪設靈位。一門穿了重孝，大小舉哀。到了第三天，只見這殷天錫，騎著一匹馬，領著閒漢二三十人，手拿彈弓川弩，拈竿樂器，在城外遊玩了一遭，帶著五六分酒，佯醉假顛，來到柴皇城宅前，勒住馬，叫裡面管家的人出來說話。柴進聽說，掛著一身孝服，慌忙出來答應。

那殷天錫在馬上問：「你是他家什麼人？」

柴進回答：「我是柴皇城親姪柴進。」

殷天錫說：「我前幾天囑咐過，叫他家搬出屋去，怎麼不聽我的話？」

柴進說：「你不要這樣欺負人。我家也是龍子龍孫，放著先朝丹書鐵券，誰敢不敬？」

殷天錫大怒，說：「就是有丹書鐵券，我也不怕！各位，給我打這傢伙！」眾人正待動手。原來黑旋風李逵在門縫裡往外看，聽得喝打柴進，便拽開房門，大吼一聲，一直搶到馬邊，早把殷天錫揪下馬來，一拳打翻。那二三十人衝過來打他，被李逵手起，早打倒五六個，都嚇跑了，再把殷天錫提起來，一通拳頭。柴進哪裡勸得住，看那殷天錫時，早已經打死在地上。柴進只叫苦，便叫李逵先去後堂商議。

柴進說：「眼見得有人到這裡，你安身不得了。官司我自理會，你快回梁山泊去。」不久，只見二百多人，各執著刀杖槍棒，圍住柴皇城家。眾人先縛了柴進，便入家裡搜捉行兇黑大漢，不見。知府高廉聽得打死了他的舅子殷天錫，正在廳上咬牙切齒，只待拿人來。眾人下手，把柴進打得皮開肉綻，鮮血迸流，只得招做：「使令莊客李大打死殷天錫。」

李逵連夜回梁山泊，到得寨裡，來見眾頭領。朱仝一見李逵，怒從心起，拿條朴刀，直奔李逵，黑旋風拔出雙斧，便鬥朱仝。晁蓋、宋江和眾頭領一齊向前勸住。李逵被宋江逼住了，只得撇了雙斧，拜了朱仝兩拜。朱仝這才消了這口氣。

李逵說：「柴大官人因去高唐州看親叔叔柴皇城病症，被本州高知府妻舅殷天錫，要奪屋宇花園，大罵柴進，我便打死了殷天錫那傢伙。」

晁蓋說：「柴大官人和山寨有恩，今天他有危難，怎麼能不下山去救他。我親自去走一遭。」

宋江說：「哥哥是山寨之主，怎可輕舉妄動？我和柴大官人舊來有恩，情願替哥哥下山。」

宋江便率領二十二位頭領，辭了晁蓋等眾人，離了山寨，往高唐州進發。

且說高唐州知府高廉，會幾手妖法。宋江率眾前來，被高廉連破了幾陣。

宋江在高唐州心中憂悶，和軍師吳用商量：「只這個高廉都破不得，如果別添他處軍馬，合力來攻，卻怎麼是好！」

吳學究對宋公明說：「除非快叫人去薊州尋取公孫勝，便可破得高廉。今天叫戴宗可去薊州管下山川去處再尋覓一遭，不愁見不到他。」

戴宗說：「我願往，只是得有一個做伴的去才好。」

李逵便說：「我和戴院長做伴走一遭。」

一路上，戴宗作起神行法，扶著李逵同走。沒幾天，迤邐來到薊州城外，在客店裡歇了。第二天晌午時分，兩個人走得肚飢，見路邊有一個素麵店。吃麵時正遇上一位老兒，問起公孫勝來，老兒說：「客官問別人肯定不知，多有人不認得他。老漢和他是鄰舍。他只有一個老母在堂。這個先生一向雲遊在外，現在叫做公孫一清。人們只叫他清道人，不叫公孫勝，這是俗名，無人知道。」

正是踏破鐵鞋無覓處，得來全不費工夫！

老人說：「公孫一清在二仙山，只離本縣四十五里。清道人是羅真人的徒弟。他本師怎麼會放他離開左右！」

戴宗聽了大喜，連忙吃了麵，算還麵錢，和老人同出店肆，問了路途。早早來到二仙山下，找到了公孫勝。

公孫勝出來拜請戴宗、李逵，邀進一間淨室坐下，說道：「貧道幼年飄蕩江湖，多和好漢們相聚。自從離開梁山泊回鄉，不是故意違約：一來母親年老，無人奉侍；二來本師羅真人留在座前。恐怕山寨有人尋來，故意改名清道人，隱居在這裡。」

戴宗說：「今日宋公明正在危急之際，哥哥慈悲，只得去走一遭。」

公孫勝說：「先容我去稟問本師真人。如果肯答應，便一同回去。」

公孫勝、戴宗、李逵同去征得羅真人同意。羅真人便對戴宗、李逵說：「我本不讓他去，今為你們大義為重，就叫他去走一遭。」

公孫勝辭了羅真人，告別了眾道伴，下了山。戴宗先去報信。由李逵陪同公孫勝前行。路上，經過一個城鎮，李逵把公孫勝留在飯館，出來買糕，偶然遇見了打鐵的湯隆。湯隆父親原是延安府知寨官，近年其父在任亡故，湯隆貪賭，流落在江湖上，因此留在這裡打鐵度日。他渾身有麻點，人們都叫他金錢豹子。

且說李逵帶著湯隆，回到飯館，找到公孫勝。吃完買回的糕，各自背上包裹，和公孫勝一起離開了武崗鎮，迤邐朝高唐州前來。離寨五里，早有呂方、郭盛帶著一百多軍馬迎接。四個人上了馬，一同到寨。宋江、吳用等人出寨迎接。李逵領著湯隆過來參見了宋江、吳用和眾頭領。

第二天，中軍帳上，宋江、吳用，依照公孫勝計策，最終殺敗了高廉，並在一處井中救出了柴大官人。

高唐州被攻破，觸動了朝廷。

這一天，天子升殿，高太尉出班上奏：「今有濟州梁山泊賊首晁蓋、宋江累造大惡；打劫城池，搶擄倉廒，聚集凶徒惡黨，在濟州殺害官軍，鬧了江州無為軍；今又將高唐州官民殺戮一空，倉廒庫藏盡被擄去。此是心腹大患，若不早行誅剿，他日養成賊勢，難以制服。伏乞聖斷。」

天子聞奏大驚，隨即降下聖旨，就委派高太尉選將調兵，前去剿捕，務必掃清水泊。

高太尉奏道：「有河東名將呼延贊嫡派子孫，單名叫個灼字，使著兩條銅鞭，有萬夫不當之勇。臣保舉在這裡，可以征剿梁山泊。可以授兵馬指揮使，領馬步精銳軍士，克日掃清山寨，班師還朝。」

天子准奏，降下聖旨。

汝寧郡都統制呼延灼接到聖旨，離開了汝寧州，星夜赴京。來見高太尉。第二天早朝，引見道君皇帝。天子看見呼延灼儀表非俗，喜動天顏，就賜踢雪烏騅一匹。那馬，渾身墨錠似黑，四蹄雪練般白，因此名為「踢雪烏騅」，能日行千里。聖旨賜給呼延灼騎坐。

呼延灼謝恩，隨高太尉再到殿帥府，商議起軍剿捕梁山泊一事。呼延灼說：「稟明恩相：小人看那梁山泊，兵多將廣，馬劣槍長，不可輕敵。乞保二將為先鋒。」

高太尉問呼延灼：「將軍所保是什麼人，可作為先鋒？」

第三十七回　高太尉大興三路兵　呼延灼擺布連環馬

話說呼延灼告稟：「小人舉保陳州團練使，姓韓，名滔，東京人，曾經應過武舉，使一條棗木槊，人們呼為百勝將軍；這個人可作為正先鋒。又有一人，是潁州團練使，姓彭，名玘，也是東京人，累代將門之子，使一口三尖兩刃刀，武藝出眾，人們呼為百目將軍；這個人可為副先鋒。」

高太尉大喜，即調此二人入京啟用。

梁山泊遠探報馬到大寨報知了這件事。吳用便說：「我聽說這個人是開國功臣河東名將呼延贊之後，使兩條鋼鞭，武藝精熟。必用能征敢戰之將，先以力敵，然後智擒。」

宋江說：「可請霹靂火秦明打頭陣，豹子頭林沖打第二陣，小李廣花榮打第三陣，一丈青扈三娘打第四陣，病尉遲孫立打第五陣。把前面五陣一隊隊戰過，如紡車般轉做後軍。我親自帶領十個兄弟率大隊人馬押後。」

宋江調撥已定，前軍秦明率人馬下山，兩軍對陣，先鋒將韓滔挺槊躍馬，來戰秦明，兩個鬥到二十多個回合，韓滔力怯，只待要走，背後中軍主將呼延灼已到，在中軍舞起雙鞭，縱坐下那匹御賜踢雪烏騅，來到陣前。秦明見了，待來戰呼延灼，第二撥豹子頭林沖已到，挺起蛇矛，奔向呼延灼。兩個鬥到五十多個回合，不分勝敗。第三撥小李廣花榮軍到，陣門下大叫：「林將軍少歇，看我擒捉這傢伙！」林沖撥轉馬便走。呼延灼見林沖武藝高強，也回到本陣。花榮挺槍出馬。彭玘橫著那三尖兩刃四竅八環刀，騎著五明千里黃花馬出陣，花榮便和彭玘交鋒。兩個戰了二十多個回合，呼延灼看看彭力怯，縱馬舞鞭來助，第四撥一丈青扈三娘人馬已到，彭玘來戰一丈青未定，第五撥病尉遲孫立軍馬早到，看這扈三娘去戰彭玘，兩個鬥到二十多個回合，一丈青把雙刀分開，回馬便走。

彭玘要逞功勞，縱馬趕來。一丈青便把雙刀掛在馬鞍上，從袍底下取出紅綿套索，上有二十四個金鈎，等彭馬來得近時，扭過身軀，把套索望空中一撒，彭玘措手不及，早被拖下馬來。孫立喝叫眾軍一起向前，把彭玘橫捉了。

呼延灼看見，大怒，奮力向前來救。病尉遲孫立見了，挺槍縱馬向前迎住廝殺，背後宋江領著十位良將都到，列成陣勢。看那孫立和呼延灼交戰。

孫立把槍帶在手腕上，綽起那條竹節鋼鞭，來迎呼延灼。兩個都使鋼鞭，更是一般打扮：病尉遲孫立是交角鐵頭，大紅羅抹額，百花點翠皂羅袍，烏油戧金甲，騎一匹烏騅馬，使一條竹節虎眼鞭，賽過尉遲恭；這呼延灼是沖天鐵頭，銷金黃羅抹額，七星打釘皂羅袍，烏油對嵌鎧甲，騎一匹御賜踢雪烏騅，使兩條水磨八棱鋼鞭，左手的重十二斤，右手的重十三斤，真似呼延贊。兩個人在陣前左盤右旋，鬥到三十多個回合，不分勝敗。

官軍陣裡韓滔見說折了彭玘，便去後軍隊裡，盡起軍馬，一起向前廝殺。宋江只怕衝過來，便把鞭梢一指，十個頭領，帶了大小軍士掩殺過去。呼延灼陣裡都是連環馬軍：馬帶馬甲，人披鐵鎧。馬帶甲，只露得四蹄懸地；人披鎧，只露著一對眼睛。宋江陣上雖然有甲馬，只是紅纓面具、銅鈴雉尾而已。這裡射箭過去，那裡都護住了。那三千馬軍各自引箭，對面射來，因此不敢近前。宋江急叫鳴金收軍。呼延灼也退了二十多里下寨。宋江收軍，退到山西下寨。左右刀手，簇擁彭玘過來。宋江起身喝退軍士，親解其縛，彭只好入了夥。

再說呼延灼收軍下寨，自和韓滔商議如何取勝梁山泊。韓滔說：「明天盡數驅馬軍向前，做一排擺列，每三十匹一連，把鐵環連鎖；但遇敵軍，遠用箭射，近則使槍，一直衝過去；三千連環馬軍分做一百隊鎖定；五千步軍在後策應。明天休得挑戰，我和你押後掠陣。如果交鋒，就分做三面衝過去。」計策商量已定，第二天天曉出戰。

這裡，宋江第二天把軍馬分做五隊在前，後軍十將簇擁。兩路伏兵分於左右。秦明當先，向呼延灼挑戰，猛聽對陣裡連珠炮響，一千步軍，忽然分做兩下，放出三面連環馬，一直衝來，兩邊把弓箭亂射，中間盡是長槍。那連環馬軍，漫山遍野，橫衝直撞。宋江慌忙飛馬便走，十將擁護而行，得伏兵從蘆葦中殺出來，救得宋江。計點眾頭領時，中箭者六人：林沖、雷橫、李逵、石秀、孫新、黃信。

勝了這陣，呼延灼向朝廷報喜。

天子聞奏大喜，派官一員前去行營賞軍。呼延灼說：「這一次群賊必不敢再來。我分兵攻打，務要肅清山寨，但恨四面是水，無路可進。遙觀寨柵，只非得火炮飛打，以碎賊巢。久聞東京有個炮手凌振，名號轟天雷，這個人善造火炮，能打到十四五里遠近，石炮落處，天崩地陷，山倒石裂。如果有這個人在，可以攻打賊巢。天使回京，請在太尉面前說知這事。」

天使應允，回到京師，高太尉聽了，傳下鈞旨，叫甲仗庫副使炮手凌振過來。原來這凌振，是宋朝天下第一炮手，燕陵人，人們都稱他轟天雷。

凌振受命把應用的煙火、藥料，以及做下的各色火炮、一應的炮石和炮架，裝載上車。帶了隨身衣甲盔刀行李等件，有三四十個軍漢相伴，離了東京，奔梁山泊來。到得行營，問清水寨遠近路程，山寨險峻去處，安排三等炮石攻打：第一是風火炮，第二是金輪炮，第三是子母炮。先令軍健整頓炮架，一直在去水邊豎起，準備放炮。

宋江在鴨嘴灘上小寨內，和軍師吳學究商議破陣之法，無計可施。有人來報：「東京新派了一個炮手，號做轟天雷凌振，即日在水邊豎起架子，安排施放火炮，攻打寨柵。」

吳學究說：「這個關係不大，我山寨四面都是水泊，港汊很多，宛子城離水又遠，縱有飛天炮，怎麼能夠打得到城邊？先棄了鴨嘴灘小寨，看他怎麼施放，再做商議。」

宋江棄了小寨，便都起身，先上關來。早聽得山下炮響。一連放了三個火炮：兩個打在水裡，一個一直打到鴨嘴灘邊小寨上。

吳學究說：「如果有一人引凌振到水邊，先捉了這個人，才可以商議破敵之法。」

晁蓋說：「可讓李俊、張橫、張順、三阮六人使船行事。岸上朱仝、雷橫接應。」

李俊和張橫得令，先帶了四五十個會水的，用兩隻快船，從蘆葦深處悄悄地過去；背後張順、三阮划著四十多隻小船接應。再說李俊、張橫上到對岸，便去炮架子邊，吶聲喊，把炮架推翻。軍士慌忙報給凌振知道。凌振便帶了風火二炮，拿槍上馬，率了一千多人趕來。李俊、張橫領人便走。凌振追到蘆葦灘邊，看見一字擺開四十多隻小船，船上共有百十個水軍。凌振便來搶船。朱仝、雷橫在對岸吶喊擂鼓。凌振奪得許多船隻，叫軍健盡數上船，便殺過去。船才划到波心之中，只見岸上朱仝、雷橫鳴起鑼來。水底下早鑽出四五十水軍，把船尾楔子拔了，水都潑入船裡來。外邊就勢扳翻船，軍健都掉在水裡。凌振下水，底下阮小二一把抱住，一直拖到對岸來。

凌振到大寨，見彭玘已做了頭領，閉口無言，只好隨順。

第二天，廳上大聚會。飲酒之間，宋江和眾人商議破連環馬之策。正無良法，只見金錢豹子湯隆起身，說：「小人不才，願獻一計。除是得這般軍器，和我的一個哥哥，可以破得連環甲馬。」

當時湯隆對眾頭領說：「先朝曾經用這連環甲馬取勝。破陣時，須用鈎鐮槍可破。湯隆祖傳已有畫樣在這裡，如果要打造，便可下手。湯隆雖然是會打，但不會使。如果要會使的人，除非是我那個姑舅哥哥，他家祖傳習學，不教外人。或是馬上，或是步行，都是法則；真是神出鬼沒！」話音未落，林沖說：「你不說起，我也忘了。這徐寧的鈎鐮槍法，真是天下獨步。只是怎麼能夠讓他上山？」

湯隆說：「徐寧祖傳一件寶貝，世上無對，是鎮家之寶。湯隆以前曾經隨先父知寨往東京視探姑母，見過那件寶貝，是一副雁翎砌就圈金甲，這副甲，披在身上，又輕又穩，刀劍箭矢急不能透；人們都叫他做賽唐猊。這副甲是他的性命，用一個皮匣子盛著，掛在臥房梁上。如果能先對付得他這副甲來時，不由他不到這裡。」

吳用說：「既然是這樣，有什麼難的？放著有高手弟兄在此。這一次用著鼓上蚤時遷去走一遭了。」

時遷離開了梁山泊，在路上迤邐來到東京，偷偷摸進城來，尋問到金槍班教師徐寧住處。白天偵察好地形，晚飯後，來到金槍班徐寧家門前。

天色黑了，時遷看見土地廟後有一株大柏樹，便把兩隻腿夾定，一節節爬到樹頭頂上去，騎坐在枝杈上，望時，只見徐寧歸來，到家裡去了。過了一會兒，時遷從樹上溜下來，摸到徐寧後門邊，從牆上下來，不費半點氣力，爬了過去，看裡面時，是一個小小院子。

時遷伏在院子的角落裡，見那金槍手徐寧和娘子對坐爐邊烤火，懷裡抱著一個六七歲的孩兒。時遷看那臥房裡時，見梁上果然有一個大皮匣拴在上面。又過了一會兒，徐寧收拾上床。娘子問：「明天隨值不？」徐寧說：「明天正是天子駕幸龍符宮，須早起去伺候。」

時遷自忖：「眼見得梁上那個皮匣就是盛甲的。我如今趕半夜下手才好。」看看伏到下半夜，徐寧起來，便叫人起來燒水。時遷聽得，從柱上一溜，來到後門邊黑影裡伏了。聽得有人正開後門出來，便去開了牆門，時遷潛入廚桌下。時遷聽得徐寧下來叫伴當吃了飯，背著包袱，拿了金槍出門。兩個梅香點著燈送徐寧出去。時遷從廚桌下出來，上了樓去，一直摸到梁上，身軀伏了。兩個梅香又關閉了門，吹滅了燈火，上樓來，脫了衣裳，倒頭便睡。

時遷聽得兩個梅香睡著了，在梁上用那蘆管兒往燈上一吹，那燈又早滅了。時遷從梁上輕輕地解了皮匣。正要下來，徐寧的娘子一覺醒來，聽得響動，叫梅香，說：「梁上是什麼響？」時遷做老鼠叫。梅香說：「娘子沒有聽得是老鼠叫？因為廝打，所以這麼響。」時遷就學老鼠廝打，溜了下來。悄悄地開了樓門，時遷得了皮匣，一口氣奔出城外，走到四十里外，這才去食店裡打火做些飯吃，戴宗這時候進來了。

時遷打開皮匣，取出那副雁翎鎖子甲，做一包袱包了；戴宗拴在身上，先投梁山泊去了。時遷把空皮匣子拴在擔子上，吃了飯食，還了打火錢，挑上擔兒，出了店門便走。到二十里路上，撞見了湯隆。

徐寧一直到黃昏時候，才慢慢家來，鄰舍說：「官人早上出去，被賊人閃了進來，單單只把梁上那個皮匣子盜走了！」徐寧聽了，只叫連聲苦，坐在家中納悶。

第二天早飯時分，只聽得有人扣門。當值的出去問了名姓，入來報告：「有一個延安府湯知寨兒子湯隆，特來拜望。」

徐寧聽了，叫請進客位裡相見。湯隆和徐寧飲酒中間，徐寧只是眉頭不展，最後嘆了口氣，說：「兄弟不知，一言難盡！夜來家間被盜！」

湯隆問：「不知丟了多少東西？」

徐寧說：「單單只盜去了先祖留下的那副雁翎鎖子甲。我用一個皮匣子盛著，拴縛在臥房中梁上；正不知賊人什麼時候進來盜去了。是一個紅羊皮匣子盛著，裡面又用香棉裹住。」

湯隆失驚，說：「紅羊皮匣子！……」

徐寧問：「兄弟，你在哪裡見來？」

湯隆說：「小弟夜來離城四十里在一個村店沽酒喝，見到一個黑瘦漢子擔兒上挑著。我見了，心中也自暗忖：『這個皮匣子是盛什麼東西的？……』臨出店時，我問：『你這皮匣子做什麼用的？』那漢子說：『原是盛甲的，如今胡亂放些衣服。』必是這個人了。我見那傢伙好像閃了腿的，一步步挑著走。我們為什麼不追趕他去？」

徐寧聽了，急急換上麻鞋，帶了腰刀，提條朴刀，便和湯隆出了東郭門，拽開大步，迤邏趕來。徐寧心中急切要那副甲，只顧跟著湯隆趕去，沒想到半路上被下了麻藥，被直接送到梁山泊來。徐寧就這樣來到了山上，得知前因後果，也只得歸順了。

晁蓋、宋江、吳用、公孫勝和眾頭領就在聚義廳請徐寧教授鉤鐮槍法。徐寧便教眾軍，說：「如果在馬上使這般軍器，就腰胯裡做步上來，上中七路，三鉤四撥，一搠一分，共使九個變法。如果是步行使這鉤鐮槍，也最得用。先使人蕩開門戶；十二步一變；十六步大轉身。分做二十四步，挪上攢下，鉤東撥西；三十六步，渾身蓋護，奪硬鬥強。這是鉤鐮槍正法。」徐寧將正法一路路教演，叫眾頭領看。眾軍漢見了徐寧使鉤鐮槍，都喜歡。

呼延灼自從折了彭玘、凌振，每天只用馬軍來水邊搦戰。梁山泊叫凌振製造了各樣水炮，克日定時下山對敵。學使鉤鐮槍軍士也都已熟悉使法。

宋江說：「明天並不用一個馬軍，眾頭領都是步戰。孫吳兵法利於山林。今用步軍下山，分做十隊誘敵。如果見軍馬衝來，都往蘆葦荊棘林中亂走。先將鉤鐮槍軍士埋伏在那裡，每十個會使鉤鐮槍的，配上十個撓鉤手，但見馬到，一攪鉤翻，便把撓鉤搭過去捉了。平川窄路也這樣埋伏。這樣做法行吧？」

徐寧說：「鉤鐮槍加上撓鉤，正是這種使法。」

第三十八回　宋江大破連環馬　三山聚義打青州

平明時分，宋江守中軍人馬隔水擂鼓吶喊搖旗。呼延灼正在中軍帳裡，聽得探子報知，傳令先鋒韓滔先去出哨，隨即帶上連環甲馬，全身披掛了，大驅軍馬殺奔梁山泊。隔水望見宋江統率著許多人馬，呼延灼令擺開馬軍。只聽得北邊一聲炮響，呼延灼大罵：「這炮一定是凌振從賊施放的！」又聽得正北方向連珠炮響，一直打到土坡上。那一個母炮周圍接著四十九個子炮，名叫「子母炮」，響處風威大作。呼延灼大怒，統兵朝北面衝來。宋江軍兵往蘆葦中亂走。呼延灼大驅連環馬，捲地而來，那甲馬一齊向前跑，收勒不住，都往敗葦折蘆之中、枯草荒林之內跑去。只聽裡面呼哨響處，鉤鐮槍一齊舉手，先鉤倒兩邊馬，中間的甲馬咆哮起來。那撓鉤手將軍士一齊搭住，在蘆葦中只顧縛人。呼延灼見中了鉤鐮槍計，勒馬回到南邊去趕韓滔。背後風火炮當頭打下來。這邊那邊，漫山遍野，都是步軍。韓滔、呼延灼率領的連環甲馬亂滾滾地顛入荒草蘆葦中，都被捉了。呼延灼只好投到東北方向去了，官軍被殺得大敗虧輸。

三千連環甲馬，有大半被鉤鐮槍撥倒，傷損了馬蹄，被剝去皮甲，當做菜馬；二成多好馬，牽到山上餵養，做坐馬。帶甲軍士都被生擒上山。

劉唐、杜遷拿得韓滔，綁縛了解到山寨。宋江見了，親解其縛，令彭玘、凌振說他入了夥。

呼延灼折了許多官軍人馬，不敢回京，獨自一個人騎著那匹踢雪烏騅馬，把衣甲拴在馬上，一路逃難。他身無錢財，正要解下束腰金帶，準備賣掉換錢，猛然想起：「青州慕容知府和我有一面相識，為什麼不去投奔他？打通慕容貴妃的關節，那時再率軍前來報仇不遲！」在路上走了二天，當天又飢又渴，見路邊有一個酒店，呼延灼下馬，把馬拴在門前樹上，先討來熱酒，很快肉熟，讓酒保拿些酒肉吃了，囑咐：「我是朝廷軍官，只因為收捕梁山泊失利，欲往青州投靠慕容知府。你盡心給我餵養這匹馬，它是今上御賜的，名為『踢雪烏騅』，明天我重重賞你。」

酒保說：「感承相公。但有一件事須讓相公得知：離這裡不遠有一座山，叫做桃花山。山上有一夥強人，為頭的是打虎將李忠，第二個是小霸王周通。聚集著五六百個小嘍囉，打家劫舍，時常來攪惱村坊。相公夜間須小心。」呼延灼連日心悶，又多飲了幾杯酒，就和衣而臥，一覺睡到後半夜才醒，只聽得屋後酒保在那裡叫屈起來。呼延灼聽得，連忙起來，馬已被桃花山上強人偷去了！也是無可奈何。

第二天天亮，來到府堂階下，參拜了慕容知府。慕容知府聽了來由，說：「雖然將軍折了許多人馬，中了賊人奸計，也是無可奈何的事。下官所轄地面多被草寇侵害，將軍到此，可先掃清桃花山，奪取那匹御賜的馬；連那二龍山、白虎山兩處強人一起剿捕了，下官自當一力保奏，再讓將軍率兵復仇，好不好？」

呼延灼急欲要這匹御賜馬，便一口答應。慕容知府召集馬步軍二千，借給呼延灼，又牽來一匹青鬃馬。呼延灼謝了恩相，披掛上馬，帶領軍兵往桃花山進發。

桃花山上打虎將李忠和小霸王周通自從得了這匹踢雪烏騅馬，每天在山上慶喜飲酒。當天有伏路小嘍囉來報：「青州軍馬來了！」小霸王周通集合一百小嘍囉，綽槍上馬，下山來，迎戰官軍。不到六七回合，周通氣力不加，撥轉馬頭回寨。

李忠說：「我聽說二龍山寶珠寺花和尚魯智深，多有人伴；更有一個什麼青面獸楊志，又新來了一個行者武松，都有萬夫不當之勇。不如寫一封信，派小嘍囉去那裡求救。」叫了兩個小嘍囉，從山上滾下去，前往二龍山。走了兩天，早到山下。

且說寶珠寺裡，大殿上坐著三個頭領：為首的是花和尚魯智深，第二個是青面獸楊志，第三個是行者武松。前面山門下，坐著四個小頭領：一個是金眼彪施恩，因武松殺了張都監一家，官司落在他家，指令他家追捉凶身，所以連夜帶家逃走在江湖上，後來父母雙亡，打聽得武松在二龍山，連夜投奔入夥。還有一個是操刀鬼曹正，原來是同魯智深、楊志奪取寶珠寺，殺了鄧龍，後來入夥。一個是菜園子張青，一個是母夜叉孫二娘，夫妻兩個，原是孟州道十字坡賣人肉饅頭的，因為魯智深、武松連連寄信招他們，也來投奔入夥。

楊志說：「俺們各守山寨，保護山頭，本來不去救應才是。只是一來怕壞了江湖上的豪傑義氣；二來恐怕那傢伙得了桃花山後，便小看了這裡。可留下張青、孫二娘、施恩、曹正看守寨柵，俺們三個親自走一遭。」隨即集合五百小嘍囉，帶了六十多騎軍馬。各帶了衣甲軍器，前往桃花山。

李忠得知二龍山消息，帶了三百小嘍囉下山策應。呼延灼聞知，急忙率領軍馬，攔路列陣，只聽官軍疊頭吶喊。呼延灼便問：「為何吶喊？」後軍說：「遠遠望見有一彪軍馬飛奔前來！」呼延灼聽了，便來到後軍隊裡看時，見塵頭起處，當頭一個胖大和尚，騎了一匹白馬，正是花和尚魯智深。魯智深掄動鐵禪杖，呼延灼舞起雙鞭，鬥了四五十回合，不分勝敗。兩邊鳴金，各自收軍暫歇。呼延灼過了一會兒，忍耐不得，再去縱馬出陣。楊志舞刀出馬來和呼延灼交鋒。兩個人鬥到四五十個回合，不分勝敗。兩邊各自收軍。

且說呼延灼在帳中納悶，正沒擺布處，只見慕容知府派人召喚：「叫將軍先領兵回來保守城中。今有白虎山強人孔明、孔亮領著人馬來青州劫牢。怕府庫有失，特來請將軍回城守備。」呼延灼聽了，就著這個機會，帶領軍馬，連夜回青州去了。

呼延灼領軍回到城下，見了一彪軍馬，來到城邊。為頭的乃是白虎山下孔太公兒子毛頭星孔明和獨火星孔亮。兩個人因和本鄉一個財主發生爭吵，把那財主一門良賤都殺了，聚集起五六百人，據住白虎山，打家劫舍；因為青州城裡有他的叔叔孔賓，被慕容知府捉下，監在牢裡，孔明、孔亮特地領著山寨小嘍囉來打青州，要救叔叔出去。正迎著呼延灼軍馬。一陣廝殺，呼延灼在馬上把孔明活捉了去，孔亮只得帶了小嘍囉逃走。

孔亮帶著敗殘人馬，正走著，樹林中忽然撞出一彪人馬，當先一個好漢，便是行者武松。孔亮把救叔叔孔賓陷兄之事告訴了一遍。武松、魯智深、楊志計議攻打青州，楊志便說：「青州城池堅固、人馬強壯，又有呼延灼。不是俺自滅威風，如果要攻打青州，除非依我一句話，指日可得。」

楊志便說：「如果要打青州，須用大隊軍馬，才能成事。俺知梁山泊宋公明大名。俺弟兄和孔家弟兄的人馬，都合併在一處。然後再等桃花山人馬齊備，一起去攻打青州。孔亮兄弟，你可星夜去梁山泊請宋公明來，並力攻城，這是上計。」當下孔亮帶了一個伴當，扮做客商，星夜奔向梁山泊。

孔亮迤邐來到梁山泊，宋江便領著孔亮參見晁蓋，便叫鐵面孔目裴宣安排下山人數，分做五軍起行，來到青州。孔亮先到魯智深等軍中報知，眾好漢前來迎接。宋江中軍到了，武松領著魯智深、楊志、李忠、周通、施恩、曹正，都來相見了。

第二天起軍，來到青州城下，呼延灼連忙披掛衣甲上馬，叫開城門，放下吊橋，領了一千人馬，近城擺開。宋江陣中秦明出馬。呼延灼舞起雙鞭，縱馬直取秦明。秦明也舞動狼牙大棍來迎呼延灼。一直鬥到四五十個回合，不分勝敗，各自收軍。

只說呼延灼回到歇處，卸了衣甲暫歇，天色未明，只聽得軍校來報：「城北門外土坡上有三騎私自在那裡看城：中間是一個穿紅袍騎白馬的。只認得右邊那個是小李廣花榮，左邊那個卻是道裝打扮。」

呼延灼說：「那個穿紅的是宋江了。道裝的必是軍師吳用。你們不要驚動了他們，馬上集合一百馬軍，跟我捉這三人去！」呼延灼披掛上馬，提了雙鞭，帶領一百多騎軍馬，悄悄地開了北門，放下吊橋，率軍趕上坡來，只見三個人正抬著頭看城。呼延灼拍馬上坡，三個勒轉馬頭，慢慢走去。呼延灼奮力趕到前面幾株枯樹邊，只見三個人齊齊地勒住馬。呼延灼趕到枯樹邊，只聽得吶聲喊，正踏著陷坑，人馬都跌下坑去了。兩邊走出五六十個撓鉤手，先把呼延灼鉤起來，綁縛了。

最終，呼延灼也只好歸順了。

眾人再議救孔明之計。吳用說：「除非叫呼延灼將軍賺開城門，唾手可得。更可以斷絕呼延灼將軍回京的念頭。」

呼延灼說：「小弟既蒙收錄，理當效力。」當晚秦明、花榮、孫立、燕順、呂方、郭盛、解珍、解寶、歐鵬、王英十個頭領，都扮做軍士模樣，跟了呼延灼，一共是十一騎軍馬，來到城邊，一直到壕塹邊上，大呼：「城上開門！我逃得性命回來了！」慕容知府心中歡喜，便叫軍士開了城門，放下吊橋。十個頭領跟到城門裡，迎著知府，早被秦明一棍，把慕容知府打下馬來。解珍、解寶放起火，歐鵬、王矮虎，奔上城去，把城上軍士殺散。宋江大隊人馬，見城上火起，一齊衝了上去。從大牢裡救出孔明和他的叔叔孔賓一家老小，把慕容知府一家老幼，全部斬首。天明，統計在城百姓被火燒之家，給散糧米救濟。把府庫金帛、倉廒米糧，裝載了五六百車；又得到二百多匹好馬；就在青州府裡，做了一個慶喜筵席，請三山頭領同歸大寨。

忽然有一天，花和尚魯智深對宋江說：「智深有個相識，是李忠兄弟徒弟，叫九紋龍史進，現在華州華陰縣少華山上，和一個神機軍師朱武，又有一個跳澗虎陳達，一個白花蛇楊春，在那裡聚義。我經常思念他。自從瓦罐寺和他分別了，沒有一天不想念他。今我要去那裡探望一遭，就取他四個人前來入夥。」

宋江說：「我也曾經聽到過史進大名，如果吾師能請他來，最好。雖然如此，不可獨自前去，可煩武松兄弟相伴走一遭：他是行者，一般出家人，正好同行。」

魯智深、武松來到少華山，神機軍師朱武和跳澗虎陳達、白花蛇楊春，三個下山來迎接魯智深、武松，卻不見有史進。朱武說：「最近，史大官人下山，撞見一個畫匠王義，因為到西嶽華山去還願，帶了一個女兒，名叫玉嬌枝，卻被本州賀太守在廟裡行香時撞見，看到玉嬌有些顏色，要娶她為妾。王義不從，太守把他的女兒強奪了去，卻把王義刺配遠惡軍州。在路過這裡時，正撞見史大官人，告說這件事。史大官人把王義救在山上，將兩個防送公人殺了，又去府裡要刺賀太守。被人知覺，被捉拿了，現在監在牢裡。」

魯智深聽了，執意要去救史進，也沒和眾人講，第二天早起，奔到華州城裡，卻被人識破，被做公的人捉了。小嘍囉得到這個消息，飛報上山。武松大驚，說：「我兩個來華州幹事，折了一個，怎好回去見眾位頭領！」正沒理會處，神行太保戴宗到了。戴宗聽了，急轉回梁山泊。晁蓋、宋江聽說，當天由宋江率領七千人馬，離了梁山泊，直取華州而來。

且說宋江軍馬三隊都到了少華山下，宋江詳細詢問了城中事。朱武說：「華州城廓廣闊，濠溝深遠，急切難打；除非裡應外合，才可取得。」

宋江聽了，面帶憂容。吳學究說：「先派十多個精細小嘍囉下山去探聽探聽。」

三日之間，忽然有一人上山來報：「朝廷派了一個殿司太尉宿元景，領御賜『金鈴吊掛』來西嶽降香，從黃河到渭河來了。」

吳用聽了，便說：「哥哥不要擔憂，計就在這裡了！」

如此如此，安排已定。第二天天明，聽得遠遠地鑼鳴鼓響，三隻官船下來，這裡也安排了船隻，朱仝、李應，各執長槍，站在宋江背後。吳用站在船頭。太尉船到，截住宿太尉，離船上岸。宋江、吳用，下馬入寨，把宿太尉扶到聚義廳上，當中坐下，宋江告稟：「宋江原來是鄆城小吏，被官所逼，不得已哨聚山林，暫時在梁山泊避難，專等朝廷招安，好給國家出力。今有兩個兄弟，被賀太守生事陷害，下在牢裡。欲借太尉御香、儀從及金鈴吊掛去賺取華州，事畢奉還，不會傷及太尉。」

於是，把太尉帶來的人穿的衣服都借穿了，在小嘍囉內，還找了一個俊俏的，剃了髭鬚，穿了太尉的衣服，扮做宿元景。宋江、吳用，扮做客帳司；解珍、解寶、楊雄、石秀，扮做虞候；小嘍囉都是紫衫銀帶，執著旌節、旗幡、儀仗、法物，抬了御香、祭禮、金鈴吊掛；花榮、徐寧、朱仝、李應，扮做四個衛兵。朱武、陳達、楊春，陪侍太尉和跟隨，置酒管待；卻叫秦明、呼延灼率領一隊人馬，林沖、楊志率領另一隊人馬，分做兩路取城；叫武松先去西嶽門下伺候，只聽號起行事。

且說安排已定，各路人馬出發，離了山寨，來到河口，下船而行，不去報華州太守，奔到西嶽廟來。戴宗先去報知雲臺觀主及廟裡職事眾人，讓他們來到船邊，迎接上岸。先請御香上了香亭，廟裡人夫扛抬了，引導金鈴吊掛前行。觀主拜見了太尉。眾人扶太尉上轎，到嶽廟官廳內歇下。客帳司吳學究對觀主說：「這是特奉聖旨，齎捧御香、金鈴吊掛，來給聖帝供養，為什麼本州官員如此輕慢，不來迎接？」便派人讓太守快來商議祭祀之事。

這時候，武松已經來到廟門下。吳學究又讓石秀藏了尖刀，也來廟門下幫武松行事。雲臺觀主進獻素齋，一面叫執事眾人安排鋪陳嶽廟。門上報說：「賀太守來了。」宋江便叫花榮、徐寧、朱仝、李應，扮做四個衛兵，各執著器械，分列在兩邊；解珍、解寶、楊雄、戴宗，各藏暗器，侍立在左右。

第三十九回　宋江大鬧少華山　晁蓋中箭曾頭市

話說賀太守領著三百多人，來到廟前下馬，簇擁進來。客帳司吳學究、宋江，見賀太守帶著三百多人，都是帶刀公吏。客帳司大喝：「朝廷貴人在這裡，閒雜人不許近前！」眾人站住腳，賀太守獨自進前來拜見。吳學究喝聲：「拿下！」解珍、解寶弟兄兩個颼地拿出短刀，一腳把賀太守踢翻，便割了頭。那跟來的三百多人，驚得呆了，正走不動，花榮等人一齊向前，有一半搶出廟門下，武松、石秀，舞刀殺來，小嘍囉四下趕殺，三百多人，沒有一個能逃回去。以後到廟裡來的也都被張順、李俊殺了。宋江急叫收了御香吊掛下船，趕到華州時，早見城中兩路火起。一齊殺進去，先到牢中救了史進、魯智深，打開庫藏，取了財帛，裝載上車。

眾人離了華州，上船回到少華山上，都來拜見宿太尉，納還御香、金鈴吊掛、旌旗、門旗、儀仗等物件，拜謝了太尉恩相。回梁山泊去了。

慶宴酒席間，晁蓋說：「我有一事，只因為公明賢弟連日不在山寨，只得暫時擱起。昨天又有四位兄弟新到，不好便說出來。徐州沛縣芒碭山中，新有一夥強人，聚集著三千人馬。為頭一個先生，姓樊，名瑞，能呼風喚雨、用兵如神，綽號混世魔王。手下有兩個副將：一個姓項，名充，綽號八臂哪吒，能使一面團牌，牌上插飛刀二十四把，百步取人，無有不中，手中使一條鐵標槍；又有一個姓李，名袞，綽號飛天大聖，也使一面團牌，牌上插標槍二十四根，也能百步取人，無有不中，手中使一口寶劍。這三個人結為兄弟，占住芒碭山，打家劫舍。三個人商量了，要來吞併我梁山泊大寨。」

宋江聽了，大怒：「這賊怎麼敢這樣無禮！小弟便再下山走一遭！」

只見九紋龍史進起身，說：「小弟等四人初到大寨，情願率本部人馬前去收捕這夥強人！」宋江大喜。當時，史進召集本部人馬前往，三天之內，早望見那座山。

且說史進把少華山帶來的人馬一字擺開，自己全身披掛，騎著一匹火炭赤兔馬，當先出陣，手中橫著三尖兩刃刀；背後三個頭領便是朱武、陳達、楊春。四個好漢，勒馬陣前，望不多久，只見芒碭山上飛奔下來一彪人馬，當先兩個好漢：為頭那個便是徐州沛縣人，姓項，名充！果然使一面團牌，背插飛刀二十四把，右手使條標槍。後面那個便是邳縣人，姓李，名袞！果然也使一面團牌，背插二十四把標槍，左手把牌，右手仗劍。小嘍囉篩起鑼，兩個好漢舞動團牌，一齊上前，滾入陣來。史進等攔不住，後軍先走，史進前面抵敵，朱武等中軍吶喊，直退三四十里。史進險些中了飛刀；楊春轉身遲，身中一飛刀，戰馬也受了傷，棄了馬，逃命便走。

史進點軍，折了一半，便和朱武等人商議，想要派人回到梁山泊求援。正憂疑著，只見軍士來報：「北邊大路上塵頭起處，大約有二千軍馬到來！」

史進等上馬望時，卻是梁山泊旗號，當先馬上有兩員上將：一個是小李廣花榮，一個是金槍手徐寧。花榮說：「宋公明哥哥見兄長來了，放心不下，好生懊悔，特派我兩個到來幫助。」史進等人大喜，合兵一處下寨。

第二天天曉，正準備起兵對敵，軍士又報：「北邊大路上又有軍馬到來！」花榮、徐寧、史進，一齊上馬望時，卻是宋公明親自和軍師吳學究、公孫勝、柴進、朱仝、呼延灼、穆弘、孫立、黃信、呂方、郭盛，帶領三千人馬來到。史進說起項充、李袞飛刀標槍滾牌難近，折了人馬一事，宋江大驚。這時，天色已晚，望見芒碭山下都是青色燈籠。公孫勝看了，便說：「這寨中青色燈籠便是會行妖法之人在內。我們先把軍馬退去，等貧道獻一個陣法，捉這二人。」

公孫勝第二天對宋江、吳用獻了一個陣圖，說：「這是漢末三分時諸葛孔明擺石為陣之法：四面八方，分八八六十四隊，中間大將居之；左旋右轉，按天地風雲之機，龍虎鳥蛇之狀；等他們下山衝到陣裡來，兩軍齊開，有如伺候；等他們一入陣，只看七星號帶起處，把陣變為長蛇之勢。叫這二人在陣中，前後無路，左右無門。卻在坎地上掘一陷坑，逼這二人到那裡。兩邊埋伏下撓鉤手，準備捉將。」

果然，一經交戰，軍健即活捉了項充、李袞，來見宋江。兩個拜伏在地，說：「久聞及時雨大名，只是小弟等人無緣，沒有拜識。我們兩個不識好人，要和天地相拗；今天既然被擒獲，萬死尚輕。如蒙不殺，誓當效死報答大恩。樊瑞那人，沒有我們兩個，怎麼能行？義士頭領，如果肯放我們一個回去，就說服樊瑞前來投拜，不知頭領尊意如何？」

宋江便說：「壯士不必留一人在這裡。便請兩個一同回貴寨。宋江來日專候佳音。」

樊瑞聽項充、李袞說起宋江大德，當即下山來見宋江。宋江大喜。樊瑞、項充、李袞人馬起動，隨宋江一同前往梁山泊。

宋江同眾好漢軍馬到梁山泊邊上，正欲過渡，只見蘆葦岸邊大路上有一個大漢望著宋江便拜。那大漢說：「小人姓段，名景住。人們見小人赤髮黃鬚，都叫小人金毛犬。我是涿州人。平時只靠去北邊地面盜馬。今春在槍竿嶺北邊，盜得一匹好馬，雪練也似白，渾身沒有一根雜毛。從頭到尾，長一丈，從蹄至脊，高八尺。那馬一天能行千里，北方有名，叫做照夜玉獅子馬，是大金王子騎坐的，在槍竿嶺下，被小人盜來。江湖上只聞及時雨大名，無路可見，欲將這匹馬進獻給頭領，以表我進身之意。沒想到在淩州西南上的曾頭市經過，被那『曾家五虎』奪去了。小人稱說這馬是梁山泊宋公明的，沒想到那些傢伙多有汙穢的言語，小人不敢盡說。逃走得脫，特來告知。」

宋江便說：「既然這樣，先回到山寨裡商議。」說完，帶了段景住，一同下船，到金沙灘上岸。宋江叫神行太保戴宗去曾頭市探聽那匹馬的下落。

戴宗去了四五天，回來對眾頭領說：「這個曾頭市上一共有三千多家。其中有一家叫做曾家府。這老子原是大金國人，名為曾長者，生下五個孩兒，號為曾家五虎：大的兒子叫做曾塗，第二個叫做曾密，第三個叫做曾索，第四個叫做曾魁，第五個叫做曾升，又有一個教師史文恭，一個副教師蘇定。那曾頭市上，聚集著五六千人馬，紮下寨柵，造下五十多輛陷車，發願要和我們勢不兩立，一定要捉盡我山寨中頭領，做個對頭。那匹千里玉獅馬現在給教師史文恭騎坐。還有一般可恨的地方，杜撰幾句話語，教那市上小兒們傳唱：搖動鐵環鈴，神鬼盡皆驚。鐵車並鐵鎖，上下有尖釘。掃蕩梁山清水泊，剿除晁蓋上東京！生擒及時雨，活捉智多星！曾家生五虎！天下盡聞名！」

晁蓋聽說，大怒：「這畜生怎麼敢這樣無禮！我必須親自去走一遭！不捉得這些畜生，誓不回山！」

且說晁蓋率領五千人馬，以及二十個頭領來到曾頭市附近，在對面下了寨柵。第二天平明，引領五千人馬向曾頭市平川曠野之地擺列成陣勢，擂鼓吶喊。曾頭市上炮聲響處，大隊人馬出來，一字兒擺開七個好漢：中間就是教師史文恭，上首副教師蘇定，下首就是曾家長子曾塗，左邊曾密、曾魁，右邊曾升、曾索。都是全身披掛。教師史文恭彎弓插箭，騎千里玉獅子馬，手裡持一枝方天畫戟。兩軍混戰，當天兩邊各折了一些人馬。

以後，一連三天搦戰，曾頭市不再出戰。第四天，忽然有兩個僧人一直來到晁蓋寨裡投拜。軍士領到中軍帳前，兩個僧人跪下，說：「小僧是曾頭市上東邊法華寺裡監寺僧人。今被曾家五虎不時到本寺作踐，索要金銀財物，無所不至！小僧知他們的底細，也知道他們的出沒去處，今特來拜請頭領前去劫寨。剿除了他們時，當坊有幸！」

晁蓋見說，大喜，便請兩個僧人坐了，置酒相待。獨有林沖諫說：「哥哥不要聽信，其中也許有詐。」晁蓋不信。當晚做飯吃了，馬摘鈴，軍銜枚，夜色將黑，便悄悄地跟了兩個僧人直奔法華寺。走不到五里，黑影處不見了兩個僧人，前軍不敢行動。四處看時，路徑很雜，不見有人家。軍士們慌了起來，報晁蓋知道。呼延灼便令急回舊路。走不到百步，只見四下裡金鼓齊鳴，喊聲震地，到處都是火把。晁蓋眾將領軍奪路而走，才轉得兩個彎，撞見一彪軍馬，當頭亂箭射來，撲的一箭，正中晁蓋臉上，倒撞下馬。卻得三阮、劉唐、白勝五個頭領死拚，救得晁蓋上馬，殺出村來。村口林沖等率軍接應。剛才敵得住。

回到寨中。眾頭領先來看晁蓋時，那枝箭正射在面頰上。拔得箭出，暈倒了。看那箭時，上有「史文恭」三字。晁蓋中了箭毒，已經說不出話來。林沖便令收兵，一齊回去。眾頭領回到水滸寨，眾人都來看視晁頭領，水米已經不能入口。飲食不進，渾身虛腫。當天後半夜，晁蓋身體沉重，轉頭看著宋江，囑咐：「賢弟不要怪我說：如果哪個能捉得射死我的，便讓他做梁山泊主。」眾頭領聽了晁蓋遺囑。宋江見晁蓋已死，放聲大哭，如喪考妣。眾頭領扶策宋江出來主事。聚義廳便改為忠義堂。

且說眾頭領守在山寨，每天修設好事，只做功果，追薦晁蓋。一天，請到一僧，法名大圓，是北京大名府龍華寺法主，只因為遊方來到濟南，經過梁山泊，就請在寨內做個道場。吃齋閒話間，宋江問起北京風土人物。那大圓和尚說：「頭領難道不聞河北玉麒麟之名？」

宋江聽了，猛然記起，說：「你看我們沒有老，卻這麼會忘事！北京城裡是有一個盧員外，雙名俊義，綽號玉麒麟，是河北三絕。祖居北京，有一身好武藝，棍棒天下無對！梁山泊寨中如果得有這個人時，我心上還有什麼煩惱不釋？」

吳用說：「小生憑三寸不爛之舌，到北京說盧俊義上山，如探囊取物，手到拈來。只是少一個奇形怪狀的伴當和我同去。」

話音未落，只見黑旋風李逵高聲叫：「軍師哥哥，小弟和你走一遭！」

吳用、李逵二人往北京去，走了四五天路程，兩個人在店裡打扮了入城：吳用戴一頂烏紗抹眉頭巾，穿一領皂沿邊白絹道服，手裡拿著一副滲金熟銅鈴杵；李逵戧幾根蓬鬆黃髮，綰兩枚渾骨丫髻，穿一領布短褐袍，勒一條雜色短鬚絲，穿一雙蹬山透土靴，擔一條過頭木拐棒，挑著一個紙招兒，上面寫著「講命談天，卦金一兩」。朝著北京城中心走來。

吳用手中搖著鈴杵，嘴裡念著口號：「甘羅發早子牙遲，彭祖顏回壽不齊。范丹貧窮石崇富，八字生來各有時。此乃時也，運也，命也。知生知死，知貴知賤。若要問前程，先賜銀一兩。」說完，又搖鈴杵。

北京城內小兒，大約有五六十個，一邊跟著一邊笑。卻好轉到盧員外門前，一邊搖頭，一邊唱著，去了又回來，小兒們哄動越多了。盧員外正在前廳坐著，看著那一班主管收解，只聽街上喧鬧，盧俊義問清楚外邊發生的事情，便說：「既然能口出大言，必有廣學。當值的，給我請他來。」當值的慌忙去叫，吳用便和道童跟著進來，盧俊義問：「先生貴鄉在哪裡，尊姓高名？」

吳用回答：「小生姓張，名用，山東人。能算皇極先天神數，知人生死貴賤。卦金白銀一兩，方才掐算。」

盧俊義說：「先生，君子問災不問福。不必道在下豪富，只求推算在下行藏。在下今年三十二歲。甲子年，乙丑月，丙寅日，丁卯時。」

吳用取出一把鐵運算元，搭了一回，拿起運算元一拍，大叫一聲：「怪哉！」

盧俊義失驚問：「有什麼吉凶？」

吳用說：「員外這命，眼下不出百天之內必有血光之災；家私不能保守，死在刀劍之下。」

盧俊義問：「可以迴避嗎？」

吳用再把鐵運算元搭了一回，沉吟自語，說：「除非到東南方巽地一千里之外，可以免這大難；然而也有驚恐，卻不傷大體。」

盧俊義說：「如果免得這難，當以厚報。」

吳用說：「這裡有四句卦歌，小生說給員外，可寫在壁上。日後應驗，才知小生妙處。」盧俊義叫取筆硯來，便在白壁上平頭自寫。吳用口歌四句，是那：「蘆花灘上有扁舟，俊傑黃昏獨自遊。義到盡頭原是命，反躬逃難必無憂。」

當時盧俊義寫了，吳用收拾鐵運算元，作揖便走。

先不說吳用、李逵還寨。卻說盧俊義自從送吳用出門之後，每天傍晚站在廳前，獨自看著天，悶悶不樂。也有時自言自語，不知是什麼意思。這一天卻耐不得，便叫當值的去叫來眾主管商議事務。一會兒，都到。那一個為頭管家的主管，姓李，名固。這李固原來是東京人，因來北京投奔相識不著，凍倒在盧員外門前，盧員外救了他的性命，養在家中；因見他勤謹，寫得算得，讓他管顧家間事務。五年之內，一直抬舉他做了都管，一應裡外家私都在他的身上。當天大小管事都隨李固來到堂前聲喏。

第四十回　盧員外反詩蒙難　小旋風正言搭救

話說盧員外看了一遭，便說：「怎麼不見我那一個人？」話音未落，階前走過一人。這人是北京土居人氏，從小父母雙亡，盧員外家中養得他大。因他一身雪練也似白肉，盧員外叫一個高手匠人給他刻了一身遍體花繡，卻似玉亭柱上鋪著軟翠。更能吹得彈得，唱得舞得，拆白道字，頂真續麻，沒有不能，沒有不會。更有一身本事，無人比得，拿著一張川弩，只用三枝短箭，郊外落生，並不放空，箭到物落。這個人百伶百俐，道頭知尾。本身姓燕，排行第一，官名單諱個青字。北京城裡人都叫他浪子燕青。原來他是盧員外一個心腹人，也上廳聲喏了。盧俊義開口說：「我夜來算了一命，說我有百日血光之災，除非出去到東南上一千里之外躲逃。想想東南方有一個去處，是泰安州，那裡有東嶽泰山，天齊仁聖帝金殿，管天下人民生死災厄。我一來去那裡燒炷香，消災滅罪；二來躲過這場災晦；三來做一些買賣，觀看外地風景。李固，你給我覓十輛太平車子，裝上十輛山東貨物，你就收拾好行李，跟我走一遭。燕青小乙看管家中庫房鑰匙，今天便和李固交割。」

話音未落，從屏風背後走出娘子賈氏，勸說：「丈夫，自古說：出外一里，不如屋裡。不聽那算命的胡說，撇下海闊這樣一個家業，擔驚受怕，去虎穴龍潭做買賣。你只在家裡收拾別室，清心寡欲，高居靜坐，自然無事。」盧俊義不聽。

盧俊義和幾個當值的，押著車仗便走。途中見山明水秀，路闊坡平，心中歡喜，說：

「我如果在家，哪裡能見這般好景緻！」從此夜宿曉行，已經數日，來到一個客店裡宿食。

天明要行，只見店小二對盧俊義說：「好叫官人得知：離小人店不到二十里，正打梁山泊邊過去。山上宋公明大王，雖然不傷害來往客人，官人也須是悄悄過去，不要大驚小怪。」

盧俊義聽了，說：「原來如此。」便叫當值的取下衣箱，打開鎖，從裡面提出一個包，包內取出四面白絹旗。向小二哥要了四根竹竿，每一枝縛起一面旗來，每面七個字，寫著：「慷慨北京盧俊義，金裝玉匣來探地。太平車子不空回，收取此山奇貨去！」李固、當值的、腳夫、店小二看了，一齊叫起苦來。

店小二問：「官人怕是和山上宋大王有親吧？」

盧俊義說：「我是北京財主，卻和這夥賊有什麼親！我特地要來捉宋江這傢伙！」店小二掩耳不疊。眾腳夫都痴呆了。盧俊義取出朴刀，裝在杆棒上，扣牢了，趕著車子奔梁山泊路上來。眾人見到崎嶇山路，走一步怕一步。盧俊義只顧趕著要走。走了很久，遠遠地望見一座大林，有千百株合抱不交的大樹。卻好走到林子邊，只聽得一聲呼哨，嚇得李固和兩個當值的沒地躲。盧俊義叫把車仗押在一邊。

只見林子邊走出四五百小嘍囉。聽得後面鑼聲響，又有四五百小嘍囉截住後路。林子裡一聲炮響，托地跳出一個好漢，手搭雙斧，厲聲高叫：「盧員外！認得我嗎？」

盧俊義猛然醒悟，大喝：「我經常有心要來拿你們這夥強盜，今天特地到這裡！快叫宋江下山投拜！如果執迷，我片時叫你們人人都死，個個不留！」

李逵大笑，說：「員外，你今天被俺軍師算定了，快來坐把交椅！」

盧俊義大怒，拿著手中朴刀來鬥李逵。李逵掄起雙斧來迎。兩個鬥了不到三個回合，李逵托地跳出圈子外，轉過身朝林子裡走。盧俊義拿著朴刀隨後趕去。李逵在林木叢中東閃西躲，惹得盧俊義發火，奔入到林中來。李逵飛奔亂松林中。盧俊義趕過林子，一個人也不見了。正待回身，只見松林邊轉出一夥人，卻是一個胖大和尚，還是魯智深！盧俊義焦躁，直取魯智深。兩個人鬥不到三個回合，魯智深撥開朴刀，回身就走。盧俊義趕去。正趕著，嘍裡走出武松，掄兩口戒刀，直奔過來。又不到三個回合，武松拔步就走。接著是劉唐、穆弘、李應一一亮相廝殺。三個頭領，團團圍住。盧俊義絲毫不慌，越鬥越勇，正好步鬥，只聽得山頂上一聲鑼響，三個頭領，各自賣了一個破綻，一齊走了。盧俊義不去追趕他們，卻走出林子外，尋找車仗人伴時，十輛車子，包括眾人，都不見了。盧俊義便到高阜處往四下裡一望，只見遠遠的山坡下有一夥小嘍囉把車仗趕在前面；李固一干人，連連串串，縛在後面；鳴鑼擂鼓，解押到松樹那邊去了。盧俊義望見，心頭火熾，提著朴刀，一直趕去。大約離山坡不遠，只見美髯公朱仝、插翅虎雷橫上前攔住。盧俊義挺起朴刀，直奔二人。鬥了不到三個回合，兩個人回身就走。趕過山坡，兩個好漢都不見了，只聽得山頂上擊鼓吹笛。仰面看時，風刮起那面杏黃旗，上面繡著「替天行道」四字。轉過來一望，望見紅羅銷金傘下，正是宋江，左邊站著吳用，右邊立著公孫勝。

盧俊義無可奈何，正是慌不擇路，只好望山僻小路走去。大約黃昏時分，看看走到一處，滿目蘆花，浩浩大水。蘆葦裡面出來一個漁人，搖著一隻小船。盧俊義喊：「我迷路了，你救救我！」

那個漁人搖船靠岸，扶著盧俊義下船，用鐵篙撐開。大約划了三五里水面，只聽得前面蘆葦叢中有櫓聲，一隻小船飛快地奔過來，船上有兩個人。盧俊義不敢作聲，心想又不識水性，便低聲叫漁人：「快幫我把船靠到岸邊！」

那個漁人哈哈大笑，對盧俊義說：「上是青天，下是綠水。我生在潯陽江，來上梁山泊；一不改名，二不改姓，綽號混江龍李俊！員外如果還不肯降順，枉送了你的性命！」

盧俊義大驚，拿著朴刀，望李俊心窩裡搠來。李俊跳到水中。那只船滴溜溜地在水面上亂轉。只見船尾有一個人從水底下鑽出來，用手挾住船梢，把船隻一側，船底朝天，盧俊義撞下水去。張順在水底下攔腰抱住，鑽過對岸來。

盧俊義被送到山上，宋江迎面先跪了下來，後面眾頭領齊齊地都跪了下來。宋江便請盧俊義坐第一把交椅。盧俊義大笑，說：「盧某往日在家，實無死法；今天到此，並沒指望活著回去。要殺就殺，怎麼能這樣相戲！」

宋江賠著笑，說：「豈敢相戲？實在是仰慕員外盛德！」

當時置酒備食管待。盧俊義無可奈何，只是堅持不肯入夥，人卻被留在山寨裡連住了幾天。

吳用說：「先讓李固送了車仗回去，員外遲去幾天，有什麼關係？」

盧俊義於是囑咐李固，說：「我的苦，你都知道了。你回到家中，告訴娘子，不要擔心。我如果不死，一定會回去。」

吳用等李固和兩個當值的帶著車仗頭口人伴下山來，便獨自出來把李固叫到跟前，說：「你的主人已和我們商量好了，今天要坐第二把交椅。還沒有上山時就已經預先寫下四句反詩在家裡牆壁上。我叫你們知道：壁下二十八個字，每一句頭上出一個字。『蘆花灘上有扁舟』，頭上『蘆』字；『俊傑黃昏獨自遊』，頭上『俊』字；『義到盡頭原是命』，頭上『義』字；『反躬逃難必無憂』，頭上『反』字：這四句詩包藏『盧俊義反』四字。今天上山，你們怎麼能知道？本來要把你們眾人殺了，那樣顯得我梁山泊做事不義氣。今天放你們回去，你們可布告京城：主人絕不回來！」李固等人只顧下拜。吳用叫用船把眾人送過渡口，李固等人上路奔回北京。

光陰荏苒，日月如流，早已經過了一個多月。盧俊義又要告別。宋江說：「不是不肯留員外，既然員外一心要回，改天在忠義堂上安排薄酒給員外送行。」不覺又過了四五天，盧俊義堅意要走。又被留住，不覺在梁山泊過了兩個多月。這時，已經是深秋時分。盧俊義一心要歸，最後終於如願。

盧俊義星夜奔波，走了十幾天才到北京。當天天色已晚，無法入城，就在客店中歇了一夜。第二天早晨，盧俊義離了村居飛奔入城，離家中還有一里多路，只見一人，頭巾破碎，衣裳襤褸，看著盧俊義，伏地便哭。盧俊義一看，卻是浪子燕青。

燕青說：「自從主人去後，不過半月，李固回來對娘子說：『主人歸順了梁山泊宋江，坐了第二把交椅。』當時就去官中首告了。他現在已經和娘子合夥，嗔怪燕青違拗，把一房家私，都封存了，把我趕出城外。同時囑咐我的那些親戚、相識：有人容留燕青在家中歇息的，他就要拿出半個家私和他打官司。因此，小乙在城中不得安身，只得到城外求乞度日。小乙不是不能到別處去，只是深知主人必然不肯落草，所以忍受著面前這一切，在這裡等候主人。如果主人從梁山泊裡來，可聽小乙言語，再回梁山泊去，另做商議。如果進城，必中圈套！」

盧俊義大喝：「我的娘子不是這樣的人，你這傢伙不要放屁！」

燕青又說：「主人平時只顧打熬氣力，不親女色。娘子過去和李固原有私情，今天推門相就，做了夫妻，主人回去，必遭毒手！」

盧俊義不信。進城來。奔入家中，只見大小主管都吃了一驚。李固慌忙前來迎接，請到堂上，安排飯食給盧員外吃。不久，只聽得前門喊聲大起，二三百個做公的衝了進來，盧俊義驚得呆了，被做公的綁了，一步一棍，一直打到留守司來。

把盧俊義拿到公廳，李固和賈氏跪在側邊。廳上梁中書大喝：「你這傢伙是北京本地良民，怎麼卻去投降梁山泊，坐了第二把交椅？現在回來欲裡勾外連，要打北京！今天擒你來，還有什麼話說？」

李固說：「主人既然到了這裡，還是招了吧。家中牆壁上寫下藏頭反詩，就是證明。不必多說。」

賈氏說：「不是我們要害你，只怕你連累我。常言說：『一人造反，九族全誅！』」

盧俊義跪在廳下，叫起屈來。李固上下都使了錢。張孔目上廳稟告：「這個頑皮賴骨，不打怎麼肯招！」眾公人把盧俊義綑翻在地，不由分說，打得皮開肉綻，鮮血迸流，昏暈了三四次。盧俊義打熬不過，屈招了。張孔目取了招狀，討一面一百斤死囚枷釘了，押去大牢裡監禁。

兩院押牢節級兼充行刑劊子手姓蔡，名福，北京土居人氏。由於他手段高強，人們都呼他為「鐵臂」。旁邊站著這個乃是他嫡親兄弟小押獄，生來愛帶一枝花，河北人都叫他一枝花蔡慶。蔡慶拄著一條水火棍，站在哥哥旁邊。蔡福說：「你先把這個死囚帶到一間牢裡去，我回家去，一會兒就來。」

蔡福走過州橋，只見一個茶博士，叫住唱喏，說：「節級，有一個客人在小人茶房的樓上，專等節級說話。」

蔡福來到樓下看時，正是主管李固。各自施禮完畢，李固說：「奸不厮瞞，俏不厮欺。小人的事都在節級肚子裡。今夜晚間只要絕後。沒有什麼值得孝順的，這裡有五十兩蒜條金，送給節級。廳上官吏，小人自去打點。」

蔡福笑著說：「你不見正廳戒石上刻著『下民易虐，上蒼難欺』？你那瞞心昧己勾當，怕我不知！你又占了他的家私，謀了他老婆，現在只把五十兩金子給我，就要結果了他的性命，以後提刑官下馬，我可是吃不得這樣官司！」

李固說：「看來是節級嫌少，小人再添五十兩。」

蔡福說：「李主管，你『割貓兒尾，拌貓兒飯』！北京有名的這麼一個盧員外，只值得這一百兩金子？你如果要我做這件事，也不是我詐你，只要拿五百兩金子給我！」

李固說：「金子就在這裡，都送給節級，只要今夜做了這件事。」

蔡福收了金子，藏在身邊，起身說：「明天早上前來扛屍。」李固拜謝，歡喜去了。

蔡福回到家裡，剛剛進門，只見一人揭起蘆簾，跟了進來，叫了一聲：「蔡節級相見。」蔡福看時，見那一個人生得十分標緻，打扮整齊。那人開口就說：「節級不要吃驚。在下就是滄州橫海郡人，姓柴，名進，大周皇帝嫡派子孫，綽號小旋風。今奉宋公明哥哥將令，前來打聽盧員外消息。誰知被贓官汙吏、淫婦姦夫，通情陷害，監在死囚牢裡，一命懸絲，都在足下之手。所以，不避生死，特到貴宅告知：如果留得盧員外性命，佛眼相看，不忘大德；如果有半點差錯，兵臨城下，無賢無愚，無老無幼，打破城池，全部斬首！久聞足下是一個仗義全忠的好漢，無物相送，今送上一千兩黃金薄禮。如果想捉柴進，就在這裡用繩索綁了，誓不皺眉。」蔡福聽了，嚇出一身冷汗，半晌答應不得。

柴進走後，蔡福思量半晌，回到牢中，把剛才發生的兩件事，對兄弟說了。蔡慶說：「哥哥平時做事最果斷，量這些小事，有什麼難的？常言說：『殺人須見血，救人須救徹。』既然有這一千兩金子，我和你替他上下使用。梁中書、張孔目，都是好利之徒。接了賄賂，必然周全盧俊義的性命。至於救得救不得，自有他梁山泊好漢，俺們幹的事就完了。」

蔡福、蔡慶兩個商量好了，暗地裡用金子買上告下，關節已定。第二天，李固不見動靜，來到蔡福家催促。蔡慶回答：「我們正要下手結果他，中書相公不肯，已經叫人囑咐要留下他的性命。你可去上面使用，如果再囑咐下來，我這裡有什麼難辦的？」

李固於是又央人在上面使用。中間過錢人去囑託，梁中書回答：「這是押獄節級的勾當，難道叫我下手？過一兩天，叫他自死吧。」互相推卻。

張孔目已經得了金子，只管拖延文案的日期。蔡福又打通關節，叫從輕發落。張孔目拿著文案來稟，說：「在小吏看來，盧俊義雖然有原告，卻沒有實跡。雖然在梁山泊住了許久，這個也說不準是被脅迫的。只好脊杖四十，刺配三千里。不知相公意見如何？」

梁中書說：「孔目說得正好，和下官相合。」

於是，從牢中取出盧俊義，便派董超、薛霸解押前去。直配沙門島。

第四十一回　放冷箭燕青救主　打大名宋江起軍

話說董超、薛霸自從在開封府做公人，押解了林沖前去滄州，在路上害不得林沖，回來後被高太尉尋事刺配北京。梁中書因為見到他兩個人能幹，就留在留守司做事。今天又派他們兩個監押盧俊義前去。當時，董超、薛霸領了公文，帶了盧員外離開州衙，把盧俊義監在使臣房裡，各自歸家收拾行李、包裹，然後起程。李固得知，只得叫苦。於是叫人請兩個防送公人說話。董超、薛霸被請到一家酒店裡，李固接著，請在閣子裡坐下，說：「兩錠大銀，先做為小意思。多只兩程，少無數里，在方便的地方，結果了他的性命，揭取臉上金印回來做表證，叫我知道，再分送五十兩蒜條金給你們。你們只要動得一張文書。留守司房裡，我去應付。」董超、薛霸收了銀子，連夜起身。

走出東門，董超、薛霸把衣包、雨傘都掛在盧員外枷頭上，兩個人一路上做好做惡，解押前去。一天，來到一座大林中，正是東方漸明，還沒人來往這裡。薛霸說：「我們兩個起得早了，有些困倦，想在林子裡睡一睡，只怕你走了。先讓老爺縛一縛！」說完，從腰間解上麻索，兜住盧俊義肚皮，去那松樹上一勒，反拽過腳來綁在樹上，然後拿起水火棍，看著盧員外，說：「你不要怪我們兩個：你家主管叫我們在路上結果了你。就是到了沙門島也是死，不如及早打發你去吧！你到陰司地府也不要怨我們。明年今日是你周年！」盧俊義聽了，淚如雨下，低頭受死。薛霸兩隻手拿起水火棍，望著盧員外腦門上劈下來。董超在外面，只聽得一聲響，以為完事了，走來看時，盧員外依舊縛在樹上。薛霸卻仰臥在樹下，水火棍撇在一邊。只見薛霸嘴裡出血，心窩裡露出三四寸長的一枝小小箭桿，正待要叫，只見東北角樹上，坐著一個人。聽得叫聲「著」！董超脖子上早中了一箭，兩腳蹬空，撲地也倒了。那人托地從樹上跳下來，拔出解腕尖刀，割繩斷索，劈碎盤頭枷，在樹邊抱住盧員外放聲大哭。

救盧員外的這個人原來正是燕青。

燕青背著盧俊義，商量前去梁山泊。一直往東走了十多里，來到一家客店，燕青因為這裡無處吃飯，於是拿了弓去附近尋找到幾個獵物，正要回來，只聽得滿村子裡大喊。一二百做公的，把盧俊義縛在車子上，推了過去。燕青要出去時，手中沒有軍器，只叫得苦。尋思：「如果不去梁山泊報給宋公明得知，叫他來救，那豈不是我誤了主人的性命？」於是，找路便走，在路上正遇到梁山泊頭領病關索楊雄、拚命三郎石秀。楊雄、石秀正奉著宋江將令，被派往北京，打聽盧員外消息。燕青便跟著楊雄連夜上了梁山泊，石秀繼續前往北京。見了宋江，燕青把前面發生的事情細細說了一遍。宋江大驚，便會聚眾頭領商議良策。

且說石秀只帶了自己的隨身衣服，來到北京城，入得城來，探問市戶人家時，只見一個老丈回答：「客人，你有所不知，我這北京有一個盧員外，因為被梁山泊賊人擄掠去，逃得回來，倒吃了一場冤屈官司，疊配沙門島，又不知怎麼在路上被人傷害了兩個公人。昨夜重新捉回來，今天午時三刻，要解押到這裡市曹上斬了他！客人可去看一看。」

石秀聽了，兜頭一杓冰水！急忙走到市曹，卻見有一個酒樓，石秀便來到酒樓上，臨街占個閣子坐下。打上兩角酒，切了一盤牛肉，石秀大碗大塊，吃喝了一回。坐不多久，只聽得街上鑼鼓喧天。石秀在酒樓上往窗外看時，十字路口，形成一個法場，十多對刀棒劊子手，前排後擁，把盧俊義綁押到樓前跪下。人叢裡一人高叫：「午時三刻到了。」當案孔目高聲讀了犯由牌，眾人齊和一聲。酒樓上石秀只就那一聲和裡，抽出腰刀在手，應聲大叫：「梁山泊好漢全夥在這裡！」從酒樓上跳了下來，手舉鋼刀，殺人似砍瓜切菜，走不快的，殺翻了十多個。石秀一隻手拖住盧俊義，往南就走。原來石秀不認得北京的路，也是因為盧俊義驚呆了，走不動。梁中書聽得報來，大驚，便集合帳前頭目，領了人馬，分頭去把城門關上。又派前後做公的圍了上去。

石秀和盧俊義兩個人在城內走投無路，眾做公的使用撓鉤套索，可憐寡不敵眾，兩個人都被捉了，解押到梁中書面前。石秀高聲大罵：「你這給奴才做奴才的奴才！聽著哥哥將令：早晚就領軍來打城子，踏為平地，把你砍為三截！先派老爺來和你們說知！」梁中書聽了，沉吟半晌，先把二人枷了，囑咐蔡福在意看管，休叫有失。蔡福要結識梁山泊好漢，把兩個人關在一處牢裡，把好酒好飯給他們兩個送上，因此沒有吃苦。

第二天，城裡城外報告：「收得梁山泊沒頭帖子幾十張，不敢隱瞞，只得呈上。」梁中書看了，只見上面寫道：「如果不善待盧員外，就要攻打北京。」於是嚇得魂飛天外，魄散九霄。梁中書叫兵馬都監大刀聞達、天王李成兩個到廳前商議。李成說：「量這夥草寇怎麼敢擅離巢穴！相公何必擔憂？李某雖然能力不大，但吃國家食祿，無功報德，願施犬馬之勞，統領軍卒，離城下寨。草寇不來，另作商議；如果那夥強寇，年衰命盡，擅離巢穴，領眾前來，不是小將誇嘴，一定令這夥賊片甲不回！」梁中書聽了大喜。

兩個人辭謝，告別了梁中書，各回營寨安歇。第二天，李成升帳，叫大小官軍上帳商議。旁邊走過來一個人，威風凜凜，相貌堂堂，正是急先鋒索超。李成傳令：「宋江草寇，早晚臨城，要來打俺大名。你可率本部軍兵離城三十里下寨。我隨後也將領軍前來。」

話分兩頭，原來這沒頭帖子卻是吳學究聽燕青、楊雄報信，又叫戴宗打聽得盧員外、石秀被捉，因此虛寫告示在沒人的地方撇上，只要保全盧俊義、石秀二人的性命。戴宗回到梁山泊，把前面的事情向眾頭領說知了，宋江當時就叫上鐵面孔目裴宣，派撥大小軍兵當天進發。

梁中書聽報，急忙派李成迎戰。

李成往東一看，遠遠地塵土起處，大約有五百多人，飛奔前來。當前一員好漢，是黑旋風李逵。李成在馬上看了，對著索超大笑，說：「每天只說梁山泊好漢，原來只是這等草寇，有什麼可擔憂的！先鋒，要不要先捉了這來的賊？」於是，李成令大軍一齊上前，一經交手，李成所率軍兵頓時四分五落。李成、索超衝開人馬，奪路逃去，回到寨中，損傷慘重。

二人慌忙派人入城報知梁中書。梁中書連夜再令聞達速領本部軍馬前來助戰。

第二天，霹靂火秦明勒馬陣前，索超縱馬直取秦明。鬥過二十多個回合，不分勝敗。前軍隊裡轉過韓滔，在馬上拈弓搭箭，看得索超真切，颼地一箭，正中索超左臂，撇了大斧，回馬望本陣就走。宋江鞭梢一指，大小三軍一齊殺了過去。正是屍橫遍野，血流成河，大敗虧輸。聞達手舞大刀，苦戰奪路，恰好撞著李成，合兵一起，邊戰邊走，直到天明，才回到城下。

第二天，宋江軍馬追來，一直抵達東門外下寨，準備攻城。宋江分調眾將，圍住城池，東西北三面下寨，只空著南門不圍，每天率軍攻打。同時，向山寨中催取糧草，為久屯計，務必要打破大名，救取盧員外、石秀二人。李成、聞達每天提兵出城交戰，不能取勝。索超有箭瘡，在家中休息。

蔡太師得知情形，即派當值府幹請樞密院官急來商議軍情。不久，東廳樞密使童貫，帶著三衙太尉，都到節堂參見太師。只見那步軍太尉背後轉出一個人，乃是衙門防禦保義使，姓宣，名贊，掌管兵馬。這個人生得面如鍋底，鼻孔朝天，鬈髮赤鬚，彪形八尺，使著一口鋼刀，武藝出眾。先前在王府曾經做過郡馬，人們呼為醜郡馬，那是因為對連珠箭贏了番將，郡王愛他武藝，招做女婿；誰想郡主嫌他醜陋，懷恨而亡，因此不得重用，只做得一個兵馬保護使。童貫是個阿諛諂妄之徒，和他不能相處，常有嫌疑之心。

宣贊當時忍不住，出班來稟太師：「小將當初在鄉中，有一個相識，是漢末三分時義勇武安王嫡派子孫，姓關，名勝。生得和關雲長相似，使一口青龍偃月刀，人稱大刀關勝；現做蒲東巡檢，屈在下僚。這個人幼讀兵書，深通武藝，有萬夫不當之勇；如果以禮請他，拜為上將，可以掃清水寨，殄滅狂徒，保國安民。乞取鈞旨。」

蔡京聽了，大喜，便派宣贊禮請關勝赴京。宣贊領了文書，沒幾天，來到蒲東巡檢司前下馬。當天關勝正和結義兄弟郝思文在衙內論說古今興廢之事，聞說東京有使命至，關勝忙和郝思文出來迎接。關勝聽了來意，大喜，對宣贊說：「這個兄弟，姓郝，名思文，是我的拜義兄長。當初他母親夢井木犴投胎，因而有孕，後生了他，因此，人們叫他井木犴。這個兄弟，十八般武藝沒有不能，可惜至今屈沉在這裡。如今同去協力報國，有什麼不可？」

宣贊喜諾，催請起程。當時關勝囑咐老小，同郝思文領著關西漢十多人，收拾刀馬盔甲行李，跟隨宣贊，連夜起程。來到東京後，在太師府前下馬。門吏轉報，蔡太師得知，便令進入。

宣贊領著關勝、郝思文來到節堂。拜見後，蔡太師大喜，說：「梁山泊草寇圍困大名，請問將軍，施什麼妙策可以解圍？」

關勝稟告：「久聞草寇占住水泊，驚群動眾；今擅離巢穴，自取其禍。如果想救大名，虛勞人力。不如有精兵數萬，先取梁山，後拿賊寇，讓他首尾不能相顧。」

太師見說，大喜，對宣贊說：「這是圍魏救趙之計，正合我心。」隨即叫樞密院官調撥山東、河北精銳軍兵一萬五千。叫郝思文為先鋒，宣贊為合後，關勝為領兵指揮使，步軍太尉段常接應糧草。犒賞三軍，限馬上起程。

宋江這時還和眾將一起，每天攻打城池，李成、聞達哪里敢出城對陣。宋江見攻打城子不破，心中納悶：離山寨已久，不見輸贏。只見神行太保戴宗到來，報說：「東京蔡太師拜請關菩薩玄孫蒲東郡大刀關勝，率一彪軍馬，飛奔梁山泊來。寨中頭領主張不定，請兄長早早收兵回來，先解梁山泊之難！」

於是宋江軍馬退回。

漸近梁山泊，卻好迎著醜郡馬宣贊，攔住歸路。宋江讓軍兵就地下寨，暗地派人從偏僻小路赴水上報知，約會水陸軍兵兩下救應。

水寨中李俊得到宋江將令，和三阮、張橫、張順商議。張橫表示起兵去偷襲關勝。李俊說：「宋公明哥哥將令水陸軍兵先做準備，不宜單獨行動。」

張橫當時無話，退下後，思量片時，自忖：「那官兵有什麼難鬥的？只要偷襲，拿得關勝，官軍必亂！」當時，便領著二三百人划著小船出發了。

夜裡，關勝正在中軍帳裡點燈看書。有伏路小校悄悄來報：「蘆花蕩裡，大約有小船四五十隻，人人各執長槍，在蘆葦兩邊埋伏了，不知什麼意思，特來報知。」關勝聽了，微微冷笑，回顧身邊將領，低低說了一句。

這裡，張橫領著二三百人，從蘆葦中間藏蹤躡跡，一直來到寨邊，拔開鹿角，直奔中軍，望見帳中燈燭熒煌，關勝手撚髭髯，坐著看書，張橫暗喜，手拿長槍，奔入帳房。只聽旁邊一聲鑼響，眾軍喊動，如天崩地塌，山倒江翻，嚇得張橫拖著長槍轉身就走。四下裡伏兵衝殺過來，張橫和那二三百人，沒有走得一個，都被縛了，推到帳前。關勝喝令把張橫用陷車盛了。

水寨裡三阮頭領正在寨中商議派人去宋江哥哥那裡聽令。只見張順來報：「我哥哥去劫關勝營寨，不料被捉，囚車監了！」

阮氏弟兄三個和張順前去救張橫。後半夜，大小寨頭領，各駕船一百多隻，一齊殺奔關勝寨來。卻說三阮在前，張順在後，吶聲喊，搶進寨裡。只見寨內燈燭熒煌，卻並沒有一個人。三阮看後大驚，轉身就走。帳前一聲鑼響，左右兩邊，馬軍步軍，分做多路，重重疊疊圍裹上來。張順見不是頭，撲通跳下水去。三阮奪路到得水邊，後軍卻早趕上，撓鈎齊下，套索飛來，早把活閻羅阮小七橫拖倒拽捉去了。阮小二、阮小五、張順卻得混江龍李俊帶領童威、童猛死救回去。

這邊醜郡馬宣贊領軍直到大寨。宋江舉眾出迎，小李廣花榮持槍，直取宣贊。鬥到十個回合，花榮賣了一個破綻，回馬就走。宣贊趕來，花榮帶住鋼槍，拈弓取箭，射在刀面上。花榮見箭射不中，再取出第二枝箭，看得較近，望宣贊胸膛上射來。宣贊鐙裡藏身，又射了一個空。宣贊見他弓箭高強，不敢追趕，霍地勒回馬跑回本陣。花榮連忙勒轉馬頭，望宣贊趕來，又取出第三枝箭，望得宣贊後心較近，再射一箭。只聽當地一聲響，正射在背後護心鏡上。宣贊慌忙馳入本陣，關勝持青龍刀，騎火炭馬，門旗開處，直臨陣前。霹靂火秦明縱馬直沖過來，林沖也大叫一聲，挺槍出馬，飛奔前來。兩將雙取關勝，關勝一齊迎住。正在這時，宋江火急收軍，雙方休戰。

當晚關勝出中軍看月。有伏路小校前來報說：「有一個鬍鬚將軍，匹馬單鞭，要見元帥。」

第四十二回　呼延灼月夜賺關勝　宋公明雪天擒索超

話說關勝回顧來將，剔燈再看，大略認得。那人說：「小將是呼延灼。前些日子曾經為朝廷統領連環馬軍征進梁山泊。誰想中了賊的奸計，失陷了軍機，不得還京見駕。昨天聽得將軍到來，不勝之喜。今天陣上，林沖、秦明欲捉拿將軍，宋江火急收軍，誠恐傷犯足下。這個人素有歸順之意，獨奈眾賊不從。剛才暗和呼延灼商議，正要驅使眾人歸順。將軍如果聽從，明天夜間，輕弓短箭，騎著快馬，從小路直入賊寨，生擒林沖等賊寇，解到京師，不單將軍建立大功，也令宋江和小將得贖重罪。」關勝聽了，大喜。

第二天，宋江舉兵搦戰。關勝和呼延灼商議：「晚間雖然有這個計，今天不可不先贏這一陣。」

呼延灼借副衣甲穿了，上馬來到陣前。宋江獨自罵呼延灼：「山寨沒有虧待你半分，為什麼黃夜私去！」

呼延灼說：「無知小吏，能成什麼大事！」

宋江便令鎮三山黃信出馬，直奔呼延灼。兩馬相交，鬥了不到十個回合，呼延灼手起一鞭，把黃信打落馬下。關勝令大小三軍一齊掩殺。呼延灼說：「不可追擊。吳用那傢伙廣有神機，如果趕殺，恐中賊的奸計。」關勝聽了，火急收軍，都回本寨。

關勝聽取了呼延灼偷襲的建議，傳下將令，讓宣贊、郝思文分兩路接應。自帶五百馬軍，輕弓短箭，叫呼延灼領路，夜晚起身，直奔宋江寨中，炮響為號，裡應外合，一齊進兵。

奔入寨中，才得知中計，慌忙回馬。聽得四邊山上一齊鼓響鑼鳴。關勝連忙回馬，只剩數騎馬軍跟著。轉出山嘴，又聽得背後樹林邊一聲炮響，四下裡撓鉤齊出，把關勝拖下雕鞍，奪了刀馬，卸去衣甲，前推後擁，拿到大寨裡來。

卻說林沖、花榮帶了一支軍馬，截住郝思文。月明之下，三馬相交，郝思文氣力不加，回馬就走。忽然撞出一個女將，原來是一丈青扈三娘，撒起紅綿索，把郝思文拖下了馬。步軍向前，一齊捉住，解到大寨。這一邊，秦明、孫立領一支軍馬去捉宣贊，當路撞上，被秦明一棍搠下馬來，三軍齊喊一聲，向前捉住。

這時東方漸明。忠義堂上分開坐次，早把關勝、宣贊、郝思文分頭解來。宋江親自勸降，看宋江義氣，關勝等人都歸順了。

宋江宴會眾將，默然想起盧員外、石秀陷在北京，潸然淚下。

吳用說：「兄長不必憂心，吳用自有措置。只過今晚，來日再起軍兵，去打大名，必然成事。」

關勝起身，說：「關某無法報答愛我之恩，願為前部。」宋江大喜，第二天早晨傳令，就令宣贊、郝思文為副，撥回原有軍馬，便為前部先鋒。

卻說梁中書在城中，正和索超飲酒。探馬來報：「關勝、宣贊、郝思文和眾軍馬都被宋江捉去，已經入夥了！梁山泊軍馬如今又到了！」

梁中書聽得，目瞪口呆，杯翻筷落。只見索超稟告：「前一次中賊冷箭，這一次定要報仇！」李成、聞達隨後調軍接應。

第二天，宋江率前部呂方、郭盛上高阜看關勝廝殺。三通戰鼓結束，這裡關勝出陣。對面索超出馬。兩人鬥到十個回合，李成在中軍看索超戰關勝不下，自舞雙刀出陣，夾攻關勝。這一邊，宣贊、郝思文見了，各持兵器，前來助戰。五騎馬攪做一塊。宋江在高阜看見，鞭梢一指，大軍捲殺過去。李成軍馬大敗虧輸，連夜退到城去。

第二天，彤雲壓陣，天慘地裂，索超獨自領著一支軍馬出城衝突。吳用見了，便叫軍校迎戰，並令軍校一交手就退下來。因此，索超得了一陣，歡喜入城。

當晚，雲勢越重，風聲越緊。吳用出了帳前，看時，卻早成團打滾，降下一天大雪。吳用便派步軍去大名城外靠山邊河狹處掘成陷坑。上面用土蓋上。那雪降了一夜，天明看時，大約已沒過馬膝。索超當天策馬上城，望見宋江軍馬各有懼色，東西策立不定，當下便帶著三百軍馬突然衝出城來。宋江軍馬四散奔走。水軍頭領李俊、張順勒馬橫槍，前來迎敵。剛和索超交馬，馬上棄槍就走，引著索超奔到陷坑這邊來。索超是一個性急的人，哪裡顧及？那裡一邊是路，一邊是澗。李俊棄馬跳到澗中，向著前面，嘴裡叫嚷：「宋公明哥哥快走！」索超聽了，不顧一切，飛馬撞過陣來。山背後一聲炮響，索超連人和馬跌了下去。後面伏兵齊起。這索超就是有三頭六臂，也弄得個七損八傷。

其餘軍馬都逃回城去，報說索超被擒。宋江勸索超歸順，楊志向前敘禮，訴說別後相念。兩人執手灑淚，事已到此，不得不服。宋江大喜。再叫置酒，在帳中作賀。

一連數天，商議打城，急切不得破，宋江悶悶不樂。第二天，只見宋江神思疲倦，身體發熱，頭如斧劈，一臥不起。眾頭領都到帳中看視。

宋江說：「只覺得背上好生熱疼。」

眾人看時，只見鏊子一般紅腫起來。只聽浪裡白條張順說：「小弟原在潯陽江時，因母得患背疾，百藥不能治，後來請到建康府安道全，手到病除，從此小弟感他恩德，只要有些銀兩，便派人送去請他。今見兄長這樣的病症，除非是這個人才能醫得。只是這一去路遠，急速不能到。為哥哥的事，只得星夜前去。」

吳用叫取上蒜金一百兩給醫人，再拿上二三十兩碎銀作路費，囑咐張順：「今天就走，好歹要和他一同來，切勿有誤。我今天拔寨回山，和他在山寨裡相會。兄弟快去快來！」

張順要救宋江，連夜趲行，時值冬盡，路上艱難。張順冒著風雪，捨命往前走，獨自一個奔到揚子江邊，看那渡船時，並無一隻，張順只叫得苦。沒辦法，只好沿著江邊又走，只見敗葦裡面有煙，張順叫：「梢公，快用渡船來載我過去！」

只見蘆葦裡「簌簌」地響，走出一個人，頭戴箬笠，身披蓑衣，問：「客人要去哪裡？」

張順說：「我要渡江去建康府，有要緊事，多給你一些船錢，渡我過去吧。」

那梢公說：「載你沒關係，只是今晚即便過了江，也沒地方歇。你只在我船裡歇了，到後半夜風靜雪止，我再渡你過去，只要多給些船錢。」

張順說：「也說得是。」便和梢公鑽到蘆葦裡來，見灘邊纜著一隻小船，船蓬底下，一個瘦後生在那裡烤火。梢公扶著張順下船，走到艙裡，把身上的溼衣裳脫了，叫那小後生就在火上烘烤。

張順打開衣包，取出棉被，和身一捲，倒在艙裡，對梢公說：「這裡有酒賣嗎？買一些來喝喝也好。」

梢公說：「酒卻沒地方去買，要飯可吃上一碗。」張順再坐起來，吃了一碗飯，放倒頭便睡。一來連日辛苦，二來十分自信，不覺睡著。

那瘦後生一邊雙手向著火盆，一邊嘴裡輕輕地叫那梢公：「大哥，你見到了嗎？」

梢公過去，將張順包裹在頭邊一捏，覺道是金帛之物，手搖了搖，說：「你把船放開，在江心裡下手不遲。」

那後生推開船蓬，跳上岸，解了纜，跳上船把竹篙點開，搭下櫓，咿咿呀呀地搖出江心。梢公在船艙裡取出纜船索，輕輕地把張順捆縛做一塊，就去船梢板底下取出板刀來。

張順卻好一覺醒來，雙手被縛，掙扎不得。梢公手拿板刀，按在他的身上。張順說：「好漢！你饒了我的性命，把金子都給你！」

梢公說：「金子也要，你的性命也要！」

張順連聲叫：「你只叫我囫圇死，冤魂便不來纏你！」

梢公說：「這個卻使得！」放下板刀，把張順撲通扔下水去。

那梢公打開包裹來看，見了許多金銀，倒吃了一驚。眉頭一皺，叫那瘦後生過來，說：「五哥進來，和你說話。」

那人鑽到艙裡，被梢公一手揪住，一刀落下，砍得伶仃，推下水去。梢公收拾了船中血跡，搖船去了。

卻說張順是一個在水底伏得三四夜的人，一時被推下水，就在江底下咬斷索子，鳧水到了南岸，見樹林中隱隱有一些燈光，張順爬上岸，水淥淥地轉到林子裡，看時，卻是一個酒店，半夜裡破壁縫透出光來。張順叫開門時，見到一個老丈，納頭便拜。

老丈說：「你怕不是在江中被人劫了，跳水逃命的吧？」

張順說：「不瞞老丈，小人從山東來，要去建康府做事，晚來隔江覓船，沒想到撞著兩個壞人，把小子應有衣服金銀都劫去了，攛到江中。小人卻會鳧水，逃得性命。公公救救我！」

老丈見說，領著張順來到後屋，替他拿下溼衣服來烘，燙些熱酒給他喝。張順說：「公公不要吃驚，小人是浪裡白條張順。因為俺哥哥宋公明害發背瘡，叫我用一百兩黃金來請安道全。誰想過於自信，在船中睡著，被兩個賊男女縛了雙手，扔到江裡，被我咬斷繩索，到得這裡。」

老丈說：「你既然是那裡的好漢，我叫兒子出來，和你相見。」

不久，後面走出一個瘦後生，看著張順便拜，說：「小人久聞哥哥大名，只是無緣，沒有拜識。小人姓王，排行第六。因為走跳得快，人們都叫小人活閃婆王定六。平時只好鳧水使棒，剛才哥哥被兩個人劫了，小人都認得：一個是截江鬼張旺，那一個瘦後生卻是華亭縣人，喚做油裡鰍孫五。這兩個男女，經常在這江裡劫人。哥哥放心，在這裡住上幾天，等這傢伙來喝酒，我給哥哥報仇。」

王定六當時拿出自己的一包新衣裳，讓張順換了，殺雞置酒相待，不在話下。第二天，天晴雪消，王定六再把十多兩銀子給了張順，先叫張順到建康府來。

張順進城，來到槐橋下，看見安道全正在門前賣藥。張順進了門，見著安道全，納頭便拜，同時，把這鬧江州跟宋江上山的事一一告訴了，又說起宋江現患背瘡，特地來請神醫，揚子江中，險些送了性命，因此空手而來，都實訴了。安道全這才應允。

出了城，重新回到王定六的酒店裡。王定六接著，說：「昨天張旺從這裡走過，可惜沒遇到哥哥。」話音未落，王定六又說：「張旺那傢伙來了！」

張順說：「先不要驚動他，看看他往哪裡去！」

只見張旺去灘頭看船。王定六叫：「張大哥，你等等，用船載我兩個親眷過去。」

張順說：「安兄，你借衣給小弟穿，小弟衣裳卻換給兄長穿了，才好去乘船。」安道全脫下衣服和張順換穿了。張順戴上頭巾，遮塵暖笠影身，王定六取了藥囊。走到船邊，張旺攏船靠岸，三個人上船。

張順爬到後梢，揭起船板，板刀尚在。悄然拿了，再到船艙裡。張旺把船搖開，咿呀之聲，又到江心。張順脫去上蓋，叫了一聲：「梢公快來！你看船艙裡有血跡！」

張旺說：「客人不要取笑。」一邊說，一邊鑽到艙裡來。張順一把揪住，大喝一聲：「強賊！認得前天雪天乘船的客人嗎！」張旺看了，作聲不得。張順喝道：「你這傢伙謀了我一百兩黃金，又要害我性命！你那個瘦後生到哪里去了？」

張旺說：「好漢，小人見金子多了，怕他要分，我便少了；因此殺死，丟到江裡去了。」

張順說：「你這個強賊！老爺生在潯陽江邊，長在小孤山下，做賣魚牙子，天下傳名！只因為鬧了江州，占住梁山泊裡，隨從宋公明，縱橫天下，誰不懼我！你這傢伙騙我下船，縛住雙手，丟下江心，不是我會識水時，卻不送了性命！今天冤仇相見，饒你不得！」只一拖，提在船艙中，取船索把張旺的手腳捆縛了，看著那揚子大江，一直丟下去，喝一聲：「也免了你一刀！」王定六看了，十分嘆息。

張順在船內搜出金子和零碎銀兩，都收拾在包裹裡，三人撐船到岸。張順對王定六說：「賢弟恩義，生死難忘！你如果不棄，就可同父親收拾起酒店，趕到梁山泊來，一同歸順大義，不知你意思如何？」

王定六說：「哥哥所說，正合小弟的心。」說完，分別了。

路上，遇到前來接應的神行太保戴宗，戴宗便使起神行術，先同安道全一起前去。

安道全到了梁山泊；寨中大小頭領接著，擁到宋江臥室內，在床上看時，口內一絲兩氣。安道全先診了脈，說：「眾頭領不要慌，脈體沒事。身軀雖然沉重，大體無妨礙。不是安某誇口，只要十天之內，便可復舊。」眾人見說，一齊拜倒。安道全先用艾焙引出毒氣，然後用藥：外使敷貼之餌，內用長托之劑。五天之間，漸漸皮膚紅白，肉體滋潤。不過十天，雖然瘡口沒痊癒，卻能飲食如舊。這時，只見張順領著王定六父子二人，拜見宋江和眾頭領，訴說江中被劫、水上報冤事。眾人都稱嘆：「險些誤了兄長這個病！」

宋江病好，便又對眾灑淚，商量要打大名，救取盧員外、石秀。吳用說：「吳用雖然本事不大，只就當今春初時候，一定要打破大名城池，救取盧員外、石秀二人性命，擒拿淫婦姦夫，以遂兄長報仇之意。」

吳用又說：「冬盡春初，早晚元宵節將近。大名年例大張燈火。我想趁這一機會，先令人在城中埋伏，外面驅兵大進，裡應外合，可以破城。最要緊的是城中放火為號。你眾兄弟中誰敢給我先去城中放火？」

只見階下走過時遷，說：「小弟幼年曾經到過大名，城內有樓，叫做翠雲樓，樓上樓下大小有百十個閣子。眼見得元宵之夜必然喧哄。小弟潛入城去，到得元宵節夜，盤到翠雲樓上，放起火來為號，軍師可自調遣人馬進城。」

吳用說：「我心正要這樣。你明天天曉，先下山去。只在元宵夜晚將近，在樓上放起火來，就是你的功勞。」

吳用又調度了眾位頭領。眾位頭領都各得令去了。這時，正是正月初頭。

第四十三回　時遷火燒翠雲樓　吳用智取大名府

話說這北京大名府是河北頭一個大郡，那裡有各路買賣，只聽放燈，都趕來看。城中廂官每天點視，裝扮社火。豪富之家紛紛懸掛花燈，家家門前紮起燈柵，都要賽掛好燈；戶內縛起山棚，擺放五色屏風炮燈，四邊都掛名人書畫和奇異古董玩器。大街小巷，家家都要點燈；大名府留守司州橋邊搭起一座鼇山，上面盤著紅黃大龍兩條，每片麟甲上點燈一盞，口噴淨水。州橋河內周圍點燈不計其數。銅佛寺前紮起一座鼇山，上面盤著青龍一條，左右也有千百盞花燈。翠雲樓前也紮起一座鼇山，上面盤著一條白龍，四面燈火，不計其數。原來這座酒樓，名貫河北，號為第一，上有三簷滴水，雕梁繡柱，真是造得好。樓上樓下，有百十處閣子，每天鼓樂喧天。城中各處宮觀寺院佛殿法堂中，各設燈火，慶賀豐年。

那梁山泊探子，得了這個消息，報上山來。吳用得知大喜，對宋江說：「小生替哥哥走一遭。」隨即和鐵面孔目裴宣點撥軍馬。

這裡，時遷越牆入城，正月十三日，卻在城內往來觀看搭縛燈棚，懸掛燈火。正看著，只見解珍、解寶挑著野味，在城中往來觀看；又撞見杜遷、宋萬兩個從瓦子裡走了出來。時遷當天先去翠雲樓上偵察了一番，只見孔明披著頭髮，身穿羊皮破衣，右手拄著一條杖子，左手拿個碗，在那裡求乞。又見一個丐者從牆邊走來。看時，卻是孔亮。背後兩個人，卻是楊雄、劉唐。幾個人都來到一個寺前。正撞見一個先生，從寺裡走出來。眾人抬頭看時，卻是入雲龍公孫勝。背後凌振，扮做道童跟著。七個人都點頭會意，各自去了。看看日期相近。梁中書先令大刀聞達率領軍馬出城，到飛虎峪駐紮，以防賊寇。十四那一天，卻令李天王李成親自率領鐵騎馬軍五百，全副披掛了，繞城巡視。第二天便是正月十五。這一天天氣晴明，梁中書滿心歡喜。

未到黃昏，一輪明月湧了上來，照得六街三市，熔做金銀一片。士女挨肩疊背，煙火花炮比以前越添得盛了。這一晚，節級蔡福囑咐兄弟蔡慶看守好大牢，「我先回家看看便來。」

才進家門，只見有兩個人閃了進來，前面那一個軍官打扮，後面是僕人模樣。燈火之下看時，蔡福認得來人是小旋風柴進，後面那位卻不認識，原來是鐵叫子樂和。蔡節級便請進屋去，現成杯盤，隨即管待。柴進說：「不必賜酒。在下到這裡，有一件要緊事相求。盧員外、石秀得足下照顧，稱謝難盡。今晚我準備去大牢看望一遭。望你領進去，不要推卻。」蔡福是個公人，早猜透了八分。本想不依，誠恐打破城池，不見了好處，又陷了老小一家性命。因此，只得擔著血海般的干係，取了一些舊衣裳，叫他們兩個換了，也扮成公人，換了巾幘，帶柴進、樂和直奔牢中去了。

天色一黑，王矮虎、扈三娘、孫新、顧大嫂、張青、孫二娘，裝扮成三對村裡夫婦，擠在人叢裡，入東門去了；公孫勝帶著凌振，挑著荊簍，去城隍廟廊下（這城隍廟只在州衙旁邊）；鄒淵、鄒閏挑著燈在城中閒走；杜遷、宋萬各推著一輛車子，來到梁中書衙前，躲在人群中；劉唐、楊雄，各提著水火棍，身邊都帶有暗器，來到州橋上，分兩邊坐定。

燕青領了張順，從水門裡入城，在僻靜處埋伏：都不在話下。

不久，時遷挾著一個籃子，裡面都是硫磺、焰硝，籃子上插一朵鬧鵝兒，走到翠雲樓後面，然後走上樓去。只見閣子內，吹笙簫、動鼓板、掀雲鬧社，子弟們鬧鬧嚷嚷，都在樓上打哄賞燈。時遷到了樓上，只做賣鬧鵝兒的，在各個閣子裡去察看。撞見解珍、解寶，拖著鋼叉，叉上掛著兔子，在閣子前走。

時遷便說：「時間已經到了。怎麼不見外面有動靜？」

解珍說：「我們兩個剛才在樓前，見探馬過去，多管兵馬到了。你只顧去做事。」話音未落，只見樓前發起喊來，說：「梁山泊軍馬到了西門外！」

留守司前，只見敗殘軍馬一齊奔入城來，說：「梁山泊賊寇領軍都到城下了！」

李成正在城上巡邏，聽見說了，飛馬來到留守司前，囑咐軍兵，閉上城門，守護本州。

卻說王太守親自率領隨從一百多人，長枷鐵鎖，在街上鎮壓；聽得報說，慌忙回到留守司前。

梁中書正在衙前醉了閒坐，聽說，嚇得一言不發。這時，只見翠雲樓上烈焰沖天，火光奪目，十分浩大。梁中書見了，急急上了馬，正待要去看時，只見兩條大漢，推著兩輛車子，放在當路，取出一盞掛的燈來，望車子點著，隨即火起。梁中書要出東門時，兩條大漢大喊：「李應、史進在此！」手撚朴刀，大踏步殺來。把門官軍嚇得走了，身邊的傷了十多個。杜遷、宋萬也奔了出來，四個人合做一處，把住東門。梁中書見情況不妙，帶領隨行伴當，飛奔南門。南門傳說：「一個胖大和尚，掄動鐵禪杖，還有一個虎面行者，拿出雙戒刀，殺進城來了！」梁中書回馬，再到留守司前，只見解珍、解寶，手撚鋼叉，在那裡東衝西撞。

鄒淵、鄒閏，手拿竹竿，只顧在簷下放火；南瓦子前，王矮虎、一丈青殺了過來；孫新、顧大嫂從身邊拿出暗器，在那裡協助；銅佛寺前，張青、孫二娘進去，爬上鰲山，放起火。這時，大名城內百姓黎民，一個個鼠竄狼奔，一家家神號鬼哭，十多處火光沖天，四方不辨。

梁中書又奔到西門，接著李成軍兵，急急來到南門城上，勒住馬在鼓樓上看時，只見城下軍馬擺滿，旗號寫著大刀關勝，火光中，抖擻精神，施逞驍勇。左有韓滔，右有彭玘、黃信在後面催動人馬，雁翅般橫殺過來，已到門下。梁中書出不得城，和李成躲到北門城下，望見火光明亮，軍馬不知其數，卻是豹子頭林沖，躍馬橫槍，左有馬麟，右有鄧飛，花榮在後面催動人馬，飛奔前來。再轉東門，一連火把叢中，只見沒遮攔穆弘，左有杜興，右有鄭天壽，三個好漢當先，手捻朴刀，率領一千多人，殺入城來。梁中書奔到南門，捨命奪路而走。吊橋邊火把齊明，只見黑旋風李逵，左有李立，右有曹正，李逵渾身脫光，手拿雙斧，從城濠裡飛奔過來；李立、曹正，一齊來到。李成當先，殺開一條血路，奔出城來，護著梁中書便走。只見左邊殺聲震響，火把叢中，軍馬無數，卻是呼延灼，拍動座下馬，舞動手中鞭，奔向梁中書。李成手舉雙刀，前來迎敵。那時李成無心戀戰，撥馬就走。左有韓滔，右有彭，從兩肋撞出來，孫立在後面催動人馬，合力殺來。正鬥著，背後趕上小李廣花榮，拈弓搭箭，射中李成副將，翻身落馬。李成見了，飛馬奔走。不到半箭之地，只見右邊鑼鼓亂鳴，火光奪目，卻是霹靂火秦明，躍馬舞棍，帶著燕順、歐鵬、陳達，又殺過來。李成渾身是血，邊走邊戰，護著梁中書，衝路而去。

宋萬前去殺了梁中書一門良賤。劉唐、楊雄去殺了王太守一家老小。孔明、孔亮已從司獄司後牆爬進去。鄒淵、鄒閏卻在司獄司前接住往來的人。

大牢裡柴進、樂和看見號起，便對蔡福、蔡慶說：「你們弟兄兩個見也不見？還等什麼時候？」

蔡慶在門邊看時，鄒淵、鄒閏已經撞開牢門，大叫：「梁山泊好漢全夥在此！好好送出盧員外、石秀哥哥來！」蔡慶慌忙去報蔡福，孔明、孔亮早從牢屋上跳下來。不由他兄弟兩個肯還是不肯，柴進從身邊取出器械，開了枷，放了盧俊義、石秀。

柴進對蔡福說：「你快跟我去家中保護老小！」一齊都出了牢門。鄒淵、鄒閏接著，合做一處。蔡福、蔡慶跟隨柴進，來家中保全老小。

盧俊義這時領著石秀、孔明、孔亮、鄒淵、鄒閏，五個兄弟，奔到家中來捉李固、賈氏。

李固聽得梁山泊好漢軍馬入城，又見四下裡火起，正在家中有些眼跳，和賈氏商量，收拾了一包金珠細軟，背了，出門奔走。只聽得排門一帶都倒，不知有多少人奔入前來。李固和賈氏慌忙回身，開了後門，走過牆邊，往河下尋找躲避處。只見岸下張順大叫：「那婆娘走哪裡去！」

李固心慌，跳下船中躲藏，正待入艙，有一個人伸出手來，劈兒揪住，大喝：「李固！你認得我嗎？」原來卻是燕青。

再說盧俊義奔到家中，不見李固和那婆娘，先叫眾人把應有家私金銀財寶都搬來裝在車上，拉往梁山泊。那一邊，柴進和蔡福到家中收拾家資老小，一同上山寨。蔡福說：「大官人可救一城百姓，休叫殘害。」柴進見說，便去尋軍師吳用。等尋著，吳用急傳下號令去時，城中已經損傷一半。

當時天色大明，吳用、柴進在城內鳴金收軍。眾頭領接著盧俊義和石秀到留守司相見，說起牢中多虧蔡福、蔡慶弟兄兩個照顧，已經逃得殘生。燕青、張順早把李固、賈氏解押前來。盧俊義見了，先叫燕青監下，自行看管，聽候發落，不在話下。

再說李成保護梁中書出城逃難，正撞著聞達領著敗殘軍馬回來，合兵一處，往南便走。正走著，前軍發起喊來，卻是混世魔王樊瑞，左有項充，右有李袞，三個步軍好漢，舞動飛刀、飛槍，一直殺奔過來。背後又是插翅虎雷橫領著施恩、穆春各帶著一千步軍，前來截住退路。李成、聞達護著梁中書，死戰撞透重圍，逃得性命，一直往西去了。

吳用收軍。宋江會集諸將，下山迎接，都到忠義堂上。宋江見了盧俊義，納頭便拜。當時，宋江仍要盧員外坐第一把交椅，盧俊義哪裡肯坐。吳用勸說：「先叫盧員外去東邊耳房安歇，賓客相待；等今後有功，卻再讓位。」

宋江這才不提了，就叫燕青在一處安歇，另撥房屋，叫蔡福、蔡慶安頓老小。宋江大設筵宴，忠義堂上，設宴慶賀。盧俊義這時起身，說：「淫婦姦夫，擒捉在此，聽候發落。」

眾軍把陷車打開，拖在堂前，李固綁在左邊將軍柱上，賈氏綁在右邊將軍柱上。宋江說：「不問罪惡，請員外自行發落。」盧員外拿著短刀，走下堂來，大罵潑婦賊奴，就把二人割腹剜心，淩遲處死，然後拋棄屍首，上堂來拜謝眾人。

卻說大名梁中書探聽得梁山泊軍馬退去，再和李成、聞達，領著敗殘軍馬進城，看到家中已經十損八九，梁中書的夫人因為躲在後花園中逃得了性命，便叫丈夫寫表申奏朝廷，寫信告訴太師，早早調兵遣將，剿除賊寇報仇。

太師蔡京初意也想苟且招安，好功歸梁中書身上，自己也有榮寵，今天事體敗壞，難以遮掩，便一心主戰，第二天一早，景陽鐘響，待漏院中聚集文武群臣，蔡太師為首，直臨玉階，面奏道君皇帝。天子覽奏大驚，問：「賊勢這樣猖獗，可遣誰人剿捕？」

蔡太師上奏：「臣思量這夥草賊，安用大軍？臣保舉凌州二將：一人姓單名廷，一人姓魏名定國。現都任凌州團練使，伏乞聖旨，星夜派人調這一支人馬，克日掃清梁山泊。」天子准奏。

宋江聞訊，便問眾位頭領：「如何迎敵？」

關勝起身，說：「關勝上山，深感仁兄厚待，還沒有出得半點氣力。單廷、魏定國，我在蒲城和他們多有相會，久知單廷那傢伙善用決水浸兵之法，人都稱他為聖水將軍；魏定國這傢伙精熟火攻之法，上陣專用火器取人，因此呼為神火將軍。小弟本事不大，願借五千軍兵，不等他們二將出發，先在凌州路上接住，他們如果肯降時，帶上山來；如果不肯降，必當擒來奉獻兄長，也不須用眾頭領費力勞神，不知尊意如何？」

宋江大喜，便叫宣贊、郝思文二將跟著前去，關勝帶了五千軍馬，第二天下了山。李逵說：「我也去走一遭。」宋江說：「這一去用你不著，自有良將建功。」李逵說：「兄弟如果無事可做，就要生病；如果不叫我去時，我獨自也要去走一遭！」宋江喝住：「你如果不聽我的軍令，割了你的頭！」李逵見說，悶悶不已，下堂去了。

林沖、楊志領兵下山接應關勝。

第二天，只見小校來報：「黑旋風李逵，昨夜拿了兩把板斧，不知到哪裡去了。」宋江心慌，先使戴宗去趕；後叫上時遷、李雲、樂和、王定六，分四路去尋找。

且說李逵正在路上走著，官道旁邊，走過一條大漢，直上直下打量李逵。李逵見那人看他，便說：「你那傢伙看老爺要怎麼樣？」那漢子就說：「你是誰的老爺？」

李逵奔過來，那漢子手起一拳，打了李逵一個塔墩。李逵尋思：「這個漢子倒使得好拳！」坐在地下，仰著臉，問：「你這漢子姓甚名誰？」那漢子說：「老爺沒姓，要打就打！你敢起來！」李逵大怒，正要跳起來，又被那漢子往肋窩裡一腳，又踢了一跤。

李逵叫：「贏你不得！」爬起來就走，那漢叫住：「這黑漢子，你姓啥名誰？哪裡人？」

李逵說：「今天輸給你，不好說出。又可惜你是一條好漢，不忍瞞你：梁山泊黑旋風李逵就是我！」那漢子說：「你既然是梁山泊好漢，獨自一個往哪裡去？」李逵說：「我和哥哥鬥氣，要到凌州去殺那姓單姓魏的兩個！」那漢子聽了，納頭便拜。

李逵問：「你告訴我吧，你姓啥名誰？」

第四十四回　關勝降服水火將　宋江夜打曾頭市

那漢子說：「小人原來是中山府人，祖傳三代，相撲為生，剛才手腳，父子相傳，不教徒弟。山東、河北都叫我做沒面目焦挺。近些日子打聽得寇州地面有一座山，名為枯樹山。山上有一個強人，平生只好殺人，世人把他比做喪門神，姓鮑，名旭。他在那座山裡打家劫舍，我正待要去那裡入夥。」

李逵說：「你有這樣的本事，怎麼不來投奔俺哥哥宋公明？」

焦挺說：「我常常想要奔大寨入夥，卻是沒有一條門路，今天得遇兄長，願隨哥哥。」

李逵說：「我和宋公明哥哥賭了口氣，所以下了山，如今不殺得一個人，空著雙手，怎麼回去？你先和我去枯樹山，說服鮑旭一同前去淩州，殺得單、魏二將，才好回山。」

焦挺說：「淩州一府城池，有許多軍馬，我和你只是兩個人，就算有十分本事，也不管事，還會枉送了性命。不如只去枯樹山，說服了鮑旭，先去大寨入夥，這才是上計。」兩個人正說著，背後時遷趕了過來，叫：「哥哥想得你苦，就請回山。」

李逵把焦挺介紹給時遷，然後說：「你先打住！我和焦挺商量了：先去枯樹山說服了鮑旭，方才回來。」

時遷說：「使不得，哥哥等你，請馬上回寨。」

李逵說：「你如果不跟我去，你就先回寨裡報知哥哥，我就回去了。」時遷懼怕李逵，獨自回了山寨。焦挺和李逵往枯樹山去了。

卻說關勝和宣贊、郝思文帶領五千軍馬前去，單廷、魏定國聽說，大怒，收拾了軍馬，出城迎敵。關勝正待去交戰，左邊飛出宣贊，右邊奔出郝思文，兩對兒在陣前廝殺。正鬥著，只見水火二將一齊撥轉馬頭，望本陣就走。郝思文、宣贊隨即追趕，衝入陣中。只見魏定國轉到左邊，單廷轉到右邊。一時間，宣贊趕著魏定國，郝思文追住單廷。說時遲，那時快。宣贊正趕著，只見有四五百步軍，都是紅旗紅甲，成一字圍了上來，撓鉤套索，一起舉發，宣贊連人帶馬，被活捉去了。再說郝思文追到右邊，卻見五百多步軍，都是黑旗黑甲，一字兒轉了過來，從腦後一齊沖了上來，把郝思文也生擒活捉去了。

關勝見了，吃了一驚，舉手無措，往後就退。單廷、魏定國拍馬從背後追來。關勝正走著，只見前面衝出二將。關勝看時，左有林沖，右有楊志，從兩側撞了出來，殺散凌州軍馬。關勝收住本部殘軍，和林沖、楊志相見，合兵一處。隨後孫立、黃信也前來，一同見了，暫時下了寨。

那水火二將捉得宣贊、郝思文，回到城中。張太守接著，置酒作賀。同時令造陷車，裝了二人，派出一員偏將，帶領三百步軍，連夜解押到東京去。偏將帶領三百人馬，監押宣贊、郝思文前往東京，迤邐前行，正來到一個地方。只見這裡滿山枯樹，遍地蘆芽，忽聽得一聲鑼響，撞出一夥強人，當先一個，手持雙斧，聲如洪鐘，正是梁山泊黑旋風李逵，後面帶著這個好漢，正是沒面目焦挺。兩個好漢，領著小嘍囉，攔著去路，也不搭話，便上來搶奪陷車。偏將正待要走，背後又撞出一個人，臉如鍋鐵，雙睛暴露。這個好漢正是喪門神鮑旭。鮑旭向前，手起劍到，把偏將砍下馬來。其餘人馬，撇下陷車，都紛紛逃命去了。

李逵看時，卻是宣贊、郝思文，便問了來由。宣贊也問李逵：「你怎麼會在這裡？」

李逵就說：「只因為哥哥不肯讓我前來廝殺，所以獨自走下山來，路上撞見焦挺，領我到了這裡。多承鮑家兄弟一見如故，就如我山上一般接待。剛才商議，正欲去打凌州，小嘍囉報告，山頭上望見一夥人馬監押陷車到來。本只以為是官兵捕盜，沒想到卻是你們二位。」

這時，逃難的軍士已經奔回來報告張太守，說：「半路裡遇到強人，奪了陷車，殺了偏將！」

單廷、魏定國聽說大怒，又聽報城外關勝領兵挑戰。單廷爭先出馬，打開城門，放下吊橋，率領五百黑甲軍，飛奔出城迎敵。關勝舞刀拍馬，兩個人鬥了不到五十多個回合，關勝勒轉馬頭，慌忙走開，單廷立即追趕上來。大約追趕了十多里，關勝這時突然回頭大喝：「你這傢伙不下馬受降，還等到什麼時候！」

單廷挺槍直取關勝後心。關勝使出神威，拖起刀背，一拍，大喝一聲：「下去！」單廷落馬。關勝立即下馬，向前扶起，叫：「將軍恕罪！」單廷惶恐伏地，乞命受降。過後，單廷回到陣前，大叫一聲，將自家五百黑甲軍兵一齊招來。其餘人馬，奔入城中，報知太守去了。

魏定國聽了大怒。第二天率領軍馬，出城交戰。單廷和關勝、林沖直臨陣前。關勝拍馬迎敵，不到十個回合，魏定國往本陣就走，關勝卻欲要追。單廷大叫：「將軍不可去趕！」關勝連忙勒住戰馬。話音未落，凌州陣內早飛出五百火兵，身穿絳衣，手執火器，前後擁出五十輛火車，車上裝滿蘆葦引火之物，軍士們背上各拴著一個鐵葫蘆，內藏硫磺、焰硝、五色煙藥，一齊點著，飛奔出來。人近人倒，馬遇馬傷。關勝軍兵四散奔走，敗退四十多里才紮住陣腳。魏定國收轉軍馬回城，看見本州烘烘火起，烈烈煙生。原來卻是黑旋風李逵同焦挺、鮑旭，帶領枯樹山人馬，在凌州背後打破北門，殺入城中，劫擄倉庫錢糧，放起火來。

魏定國聽報，不敢入城，慌速回軍。關勝隨後趕上追殺。魏定國首尾不能相顧。凌州已失，魏定國只得退走，奔到中陵縣屯駐。

關勝率領軍馬把中陵縣四面圍住，令諸將調兵攻打。魏定國閉門不出。單廷珪對關勝、林沖等人說：「魏定國是一勇之夫，攻得緊，他寧死，必不辱。小弟願前往縣中，不避刀斧，用好話招撫他前來束手就降，免動干戈。」關勝見說，大喜，隨即叫單廷珪單人匹馬到中陵縣。小校報知，魏定國出來見了。單廷珪用好話相勸。魏定國沉吟半晌，說：「如果要我歸順，必須是關勝親自來請，我就投降；他如果不來，我寧死不辱！」

單廷珪回來向關勝說了此意，關勝便說：「關某何足為重，卻承將軍這樣厚愛？」於是匹馬單刀，告別了眾人，一直來到縣衙，魏定國接著，大喜，願拜投降，同敘舊情。

關勝收軍回梁山泊，軍馬來到金沙灘，水軍頭領棹船接濟軍馬陸續渡過，只見一個人，氣急敗壞地跑來。眾人看時，卻是金毛犬段景住。林沖便問：「你和楊林、石勇去北方買馬，怎麼這樣慌慌張張地跑過來？」

段景住對林沖等人說：「我和楊林、石勇前往北方買馬，選得壯竄有筋力好毛片的駿馬，買了二百多匹。經過青州地面，被一夥強人，為頭一個叫做險道神郁保四，聚集二百多人，把馬都劫奪了，解送到曾頭市去了！石勇、楊林現已不知去向。小弟連夜逃回，報知這件事。」

林沖見說，叫段景住先回山寨和哥哥相見了，再商議這件事。宋江聽了，大怒：「上次奪我馬匹，至今還沒能報仇。晁天王遭他射死，這一血海深仇還沒有報，今天更加無禮，如果不前去剿除這幫混蛋，豈不惹人恥笑！」

吳用說：「最近春暖無事，正好廝殺。上次晁天王失了地理優勢，如今應當智取才是。」

二三天後，只見楊林、石勇逃回寨中，詳細說起曾頭市史文恭口出大話，要和梁山泊勢不兩立。時遷又前去探聽，回寨報告，說：「小弟在曾頭市裡面打探。那裡現在安排了五個寨柵。曾頭市前面，有二千多人守住村口。總寨內是教師史文恭把守，北寨是曾塗和副教師蘇定，南寨是次子曾密，西寨是三子曾索，東寨是四子曾魁，中寨是第五子曾升和其父親守衛。這個青州郁保四，身長一丈，腰闊數圍，綽號險道神，那奪去的許多馬匹都在法華寺裡餵養。」

吳用聽後，便會集諸將一同商議：「既然他設了五個寨柵，我這裡就分調五支軍將，做五路去打。」

盧俊義起身，說：「盧某蒙得救命上山，今天願盡力向前，不知尊意如何？」宋江大喜，叫盧員外帶著燕青，領上五百步軍，去平川小路聽號行事。再分別調集五路軍馬前去攻打。

宋江軍馬起行時，吳用預先暗使時遷又前去打聽。幾天後，時遷回來報告，說：「曾頭市寨南寨北都掘下了陷坑，不計其數，只等俺軍馬到來。」

一連三天，曾頭市里的人不出來交戰。吳用讓時遷扮做伏路小軍，前去曾頭市寨中打探所有陷坑，暗暗地記著離寨有多遠，一共有幾處。時遷去了一天，了解清楚，回報軍師。第二天，吳用傳令，令前隊步軍各執鐵鋤，分做兩隊。又用一百多輛糧車，裝載上蘆葦乾柴，藏在中軍。當晚傳令給各寨頭領。令東西兩路步軍第二天先去打寨。再令攻打曾頭市北寨的楊志、史進，把馬軍一字兒擺開，只在那裡擂鼓搖旗，虛張聲勢，切不可進軍。

再說曾頭市史文恭只盼宋江軍馬前來打寨，好趕入陷坑。第二天，只聽寨前炮響，軍兵大隊都到南門。這裡吳用調集馬軍從山背後兩路抄到寨前，曾頭市前面步軍只顧看寨，又不敢去。兩邊伏兵都擺在寨前。背後吳用軍馬趕來，都被逼下坑去。史文恭卻要出來，吳用鞭梢一指，軍寨中鑼響，一齊推出上百輛車子，把火點著，上面蘆葦、乾柴、硫磺、焰硝，一齊燃起。史文恭軍馬出來，被火車橫攔，只得迴避。急待退軍，火焰已經燒入南門，早把敵樓排柵燒毀。接著，鳴金收軍，當晚暫歇。史文恭連夜修整寨門。

第二天，曾塗率領軍兵，披掛上馬，出陣挑戰。曾塗和呂方交鋒，花榮箭早先到，正射中曾塗左臂，曾塗翻身落馬。呂方、郭盛，雙戟同施，曾塗死於非命。

次日，史文恭、蘇定主張不要對陣。曾升一勁地催促，說：「要報兄仇！」史文恭沒有辦法，只得披掛上馬。那匹馬正是那匹千里龍駒照夜玉獅子馬。宋江率眾將擺開陣勢迎敵，對陣中史文恭出馬。宋江看見那匹馬，心頭火起，便令前軍迎敵。秦明得令，飛馬來迎。二騎相交，軍器並舉。大約有二十多個回合，秦明力怯，往本陣退走。史文恭奮勇趕來，神槍到處，秦明後腿股上早挨了一下，摔下馬來。呂方、郭盛、馬麟、鄧飛四將一齊出馬，死命來救。雖然救得秦明，軍兵卻損失了不少。宋江收回敗軍，又離寨十里駐紮下來。

當夜，天清月白，風靜雲閒。史文恭在寨中，對曾升說：「乘虛正好劫寨。」曾升見說，便叫請北寨蘇定、南寨曾密、西寨曾索，率兵前來，準備一同劫寨。晚上，暗暗地出來，馬摘鑾鈴，人披軟戰，一直走到宋江中軍寨內。發現那裡並無一人，原來卻是個空寨，眾人急叫中計，轉身便走。左邊撞出兩頭蛇解珍，右邊撞出雙尾蠍解寶，後面就是小李廣花榮，一同趕上。曾索在黑地裡被解珍一鋼叉搠於馬下。放起火來，後寨大喊，東西兩邊，進兵攻打寨柵，混戰了半夜。史文恭奪路逃回。

曾長官又見折了曾索，煩惱倍增。第二天，要史文恭寫信投降。史文恭也有八分懼怯，隨即寫信，速派一人前去，來到宋江大寨。小校報知曾頭市有人送信來了，宋江看了信，提出條件，讓對方把郁保四帶過來。曾長官和史文恭十分驚憂。第二天曾長官又使人來說：「如果要郁保四，也請出一人為質。」宋江、吳用便派時遷、李逵、樊瑞、項充、李袞五人前去。臨行時，吳用把時遷叫到身邊，附耳低言：「如果有變，如此如此。」五人去了。

曾長官使曾升帶著郁保四來到宋江大寨講和。二人到了中軍，隨後把原來搶奪的馬匹和金帛送到大寨。

宋江看了，說：「這些馬都是後來搶奪的那批，還有先前段景住送來的那匹千里白龍駒照夜玉獅子馬，怎麼不見送來？快早早地牽出那匹馬來還我！」

曾升寫信，叫從人回寨，討取這匹馬。史文恭派人前來說：「如果定要我這匹馬時，叫他們馬上退軍，我就送來！」

宋江聽了，和吳用商量。這時，忽然有人來報：「青州、凌州兩路有軍馬到來。」

宋江說：「那些傢伙如果知道，必然變卦。」於是，暗傳下號令，就派關勝、單廷、魏定國前去迎戰青州軍馬，花榮、馬麟、鄧飛前去迎戰凌州軍馬。又暗地叫出郁保四，用好話撫恤他，十分恩義相待，說：「你如果肯建這場功勞，山寨裡也讓你做個頭領。奪馬之仇，折箭為誓，都不計較了。你如果不從，曾頭市破在旦夕。任從你心。」

郁保四聽了，情願投拜，從命帳下。吳用授計給郁保四，說：「你只做私逃還寨，對史文恭說：『我和曾升去宋江寨中講和，打聽真實了，如今宋江的意思，只要賺取這匹千里馬，實在無心講和；如果還給他，必然翻變。如今聽得青州、凌州兩路救兵到了，宋江十分心慌。正好乘勢用計，不可有誤。』他如果相信了，我自有處置。」郁保四領了言語，一直到史文恭寨裡，把那番話說了一遍。

史文恭領了郁保四，來見曾長官，說起宋江無心講和，可以乘勢劫他寨柵。曾長官說：「我那曾升還在那裡，如果有變，必然被他殺害。」

史文恭說：「打破他的寨子，好歹能救出曾升。今晚傳令給各寨，全部出發，先劫了宋江大寨，回來再殺那李逵等五人不遲。」

曾長官說：「教師請好好用計。」當時，傳令給北寨蘇定、東寨曾魁、南寨曾密，一同前去劫寨。郁保四這時候避進法華寺大寨，看了李逵等五人，通知了這個消息。

當晚，史文恭帶了蘇定、曾密、曾魁出發。月色朦朧，星辰昏暗。史文恭、蘇定當先，曾密、曾魁在後，馬摘鸞鈴，人披軟戰，來到宋江大寨。只見寨門不關，寨內並無一人，又見不到一些動靜。情知中計，馬上回身。這時，只見曾頭市裡鑼鳴炮響，卻是時遷爬上法華寺鐘樓上，撞起鐘來。東西兩門，火炮齊響，喊聲大舉，不知有多少軍馬殺奔入來。

第四十五回　東平府誤陷九紋龍　宋公明義釋雙槍將

話說法華寺中，李逵、樊瑞、項充、李衮一齊殺了出來。史文恭等人急回到寨時，尋路不見。曾長官見寨中大鬧，又聽得梁山泊大軍從兩路殺來，就在寨裡自縊而死。曾密奔到西寨，被朱仝一朴刀搠死。曾魁要奔向東寨時，在亂軍中被馬踏為爛泥。蘇定拚了性命奔出北門，那裡卻有無數陷坑，背後魯智深、武松趕殺過來，前面又迎頭上來楊志、史進，蘇定頓時被亂箭射死。後面撞來的人馬都跌到陷坑中，重重疊疊，陷死不知有多少。

史文恭的千里馬跑得快，落荒而走，卻撞著浪子燕青。前面又轉出玉麒麟盧俊義，迎頭大喝一聲：「強賊！走到哪裡去！」一朴刀砍在史文恭的腿上，搠下馬來，用繩索綁了，解押到曾頭市來。燕青牽了那匹千里龍駒，來到大寨。宋江看了，心中一喜一惱。先把曾升就地斬首；曾家一門老少全部不留；抄擄到的金銀財寶，米麥糧食，全部裝載上車，回梁山泊後給散各位頭領，犒賞三軍。

回到山寨忠義堂上，大家都來參見晁蓋之靈。林沖請宋江傳令，令聖手書生蕭讓寫了祭文；大小頭領，人人掛孝，個個舉哀；把史文恭剖腹剜心，享祭晁蓋。

這些事情做完，宋江在忠義堂上，和眾弟兄商議重立梁山泊之主。

吳用說：「兄長為尊，盧員外為次。其餘眾位弟兄，各依舊位。」

宋江說：「晁天王曾有遺言：『但有人捉得史文恭者，不揀是誰，便為梁山泊之主。』

今天，盧員外生擒了這個賊，赴山祭獻晁兄，報仇雪恨，正當為尊。不必多說。」

盧俊義拜在地下，說：「兄長不必多談，盧某寧死，也不會從命。」

宋江說：「我另外有個道理。看看天意如何，然後可定。」

宋江又說：「當今山寨錢糧缺少，梁山泊東，有兩個州府，廣有錢糧：一處是東平府，一處是東昌府。我們從來沒有攪擾過那裡的百姓。如今去那裡借糧，可寫下兩個鬮兒，我和盧員外各拈一處。誰先打破城子，便做梁山泊主。」

當時就叫上鐵面孔目裴宣，寫下兩個鬮兒。焚香對天祈禱後，各拈了一個。宋江拈著東平府，盧俊義拈著東昌府。眾人無話。

眾頭領兩邊分派已定。宋江去打東平府，盧俊義去打東昌府。眾多頭領各自隨二人下山。宋江專門讓吳用隨盧俊義前去。

宋江領兵來到東平府，紮住軍馬。宋江說：「東平府太守是程萬里。那裡還有一個兵馬都監，是河東上黨郡人。這個人姓董，名平，善使雙槍，人們都稱為雙槍將，有萬夫不當之勇。雖然去打他城子，也和他講些禮數，叫上兩個人，持一封戰書去。如肯歸降，免致動兵；如果不肯聽從，那時可大開殺戮，叫人無怨。誰敢給我先去下書？」

郁保四說：「小人認得董平，情願去下書。」

王定六也說：「小弟新來，還沒有給山寨出力，今天情願幫他去走一趟。」

且說東平府程太守聽說宋江軍馬到了安山鎮駐紮，便請本州兵馬都監雙槍將董平商議軍情。董平令把郁保四、王定六綑翻，打得皮開肉綻，推出城去。

宋江見打了兩人，怒氣填胸，便要攻打州郡。先叫郁保四、王定六上車，回山養傷。只見九紋龍史進起身，說：「小弟原在東平府時，和院子裡一個娼妓有交情，那個娼妓叫做李瑞蘭。我如今多拿些金銀，偷偷進城，在她家裡安歇。約定時間，哥哥可打城池。只等董平出來交戰，我就爬到更鼓樓上放火。裡應外合，可成大事。」

宋江說：「最好。」

史進轉到城中，直接來到西瓦子李瑞蘭家。

沒料到，李瑞蘭父親向官府告了密。

不過一盞茶時間，只聽得扶梯邊有腳步響，幾十個做公的搶到樓上，把史進似抱頭獅子綁了，捉下樓來，直接解押到東平府廳上。程太守看了大罵，說：「你這傢伙膽大包天！怎麼敢獨自來做奸細？如果不是李瑞蘭父親首告，豈不誤了我一府良民！快快招供，宋江叫你前來要做什麼？」

史進一言不發。兩邊獄卒牢子，先用冷水噴在史進腿上，然後在兩腿上各打了一百大棍。

宋江自從史進進城去了，寫信給吳用知道。吳用看了宋公明來信，說史進去娼妓李瑞蘭家做奸細，大驚。急忙對盧俊義說知，連夜來見宋江，問：「誰叫史進去的？」

宋江說：「他自己要去。說這個李行首是他過去的婊子，感情很深。」

吳用說：「兄長有失主張，如果吳某在，絕不讓他前去。從來娼妓之家，迎新送舊，陷了多少好人。更何況水性無定，即使有恩情，也難出虔婆之手。這個人今去必然吃虧！」

這裡，都監董平殺奔宋江寨裡來。伏路小軍報知宋江。當時天色剛明，宋江率軍接著董平軍馬，兩邊擺開陣勢。董平出馬。原來董平心靈機巧，三教九流，沒有不會的。山東、河北都稱他為風流雙槍將。

一交手，董平被宋江的軍兵一齊圍住。董平在陣中橫衝直撞，最後，衝開一條路，殺了出去。宋江不趕。董平見交戰不勝，當晚收軍回到城裡。宋江連夜起兵，直抵城下，團團調兵圍住。

程太守有一個女兒，十分顏色，董平無妻。多次叫人前去求親，程萬里不肯答應。因此，平時有些面和心不和。董平當天晚上領軍入城，就讓一個人，又前去問這頭親事。程太守回說：「我是文官，他是武官，相贅為婿，正合道理。只是如今賊寇臨城，事在危急，如果馬上答應，會被人恥笑。等退了賊兵，保護城池平安無事，那時議親，也不晚。」那人把這話回復董平。董平心中不歡喜，恐怕他以後不肯。

這裡宋江連夜攻打，太守催請董平出戰。董平大怒，披掛上馬，帶領三軍，出城交戰。宋江軍馬佯敗，四散奔走。

董平要逞驍勇，拍馬趕來。宋江退到壽春縣界。宋江前面走，董平後面追。離城有十多里，來到一個村鎮，兩邊都是草屋，中間有一條驛路。董平不知是計，只顧縱馬趕來。原來，宋江見董平英雄了得，前一夜已派王矮虎、扈三娘、張青、孫二娘四個人帶著一百多人，先在草屋兩邊埋伏了，卻拴著數條絆馬索在路上，用薄土遮蓋，只等來時鳴鑼為號，絆馬索齊起，捉這董平。

董平正趕著，只聽得背後孔明、孔亮大叫：「勿傷吾主！」卻好到了草屋前，一聲鑼響，兩邊門扇齊開，拽起繩索。那馬卻待回頭，背後絆馬索齊起，把馬絆倒，董平落馬。左邊撞出扈三娘、王矮虎，右邊走出張青、孫二娘，一齊上前，把董平捉了。

宋江過來親自解開董平身上的繩索，脫下護甲錦袍，給董平穿著，納頭就拜。董平慌忙答禮，也歸順了。

董平便說：「程萬里那傢伙原來是童貫門下的門館先生。得到這一美任，怎麼會不害百姓？如果兄長肯容董平回去，賺開城門，殺進城去，可共取錢糧。」

宋江大喜。便令人拿來盔甲槍馬，還給了董平。董平披掛上馬，董平在前，宋江軍馬在後，前往東平城下。董平軍馬在前大叫：「城上快開城門！」把門軍士用火把照時，認得是董都監，隨即大開城門，放下吊橋。

董平拍馬先進，砍斷鐵鎖。背後宋江長驅人馬殺入城來。董平奔到私衙，殺了程太守一家人口，奪了這個女兒。宋江先叫開了大牢，救出史進。打開府庫，取了金銀財帛。又大開倉廒，裝載糧米上車，先使人護送上梁山泊金沙灘，交割給三阮頭領接應上山。史進領人前去李瑞蘭家，把一門大小，碎屍萬段。

大小將校再到安山鎮，只見白日鼠白勝飛奔前來報說：「盧俊義打東昌府連輸了兩陣：城中有個猛將，姓張，名清，原是彰德府人，虎騎出身。會飛石打人，百發百中，人們稱為沒羽箭。手下有兩員副將：一個叫做花項虎龔旺，渾身刺著虎斑，脖項上吞著虎頭，馬上會使飛槍；一個叫做中箭虎丁得孫，面頰上連脖子都有疤痕，馬上會使飛叉。盧員外提兵到了那裡，一連十天，東昌府裡不出來廝殺。前天張清才出城交鋒，郝思文出馬迎敵，戰了幾個回合，張清轉身就走，郝思文趕去，被他在額角上打了一個石子，跌下馬，幸虧燕青一弩箭射中張清戰馬，救得郝思文性命。只是輸了這一陣。第二天，混世魔王樊瑞，帶著項充、李袞，舞牌去迎戰，沒想到被那丁得孫從一邊飛出標叉，正射中項充，所以又輸了一陣。二人現在船中養病。軍師特令小弟前來請哥哥早早前去救應。」

宋江聽了，嘆了口氣，說：「盧俊義如此無緣！我特地派吳學究、公孫勝都去幫他，只想要他成功，坐這第一把交椅，誰想又逢敵手！既然如此，我眾兄弟領兵都去救應。」當時傳令，便起三軍。眾將上馬，跟隨宋江到了東昌府外，盧俊義等人接著，說起前事。

正在商議，小軍來報：「沒羽箭張清挑戰。」宋江領眾前去，一個英雄，出到陣前。宋江看時，原來是金槍手徐寧。徐寧飛馬直取張清，兩馬相交，雙槍並舉。不到五個回合，張清便走，徐寧趕去。張清左手虛提長槍，右手從錦囊中摸出石子，扭回身，朝徐寧面門打去，眉心早中，翻身落馬。龔旺、丁得孫前來捉人。宋江陣上人多，早有呂方、郭盛，兩騎馬，兩枝戟，把徐寧救回本陣。宋江等人大驚。

這時，又有一將飛出，看時，卻是錦毛虎燕順。燕順接住張清，沒戰上幾個回合，燕順遮攔不住，撥馬便走。張清從後面趕來，手取石子，往燕順後心一擲，打在鏜甲護心鏡上，錚然有聲，燕順伏鞍而走。宋江陣上又有一人拍馬提槊飛出陣去。宋江看時，卻是百勝將軍韓滔，上前來戰張清。兩馬相交，喊聲大舉。

韓滔要在宋江面前顯能，抖擻精神，大戰張清。不到十個回合，張清便走。韓滔疑他飛石打來，不去追趕。張清回頭，不見趕來，翻身勒馬又轉了回來。韓滔正要挺槊來迎，被張清暗藏石子，手起，望韓滔鼻凹裡打來，韓滔頓時鮮血迸流，逃回本陣。彭見了大怒，不等宋公明將令，手舞三尖兩刃刀，飛馬直取張清。兩個還沒有交鋒，張清已暗藏石子在手，手起，正中彭面頰，彭丟了三尖兩刃刀，敗回陣去。

宋江見連輸了數將，心內驚惶，正要把軍馬收轉。只見盧俊義背後一人大叫：「今天把威風折了，以後還怎麼廝殺！看你那石子打得著我嗎？」

宋江看時，乃是醜郡馬宣贊，拍馬舞刀，直奔張清。張清便說：「一個來，一個走！兩個來，兩個逃！你知我飛石手段嗎？」

宣贊說：「你打得別人，怎麼能打得我！」話音未落，張清手起，一石子正打在宣贊嘴邊，宣贊翻身落馬。龔旺、丁得孫正待來捉，宋江陣上人多，眾將把宣贊救回陣去。

宋江見了，怒氣衝天，取劍在手，割袍為誓：「我如果不得此人，誓不回軍！」

呼延灼見宋江設誓，拍動踢雪烏騅，直臨陣前，大罵張清：「『小兒得寵，一力一勇』！認得大將呼延灼嗎？」

張清便說：「辱國敗將，也遭我一下毒手！」說著，一石子飛來。呼延灼見石子飛來，急用鞭來隔時，卻打中在手腕上，使不動鋼鞭，只得回歸本陣。

宋江說：「馬軍頭領，都被損傷。步軍頭領，誰敢捉這傢伙？」

只見劉唐手捻朴刀，挺身出戰。張清見了大笑，罵著：「你這敗將！馬軍都輸了，還怕你什麼步卒！」劉唐大怒，奔向張清。張清不戰，跑馬歸陣。劉唐趕去，人馬相迎。劉唐手疾，一朴刀砍去，正砍著張清戰馬。那馬後蹄踢了起來，劉唐面門上掃著馬尾，雙眼生花，早被張清一石子打倒在地，正要掙扎，陣中走出軍來，橫拖倒拽，被捉拿到陣中去了。

宋江大叫：「哪個去救劉唐？」只見青面獸楊志拍馬舞刀直取張清。張清虛用槍來迎。楊志一刀砍去，張清鐙裡藏身，楊志砍了一個空。張清手拿石子，喝聲：「著！」一石子從肋窩裡飛了過去。張清又一石子，打在楊志的盔上，楊志膽喪心寒，伏鞍歸陣。

宋江看了，輾轉尋思：「這一回輸了銳氣，怎麼能回梁山泊！誰給我出得這口氣？」

朱仝聽得，目視雷橫，說：「一個不管事，我們兩個一同前去夾攻！」朱仝居左，雷橫居右，兩條朴刀，殺出陣前。

張清笑了，說：「一個不管事，又添一個！由你十個，又能怎麼樣！」全無懼色。在馬上藏兩個石子在手。雷橫先到，張清手起，雷橫額上早中一石子，撲然倒地。朱仝急忙來救，嘴上又被一石子打著。關勝在陣上看見，大挺神威，掄起青龍刀，縱開赤兔馬，來救朱仝、雷橫。剛搶得兩個人還陣，張清又一石子打來。關勝急用刀一隔，正中刀口，迸出火光。關勝無心戀戰，勒馬便回。

雙槍將董平見了，心中暗忖：「我新降宋江，如果不顯顯我的武藝，上山去必無光彩。」於是，手提雙槍，飛馬出陣，直取張清。兩馬相交，軍器並舉，大約五六個回合，張清撥馬就走。董平說：「別人中你石子，你怎麼能打中我！」

第四十六回　宋公明棄糧擒壯士　忠義堂石碣受天文

話說董平出戰張清，張清帶住槍，在錦囊中，摸出一個石子，右手才起，石子早到。董平眼明手快，撥過石子。張清看見打不著，再取第二個石子，又打了過去，董平又躲過了。兩個石子打不著，張清已經心慌。那馬尾相銜，張清走到陣門左側，董平往後心刺上一槍。張清一閃，鐙裡藏身，董平搠了個空。那條槍又搠了過來，董平的馬和張清的馬，互相並著，張清撇了槍，雙手把董平和槍連臂膊一拖，卻拖不動，兩個攪做一塊。

宋江陣上索超望見，掄動大斧，前來解救。龔旺、丁得孫兩騎馬齊出，截住索超廝殺。張清、董平又分拆不開。索超、龔旺、丁得孫三匹馬攪做一團。林沖、花榮、呂方、郭盛四將一齊奔出，兩條槍，兩枝戟，來救董平、索超。

張清見情況不妙，棄了董平，跑馬回陣。董平追了過去，卻忘記防備石子。張清見董平追來，暗藏石子在手，等他的馬跑近，喝聲：「著！」董平急躲，那石子順著耳根擦過，董平便回。索超撇了龔旺、丁得孫，也趕上前來。張清停住槍，輕取石子，望索超打來。索超急躲不及，打在臉上，鮮血迸流，提斧回陣。

卻說林沖、花榮把龔旺截住在一邊，呂方、郭盛把丁得孫截住在另一邊。龔旺心慌，飛槍刺來，卻打不著花榮、林沖。龔旺先沒了軍器，最後，被林沖、花榮活捉歸陣。

這邊丁得孫舞動飛叉，死命抵住呂方、郭盛，浪子燕青在陣門裡看見，暗忖：「我這裡，被他片時連打一十五員大將；如果拿不得他偏將一個，還有什麼臉面？」放下杆棒，從身邊取出弩弓，搭上弦，放出一箭，只聽得一聲響，正射中丁得孫的馬蹄，那馬便倒，呂方、郭盛上前捉了丁得孫。張清要來救時，寡不敵眾，只捉得劉唐，先回東昌府去了。

且說宋江收軍回來，把龔旺、丁得孫先送上梁山泊。宋江對盧俊義、吳用說：「我聽說五代時，大梁王彥章，日不移影，連打唐將三十六員。今天張清只一會兒，連打我一十五員大將，也當是一個猛將。」

再說張清在城內和太守商議：「雖然贏了兩陣，但賊勢未除，可叫人前去探聽虛實，再作道理。」

只見探子回來報說：「寨後西北方向，有百十輛運送糧米的車子；河內還有糧車船，大小共有五百多隻。水陸並進，船馬同來。沿路有幾個頭領監督。」

張清便說：「今晚出城，先截住岸上車子，然後去取他水中船隻。太守助戰，可一鼓而得。」

這一夜，月色微明，星光滿天。走不到十裡，望見許多車子，旗上明寫：「水滸寨忠義糧」。張清看了，見魯智深擔著禪杖，正走著，張清在馬上喝了一聲：「著！」一石子正打在魯智深頭上，頓時鮮血迸流，往後便倒。張清軍馬一齊吶喊，奔搶過來。武松急忙挺著兩口戒刀，拚死救回魯智深，撇了糧車便走。

張清奪得糧車，見到糧米，心中歡喜，不來追趕魯智深，先押送糧草入城。太守見了，大喜，自行收管了。張清要再搶河中米船，轉過南門，望見河港內糧船不計其數。張清便叫打開城門，一齊吶喊，搶到河邊，不料，這時候，正好陰雲布滿，黑霧遮天。

張清心慌眼暗，卻待要回，但已經是進退無路。四下裡喊聲亂起，不知有多少軍兵趕來。林沖率領鐵騎軍兵，把張清連人帶馬趕下水去。河內李俊、張橫、張順、三阮、兩童，八個水軍頭領，一字兒擺在那裡，張清掙扎不脫，被阮氏三雄捉住，繩纏索綁，送入寨中。水軍頭領飛報宋江。吳用催促大小頭領連夜攻打城池。太守獨自一個，怎能守住？聽得城外炮響，城門大開，嚇得太守無路可逃。

宋江軍馬殺入城中，先救了劉唐；然後打開倉庫，把錢糧分出一半發送梁山泊，一半就地發給當地居民。太守平日清廉，饒了不殺。

宋江在州衙裡聚集眾人。只見水軍頭領，把張清押來。眾多弟兄被他打傷，咬牙切齒，要來殺張清。宋江見張清被押了上來，親自迎接，賠話：「誤犯虎威，請勿掛意！」邀上廳來。只見階下魯智深，用手帕包著頭，拿著鐵禪杖，奔上來要打張清。宋江隔住，連聲喝退。張清見宋江如此義氣，叩頭下拜受降。宋江取酒奠地，折箭為誓：「眾弟兄如果非要報仇，皇天不佑，死在刀劍之下。」眾人聽了，誰敢再言。設誓過後，眾人大笑，大家歡喜。收拾軍馬，便要回山。

只見張清在宋公明面前舉薦東昌府一個獸醫：「複姓皇甫，名端。這個人善能相馬，能知寒暑病症，下藥用針，真有伯樂之才。原來是幽州人，因為他碧眼黃鬚，所以人們稱他為紫髯伯。梁山泊有用得著他的地方。可叫這個人帶著妻小一同上山。」宋江大喜。

皇甫端到來，見宋江義氣，心中也喜，願從大義。

回到梁山泊忠義堂上，宋江叫放出龔旺、丁得孫來，也用好話撫慰。二人叩頭拜降。宋江歡喜，忙叫排宴慶賀。都在忠義堂上各依次序而坐。宋江看了眾多頭領，正好一百單八員。

宋江說：「我們弟兄自從上山相聚，所到之處，並無失利，這都是上天護佑，非人之能。今天大家扶我為尊，全託眾弟兄英勇。我今天有一句話。現在，一百八人，都在面前聚會，古往今來，實為罕有。我欲建一羅天大醮，報答天地神明眷佑之恩。一來祈保眾弟兄身心安樂；二來惟願朝廷早降恩光，赦免逆天大罪，眾當竭力捐軀，盡忠報國，死而後已；三來上薦晁天王，早升天界，世世生生，再得相見。就行超度橫亡、惡死、火燒、水溺，一應無辜被害之人，都得善道。不知眾兄弟意下如何？」

眾頭領連連稱道。

經商議，選定四月十五日開始，行七晝夜好事。山寨裡廣施錢財，一力督辦。擺列已定，押設醮器。又請來道眾，包括公孫勝，一共是四十九員。

這一天，天氣晴明，月白風清。宋江、盧俊義為首，吳用和眾頭領為次拈香。公孫勝做高功，主持齋事，和那四十八員道眾，每天三朝，到第七天滿散：宋江要求上天報應，特叫公孫勝專拜青詞，告知天帝，每天三朝。

到了第七天後半夜，公孫勝在虛皇壇第一層，眾道士在第二層，宋江等眾頭領在第三層，眾小頭目及將校都在壇下，眾人都懇求上蒼，務要拜求報應。

此時，只聽得天上一聲響，如裂帛相似，正是西北乾方天門上。眾人看時，直豎金盤，兩頭尖，中間闊，又叫做天門開，又叫做天眼開，裡面毫光，射人眼目，雲彩繚繞，從中間捲出一片火來，一直滾到虛皇壇上。那團火滾了一遭，竟鑽到正南方地下去了。

這時，天眼已闔，眾道士走下壇來。宋江叫人用鐵鍬、鐵鋤頭，掘開泥土，找尋火塊。

在那地下掘不到三尺，只見露出一個石碣，正面兩側，各有天書文字。

取過石碣，看時，上面是龍章鳳篆，蝌蚪之書，人們都不認識。眾道士中，有一人姓何，法諱玄通，對宋江說：「小道家間祖上留下一冊文書，專能辨驗天書。那上面都是自古蝌蚪文字，所以貧道善能辨認。翻譯出來，便知碣上所書。」

宋江聽了大喜，連忙捧過石碣，讓何道士看了，許久，何道士才說：「這石上都是義士大名，鐫在上面。側首一邊是『替天行道』四字，一邊是『忠義雙全』四字。頂上有星辰南北二鬥，下面卻是尊號。如果允許，我便翻譯給大家聽。」

宋江叫聖手書生蕭讓，用黃紙謄寫。何道士說：「前面有天書三十六行，都是天罡星；背後也有天書七十二行，都是地煞星。下面注著眾位義士的姓名。」觀看許久，叫蕭讓從頭至後，盡數抄寫。

石碣前面，書寫著梁山泊天罡星三十六員：

天魁星呼保義宋江　天罡星玉麒麟盧俊義
天機星智多星吳用　天閒星入雲龍公孫勝
天勇星大刀關勝　天雄星豹子頭林沖
天猛星霹靂火秦明　天威星雙鞭呼延灼
天英星小李廣花榮　天貴星小旋風柴進
天富星撲天雕李應　天滿星美髯公朱仝
天孤星花和尚魯智深　天傷星行者武松

天立星雙槍將董平　天捷星沒羽箭張清
天暗星青面獸楊志　天佑星金槍手徐寧
天空星急先鋒索超　天速星神行太保戴宗
天異星赤髮鬼劉唐　天殺星黑旋風李逵
天微星九紋龍史進　天究星沒遮攔穆弘
天退星插翅虎雷橫　天壽星混江龍李俊
天劍星立地太歲阮小二　天平星船火兒張橫
天罪星短命二郎阮小五　天損星浪裡白條張順
天敗星活閻羅阮小七　天牢星病關索楊雄
天慧星拚命三郎石秀　天暴星兩頭蛇解珍
天哭星雙尾蠍解寶　天巧星浪子燕青

石碣背面，書地煞星七十二員：

地魁星神機軍師朱武　地煞星鎮三山黃信
地勇星病尉遲孫立　地傑星醜郡馬宣贊
地雄星井木犴郝思文　地威星百勝將軍韓滔
地英星天目將彭玘　地奇星聖水將軍單廷
地猛星神火將軍魏定國　地文星聖手書生蕭讓

地正星鐵面孔目裴宣
地闔星火眼狻猊鄧飛
地暗星錦豹子楊林
地會星神算子蔣敬
地佑星賽仁貴郭盛
地獸星紫髯伯皇甫端
地慧星一丈青扈三娘
地然星混世魔王樊瑞
地狂星獨火星孔亮
地走星飛天大聖李袞
地明星鐵笛仙馬麟
地退星翻江蜃童猛
地遂星通臂猿侯健
地隱星白花蛇楊春
地理星九尾龜陶宗旺
地樂星鐵叫子樂和
地速星中箭虎丁得孫
地嵇星操刀鬼曹正
地妖星摸著天杜遷

地闊星摩雲金翅歐鵬
地強星錦毛虎燕順
地軸星轟天雷凌振
地佐星小溫侯呂方
地靈星神醫安道全
地微星矮腳虎王英
地暴星喪門神鮑旭
地猖星毛頭星孔明
地飛星八臂哪吒項充
地巧星玉臂匠金大堅
地進星出洞蛟童威
地滿星玉幡竿孟康
地周星跳澗虎陳達
地異星白面郎君鄭天壽
地俊星鐵扇子宋清
地捷星花項虎龔旺
地鎮星小遮攔穆春
地魔星雲裡金剛宋萬
地幽星病大蟲薛永

地伏星金眼彪施恩　　地僻星打虎將李忠
地空星小霸王周通　　地孤星金錢豹子湯隆
地全星鬼臉兒杜興　　地短星出林龍鄒淵
地角星獨角龍鄒潤　　地囚星旱地忽律朱貴
地藏星笑面虎朱富　　地平星鐵臂膊蔡福
地損星一枝花蔡慶　　地奴星催命判官李立
地察星青眼虎李雲　　地惡星沒面目焦挺
地醜星石將軍石勇　　地數星小尉遲孫新
地陰星母大蟲顧大嫂　　地刑星菜園子張青
地壯星母夜叉孫二娘　　地劣星活閃婆王定六
地健星險道神郁保四　　地耗星白日鼠白勝
地賊星鼓上蚤時遷　　地狗星金毛犬段景住

當時何道士辨驗天書，叫蕭讓寫錄出來。讀後，眾人看了，都驚訝不已。宋江對眾頭領說：「鄙猥小吏，原來上應星魁，眾多弟兄也原來都是一會中人。上天顯應，合當聚義。今已數足，分定次序，眾頭領各守其位，各休爭執，不可逆了天言。」宋江於是取出黃金五十兩酬謝了何道士。其餘道眾，收得經資，收拾醮器下山去了。

這裡，宋江和軍師吳學究、朱武計議：堂上要立一面牌額，大書「忠義堂」三字。山頂上，立一面杏黃旗，上書「替天行道」四字。忠義堂前，繡字紅旗二面，一書「山東呼保義」，一書「河北玉麒麟」。

一切準備就緒，選定吉日良時，殺牛宰馬，祭獻天地神明。

第四十七回　宋江慷慨話宿願　燕青智撲擎天柱

話說宋江自從盟誓後，一直沒有下山，不覺炎威已過，又早秋涼，重陽節臨近。宋江叫宋清安排筵席，會集眾兄弟同賞菊花，這叫做「菊花之會」。不覺天晚，宋江大醉，叫取過紙筆來，一時乘著酒興作《滿江紅》一詞。寫完，令樂和單唱這首詞，道是：

喜遇重陽，更佳釀今朝新熟。見碧水丹山，黃蘆苦竹。頭上平教添白髮，須邊不可無黃菊。願樽前長敘弟兄情，如金玉。統豹虎，禦邊幅；號令明，軍威肅。中心願平虜，保民安國。日月常懸忠烈膽，風塵障卻奸邪目。望天王降詔早招安，心方足。

樂和唱這個詞，正唱到望「天王降詔早招安」，只見武松大叫：「今天也要招安，明天也要招安，冷了弟兄們的心！」

黑旋風李逵睜圓怪眼，也大叫：「招安，招安，招什麼鳥安！」一腳把桌子踢起，顛做粉碎。

宋江大喝：「這黑傢伙怎麼敢這樣無禮？把他推去，斬了再報來！」

眾人跪下，說：「這人酒後發狂，請哥哥寬恕。」

宋江回答：「眾位賢弟請起，先把這傢伙監押下去。」

眾人都歡喜。有幾個當刑小校，上前來請李逵，李逵說：「你怕我掙扎？哥哥殺我，我也不怨；剮我，我也不恨，除了他，天也不怕。」說了，便跟著小校去監房裡睡覺去了。

過了幾天，宋江對眾頭領說：「我生長在山東，沒有到過京師，聽說皇上大張燈火，要與民同樂，一同慶賞元宵，自從冬至後，造起燈，現在才造好，我要和幾個兄弟前去看看燈。」

吳用勸諫：「不可以，東京做公的最多，如果有疏失，可怎麼是好！」

宋江說：「我白天只在客店裡藏身，夜晚入城看燈，有什麼可擔憂的？」眾人苦諫不住，宋江堅持要行。

當天，宋江在忠義堂上分撥前去看燈的人數：「我和柴進一路，史進和穆弘一路，魯智深和武松一路，朱仝和劉唐一路。只需要這四路人前去，其餘都留在家中守寨。」

李逵便說：「都說東京有好燈，我也要去走一趟。」

宋江說：「你既然要去，不許你惹事，只是打扮成伴當跟著我。就叫燕青也走上一趟，和李逵一起搭伴。」

以後，宋江等人到了東京城外。宋江、柴進扮做閒涼官，戴宗扮做承局，燕青扮做小閒，留下李逵看房。入得城來，四個人混在社火隊裡，進入封丘門來。轉過御街，見兩邊都是煙月牌，來到中間，見一家外懸青布幕，裡掛斑竹簾，兩邊都是碧紗，外掛兩面牌，牌上各有五個字，寫著：「歌舞神仙女，風流花月魁」。

宋江見了，進茶坊裡喝茶，問茶博士：「前面角妓是誰家？」

茶博士說：「這是東京上廳行首，叫做李師師。」

宋江問：「是那位和皇上有來往的吧？」宋江把燕青叫了過來，附耳低言：「我要見李師師，以便暗中取事，你找個法子進去看看，我在這裡喝茶等你。」宋江和柴進、戴宗在茶坊裡喝茶。

燕青直接來到李師師門邊，揭開青布幕，掀起斑竹簾，走進中門。燕青微微咳嗽一聲，只見屏風背後轉出一個丫鬟，見了燕青，道個萬福，便問燕青：「哥哥高姓？從哪裡來？」

燕青說：「麻煩姐姐請出媽媽，我自有話說。」丫鬟進去不久，從裡面走出李媽媽。燕青請她坐了，納頭四拜。李媽媽說：「小哥高姓？」

燕青回答：「老娘忘了，小人是張乙的兒子，叫張閒，從小在外，今天才回家。」原來這世上姓張姓李姓王的最多，那虔婆思量了半晌，又是燈下，認人不仔細，猛然醒悟，叫：「你不是太平橋下小張閒嗎？你哪裡去了？這麼久沒回來！」

燕青說：「小人從來不在家，所以不能夠前來看望。如今服侍一個山東客人，有的是家產。他是燕南河北第一個有名的財主，今來這裡：一是賞元宵，二是到京師探親，三是在這裡做些買賣，四是要求見娘子一面。只求同席一飲，就能稱心滿意。不是我誇口，那人確實有千百兩金銀，想送到宅上。」那虔婆是一個好利的人，愛的是金寶，聽了燕青這一席話，動了念頭，忙叫李師師出來，和燕青見面。燕青在燈下看時，李師師真是好容貌。

那虔婆說了燕青所講的話，李師師問：「那位員外現在哪裡？」

燕青說：「只在前面對門茶坊裡。」

虔婆說：「快去請來。」

且說宋江被請到大客位裡，李師師親自給宋江、柴進、戴宗、燕青獻茶。喝過茶，收了盞托，宋江正要說些話，只見有人來報：「官家來了。」

李師師說：「不敢相留，過幾天皇上駕幸上清宮，必然不來，那時卻請各位到這裡，再喝上三杯。」宋江連連答應，帶了三人就走。

過了一夜，第二天正是上元節，天色晴明。那天傍晚，街上慶賀元宵的人已經不計其數，當夜宋江和柴進，仍舊扮做閒涼官，領了戴宗、李逵、燕青，一共五個人，從萬壽門進來。燕青又到李師師家敲門，說：「主人懇求上覆媽媽，再見見花魁娘子。山東靠海，地理位置偏遠，沒有什麼稀罕東西，所以，主人只叫小人先送上黃金一百兩，只當是一點小禮物。」

世上虔婆愛的是錢財，見了燕青取出那火炭般的金子兩塊，放在面前，怎麼能不動心！便說：「今天是上元佳節，我們母子正準備在家喝上幾杯，如果員外不嫌棄，請到貧家待上片刻。」

燕青返回，跟宋江講了，宋江前來，叫戴宗和李逵只在門前坐等。宋江到了裡面的大客位裡，李師師把宋江邀請到一個小小閣子裡，分賓主坐下，捧出珍異果子，稀奇按酒，甘美肴饌，擺了一桌。

酒行數遍，李師師低聲唱起蘇東坡的《大江東去》詞。宋江乘著酒興，索來紙筆，磨得黑濃，蘸得筆飽，拂開花箋，宋江落筆，寫成樂府詞一首：

天南地北，問乾坤何處，可容狂客？借得山東煙水寨，來買鳳城春色。翠袖圍香，絳籠雪，一笑千金值。神仙體態，薄幸如何消得！想蘆葉灘頭，蓼花汀畔，皓月空凝碧。六六雁行連八九，只等金雞消息，義膽包天，忠肝蓋地，四海無人識。離愁萬種，醉鄉一夜頭白。

寫後，遞給李師師反復看了，李師師不解其意。宋江一心只要她提問，才好把心腹衷曲事告訴，這時，只見來報：「官家已經來到後門了。」

李師師忙說：「不能遠送，千萬恕罪。」說完，來到後門迎接皇上，宋江等人都沒有出來，躲在黑暗處，看見李師師拜在皇上面前。

只見天子頭戴軟紗唐巾，身穿滾龍袍，說：「寡人今天幸上清宮才回來，叫太子在宣德樓賜萬民御酒，約下楊太尉，久等不到，寡人自來，愛卿可向前來和朕說話。」

宋江在黑地裡說：「這一次錯過，下次難逢，俺們三個就在這裡請一道招安赦書，有什麼不好！」

柴進說：「這怎麼可以？就是答應了，以後也會有變。」

三個人這一邊正在黑影裡商量，那一邊李逵見宋江、柴進和那美婦喝酒，卻叫他和戴宗看門，氣得頭上的毛髮都倒豎了起來，這時，楊太尉正揭起簾幕，推開扇門，走了進來，見到李逵，喝問：「你這傢伙是誰？怎麼敢在這裡？」

李逵也不回應，提起一把椅子，朝著楊太尉臉就打了下來。楊太尉吃了一驚，措手不及，被椅子打翻在地。戴宗來救，哪裡攔擋得住。李逵又扯下一幅畫，用蠟燭點著，一面放火，一面把香桌椅凳打得粉碎。

宋江等三個人聽到動靜，趕出來看時，見黑旋風李逵褪下半截衣裳，正在那裡行凶。四個人把李逵扯出門外，李逵在街上奪了一條棒，一直打出小御街來。宋江見他這樣，只得和柴進、戴宗先趕出城去，恐怕關了禁門，脫身不了，只留下燕青看著他。李師師家中火起，驚得趙官家一道煙走了。鄰居們前來救火，同時救起楊太尉。城中喊起殺聲，震天動地。高太尉在北門上巡邏，這時便帶領軍馬，前來追趕，一直趕到城外。

軍師吳用早已經考慮到會大鬧東京，所以，事先派了五員虎將，率領帶甲馬軍一千騎，這一夜恰好來到東京城外，正遇上宋江、柴進、戴宗三個人，有那帶來的空馬，就叫上馬。這時，高太尉軍馬已經衝了出來。宋江手下的五虎將：關勝、林沖、秦明、呼延灼、董平沖到城邊，立馬濠塹上，大喝：「梁山泊好漢在這裡！早早獻城，免你們一死。」高太尉聽了，哪裡敢出城來，慌忙令放下吊橋，眾軍上城守衛去了。

宋江等人都回到了梁山泊。以後，李逵和燕青也順利地回到了山寨。

梁山泊自此無事，不覺時光迅速。有一天，關下押解前來一夥人，宋江看時，這夥人都是彪形大漢，跪在堂前，告稟：「小人等幾個從鳳翔府來，如今到泰安州燒香。三月二十八日是天齊聖帝降誕之辰，我們都要去臺上使棒，一連三天。今年有一個撲手好漢，是太原府人，姓任，名原，身長一丈，自號擎天柱。口出大言，說：『相撲世間無對手，爭交天下我為魁。』聽說他這兩年在廟上爭跤，沒有對手，白白地拿了許多獎金，今年又貼出告示，專門邀天下人相撲。小人一是前去燒香，二是看看那任原的本事，三是也要偷學他幾路，還望大王慈悲為懷，放了我們吧。」

宋江聽了，便叫小校：「快送這夥人下山，分毫不得侵犯。今後遇有往來燒香的人，不要驚嚇他，由他們隨意過往就是了。」那夥人得了性命，拜謝下山去了。

當天，燕青稟告宋江，說：「我自幼跟著盧員外學得一身相撲，江湖上還沒有遇到對手，如今卻有這樣一個機會，三月二十八日又臨近了，小乙我不要帶一人，只是自去那裡，好歹和他顛上一跤。如果輸了，永無怨心；如果贏時，也給哥哥增些光彩。這一天必然會有一場好鬧，哥哥可派人前去救應。」

宋江答應了。第二天，宋江備酒給燕青送行。眾人看燕青時，扮做山東貨郎，挑了一條高肩雜貨擔子，大家都笑。宋江說：「你既然裝做貨郎，你先唱一個山東《貨郎轉調歌》給我們眾人聽聽。」燕青唱出《貨郎太平歌》，和山東人唱得不差分毫，眾人又笑。

燕青往泰安州去了，當天天晚，正要尋店安歇，只聽得背後有人叫：「燕小乙哥，等等我。」

燕青放下擔子看時，卻是黑旋風李逵。燕青問：「你趕來做什麼？」李逵說：「我見你獨自一個去，放心不下，沒有對哥哥說，偷走下山，特來幫你。」當天晚上，兩個人在客店安歇了。第二天一早起來，只見那條路上，燒香的人來往不絕，好多次聽到有人在談論任原的本事。來到廟前，又見廟旁邊，有眾人在那裡仰著臉看。燕青放下擔子，分開人叢，也擠到跟前看時，只見兩條紅標柱，上立一面粉牌，寫著：「太原相撲擎天柱任原。」旁邊有兩行小字：「拳打南山猛虎，腳踢北海蒼龍。」燕青看了，扯出扁擔，把牌打得粉碎，也不說什麼，挑了擔子，往廟上去了。眾人中，有那好管閒事的，飛報任原。

燕青、李逵就在市邊上一所客店住下，把擔子放下，取出一個夾被，叫李逵睡覺。第二天，燕青和李逵吃了早飯，燕青囑咐李逵，說：「哥哥，你自己閂了房門睡覺，不可以出來。」

燕青卻跟隨著街上的眾人，來到岱嶽廟裡看時，果然是天下第一景觀。燕青在迎恩橋下，見橋邊欄杆子上坐著二三十個相撲子弟，燕青躲進一家客店裡，看見任原坐在亭心上，那群人中有人曾經看見燕青劈牌，於是暗暗報告任原，往燕青這邊指指點點。只見任原跳起來，說：「今年是哪個找死的，要來和我作對？」

燕青低了頭，急出店門，只聽得店裡的人都在笑。燕青回到自己住處，李逵說：「這麼睡，悶死我了！」

燕青說：「耐心等一等，明天便見雌雄。」

第二天，天還沒亮，燕青、李逵就起來了，吃了早飯，兩個人混雜在人隊裡，先到岱嶽廟廊下。那一天燒香的人，把偌大的一個東嶽廟，擠得滿滿的，屋脊梁上都是人。朝著嘉寧殿，紮縛起一座山棚，棚上都是金銀器皿，門外拴著五匹駿馬，全副鞍轡。知州令禁住燒香的人，不許在這裡擁擠。只見一個年老的部署，拿著竹批，上了獻臺，參神後，便請今年相撲的對手出馬爭跤。話音未落，只見人如潮湧，早有十多對哨棒走了過來，前面列著四把繡旗。那個任原坐在轎上，前遮後擁，來到獻臺上。眾人齊喝一聲采。

任原說：「四百座軍州，七千多縣治，好事香官，恭敬聖帝，任原兩年來白受了眾人的好處，東到日出，西到日沒，兩輪日月，一合乾坤，南及南蠻，北濟幽燕，敢有出來和我爭利物好處的嗎？」

只見得燕青捺著兩邊人的肩臂，大叫：「有！有！」說著，從人背上一直搶到獻臺上來。

眾人齊發一聲喊。那個部署問：「漢子，你姓甚名誰？哪裡人？你從什麼地方來？」

燕青說：「我是山東張貨郎，特地前來和他爭利物。」

部署說：「你先脫膊下來看。」燕青把布衫脫了下來，吐了一個架子，廟裡的看官都呆了。

任原看了他這一身花繡，急健身材，心裡也有五分怯他。

這時旭日初起，部署拿著竹批，兩邊囑咐好了，叫聲：「看撲！」這個相撲，一來一往，要說得分明。說時遲，那時疾，當時燕青做一塊兒蹲在右邊，任原先在左邊立個門戶，燕青只不動彈。初時獻臺上各占一半。任原見燕青不動彈，看看逼過右邊來，燕青只是瞄著他的下三路。任原暗忖：「這人必來弄我下三路。你看我不用動手，只須一腳就能把這傢伙踢下去。」

第四十八回　活閻羅倒船偷御酒　黑旋風扯詔罵欽差

話說任原逼了過來，虛用左腳賣了一個破綻，燕青叫了一聲「不要來」。任原正要奔向他，卻被燕青從任原左脅下穿了過去。任原氣惱，急轉身又來拿燕青，被燕青虛躍一躍，又從右脅下鑽了過去。大漢轉身終是不方便，三換就換得腳步亂了。燕青乘機搶入。用右手扭住任原，左手插入任原交襠，用肩胛頂住他的胸脯，把任原托了起來，任原頭重腳輕，燕青借力旋了四五旋，旋到獻臺邊，叫了一聲：「下去！」任原頭在下腳在上，被攛下獻臺。這一撲，名叫「鵓鴿旋」，數萬香官看了，齊聲喝采。

任原的徒弟們見顛翻了他們師父，先把山棚拽倒，亂搶利物。眾人亂喝打時，二三十徒弟搶入獻臺。知州哪裡禁押得住，沒想到旁邊惱犯了這個太歲，卻是黑旋風李逵。李逵圓睜怪眼，倒豎虎鬚，面前沒有器械，便把杉刺子拔斷，拿兩條杉木在手，一直打過來。

香官內有人認得李逵，說出名姓來，外面做公的一齊進廟，大叫：「不要走了梁山泊黑旋風！」那知府聽得這話，奔後殿走了。周圍的人湧來，廟裡香官，各自奔走。李逵看那任原時，跌得昏暈，倒在獻臺邊，嘴裡只有一些遊氣。李逵揭起一塊石板，把任原的頭打得粉碎。兩個人從廟裡打出來，門外弓箭亂射，燕青、李逵只得爬上屋去，揭瓦亂打。

不久，只聽得廟門前喊聲大舉，有人殺了進來。當頭一個，頭戴白范陽氈笠兒，身穿白緞子襖，挎著一口腰刀，挺著一條朴刀，那漢子正是北京玉麒麟盧俊義。後面跟著史進、穆弘、魯智深、武松、解珍、解寶，七個好漢，率領著一千多人，殺開廟門，進來策應。燕青、李逵見了，從屋上跳下來，跟著大隊就走。這府裡集結官軍追來時，那夥好漢，已經去得遠了。官兵知梁山泊人眾難敵，也不敢前來追趕。

且說泰安州把這件事申奏東京，進奏院中，又有收得各處州縣的申奏表文，都指控宋江反亂，騷擾地方。道君皇帝當天早朝，進奏院卿出班上奏，說宋江等賊寇，公然直進府州。有御史大夫崔靖出班上奏：「臣聞梁山泊上立一面大旗，上書『替天行道』四字，這是曜民之術。民心既服，不可加兵。即今遼兵犯境，各處軍馬遮掩不及，如果要起兵征伐，深為不便。不如降下一封丹詔，由光祿寺頒給御酒珍饈，派一員大臣，前去梁山泊，好言撫諭，招安來降，用他們敵遼兵，公私兩便。伏乞陛下聖鑒。」

天子說：「卿言很好，正合朕意。」便派殿前太尉陳宗善為使，拿著丹詔御酒，前去招安梁山泊眾人。

且說陳宗善領了詔書，回到府中，只見太師府幹人前來邀請，說：「太師相邀太尉說話。」

陳宗善來見太師，蔡太師問：「聽得天子派你前去梁山泊招安，特請你來說知：到了那裡不要失了朝廷綱紀，亂了國家法度。我叫這個幹人跟你一同去。他懂得法度，怕你有見不到的地方，就幫你提個醒。」

陳太尉離開相府，上轎回家。剛才坐下，門吏來報，高殿帥下馬進來了。陳太尉慌忙出來迎接，高太尉說：「今天朝廷商量招安宋江一事，如果高俅在內，必然阻住。太尉這一去，下官手下有一個虞候，能言快語，問一答十，就跟著太尉做做事。」

第二天，蔡太師府張幹辦、高殿帥府李虞候，二人都到了。

過了幾天，有小嘍囉領著濟州報信的直到忠義堂上，說：「朝廷派來一個太尉陳宗善，持著十瓶御酒以及赦罪招安丹詔一道，已經到了濟州城，這裡請準備迎接。」宋江聽了，大喜。

宋江對眾人說：「我們受了招安，成為國家臣子，不枉吃了這麼久的磨難！今天才成正果！」

吳用笑著說：「依吳某看來，這一次必然招安不成。縱使招安，也把俺們看得如草芥。等到這傢伙率領大軍來到，叫他們吃些苦頭，殺得他們人亡馬倒，夢裡也怕，那時再受招安，才有些氣度。」

且說宋江先使裴宣、蕭讓、呂方、郭盛預先下山，在二十裡外伏道迎接。水軍頭領準備了大船，靠在岸邊。吳用傳令：「你們都依我說的去做，不這樣的話，辦不成事。」

陳太尉當天前來，張幹辦、李虞候在馬前步行，背後從人，有二三百人，濟州的軍官大約十多騎，在前面排列，引導後面的人馬。龍鳳擔子內挑著御酒，騎馬的背著詔匣。蕭讓、裴宣、呂方、郭盛在半路上接著，那張幹辦便問：「你那宋江比誰大？怎麼不親自來迎接？真是欺君！你們這夥人本是該死，怎麼受得朝廷招安？」李虞候也說：「不成全好事，也不愁你們這夥賊飛上天去。」

眾人相隨來到水邊，梁山泊已經在這裡擺著三隻戰船，一只用來裝載馬匹，一只用來裴宣等人乘坐，一只用來太尉及隨從等人乘坐。預先把詔書御酒放在船頭上。那只船由活閻羅阮小七監督。

當天，阮小七坐在船尾，分撥二十多個軍健棹船，一家帶著一口腰刀。陳太尉下船時，昂昂然旁若無人，坐在中間。阮小七招呼眾人，把船划動，兩邊水手一齊唱起歌來。李虞候便罵：「村驢，貴人在此，全無忌憚！」那些水手哪裡理睬他，只顧唱歌。

李虞候拿起藤條，來打兩邊水手，眾人並沒懼色。有幾個為頭的回話：「我們唱歌，關你什麼事！」

李虞候說：「殺不盡的反賊，怎麼敢頂嘴？」便用藤條去打，兩邊水手都跳在水裡去了。

阮小七坐在船尾上，說：「你這樣打我的水手，他們下水裡去了，這船怎麼走啊？」只見上流有兩隻快船下來接應。原來阮小七預先積下兩艙水，見後頭來船臨近，阮小七便去拔了楔子，叫了一聲：「船漏了！」那水早滾上艙裡來，急叫救時，船裡已有一尺多水。那兩隻船靠攏過來，眾人急急把陳太尉換到快船上。各人先把船搖開，哪裡顧得什麼御酒詔書。兩隻快船先去了。

阮小七叫水手上來，舀了艙裡的水，用布拭抹了，卻叫水手：「你們先取一瓶御酒過來，我先嘗一嘗滋味。」一個水手從擔中取出一瓶酒，解了封頭，遞給阮小七。阮小七接過來，聞得噴鼻馨香，阮小七說：「只怕有毒，我先嘗些。」一面前沒有碗瓢，和瓶便呷，一飲而盡。阮小七喝了一瓶，說：「有些滋味。」一瓶哪裡管事，再取一瓶來，又一飲而盡。喝得口滑，一連喝了四瓶。阮小七說：「這可怎麼好？」水手說：「船尾有一桶白酒。」阮小七說：「給我取舀水的瓢來，我叫你們也嘗嘗這酒。」剩下那六瓶御酒，都分給水手眾人喝了，卻裝上十瓶村醪水白酒，還用原封頭縛了，再放在龍鳳擔內，飛快地搖著船前來，趕到金沙灘，卻好上岸。

宋江請太尉上轎，開讀詔書，四五次才請得上轎。牽過兩匹馬，讓張幹辦、李虞候騎乘。這兩個男女，不知自己有多大派頭，裝模作樣，宋江央求得上了馬，令眾人大吹大擂，迎上三關。宋江和一百多個頭領，跟在後面，一直迎到忠義堂前，一齊下馬，請太尉上堂，正面放著御酒詔匣，陳太尉從詔書匣內取出詔書，遞給蕭讓。

裴宣贊禮。眾將拜過，蕭讓展開詔書，高聲讀道：

「制曰：近為爾宋江等嘯聚山林，劫擄郡邑，本欲天討，誠恐勞我生民。今派太尉陳宗善前來招安，詔書到日，即將應有錢糧、軍器、馬匹、船隻，全部納官，拆毀巢穴，率領赴京，原免本罪。如果仍昧良心，違戾詔制，天兵一到，一個不留。故茲詔示，想宜知悉。宣和三年孟夏四月某日詔示。」

蕭讓剛剛讀完，宋江以下的人臉上都有怒色。只見黑旋風李逵從梁上跳下來，從蕭讓手裡奪過詔書，扯得粉碎，揪住陳太尉，拽拳要打。這時，宋江、盧俊義一起上前橫身抱住，哪裡肯放手。這才解了圍。

過後，宋江說：「太尉請放心，不會再有半點差池。先取御酒，讓眾人沾恩。」隨即取過一副嵌寶金花盅，令裴宣取了一瓶御酒，倒在銀酒海內，看時，卻是村醪白酒；再將九瓶都打開，倒在酒海內，仍是一般的淡薄村醪。眾人見了，駭然，一個個走下堂去。

魯智提著鐵禪杖，高聲叫罵：「入娘撮鳥！真是欺負人！把水酒做御酒來哄俺們！」赤髮鬼劉唐也挺著朴刀殺上來，行者武松掣出雙戒刀，沒遮攔穆弘、九紋龍史進，一齊大喊大鬧。六個水軍頭領邊罵邊下關去了。宋江見情況不妙，橫身在裡面攔擋，急傳將令，叫轎馬護送太尉下山，不得傷犯。

這時，大小頭領，有一大半鬧了起來，宋江、盧俊義只得親身上馬，把太尉和開詔等人護送出三關。

事後，上奏天子。天子大怒，蔡太師啟奏：「不用重兵，不能收服。以臣愚意，必得樞密院官親自統率大軍，前去剿掃，才可以取勝。」

天子叫來樞密使童貫，問：「卿肯領兵收捕梁山泊草蔻嗎？」

童貫跪下，上奏：「臣願效犬馬之勞，以除心腹之患。」

樞密使童貫受了天子統軍大元帥之職，令東京管下八路軍州各起軍一萬，由本處兵馬都監統率；然後又在京師御林軍中選出二萬，守護中軍。

當天，童貫離了東京，迤邐前進，不久，已到濟州界，驅使大軍，靠近梁山泊下寨。接著各軍又出發前行，走不到十里，遇見宋江兵馬。

樞密使童貫在陣中將臺上，看到梁山泊兵馬擺成九宮八卦陣勢，軍馬豪傑，將士英雄，驚得魂飛魄散，走下將臺，騎上戰馬，派出先鋒出戰，結果被秦明打死。梁山泊兵馬一齊搶入陣中，來捉童貫。

只這一陣，童貫損兵折將，傷了元氣。又過了幾天，宋江、吳用使出十面埋伏計策，再次殺得童貫三軍人馬大敗，如同星落雲散，七損八傷，軍士拋金棄鼓，撇戟丟槍，覓子尋爺，呼兄喚弟，又折了上萬人馬，只好退到三十里外紮住。

隨後，童貫又連輸幾陣，大軍三停折了二停。只得逃回東京。童貫入城來，卸了戎裝衣甲，來到高太尉府中，然後和高太尉一同到蔡太師府上商議對策。

高俅說：「不是高俅誇口，如果太師肯保高俅領兵親去那裡征討，一鼓可平。」

蔡京說：「如果太尉肯去，當然最好，明天就保奏太尉為帥。」

第二天朝鼓響時，文武分班，列在玉階之下，只見蔡太師出班啟奏：「近遣樞密使童貫統率大軍，進征梁山泊草寇，只因炎熱，軍馬不服水土，加上賊居水窪，非船不行，馬步軍兵，急不能進，因此暫時休戰，各回營寨暫歇，別候聖旨。」

天子便說：「如此炎熱，怎麼是好！」

蔡京啟奏：「童貫可在泰乙宮聽罪，另外令一人為帥，再去征伐，乞請聖旨。」

天子說：「這寇是心腹大患，不可不除，誰替寡人分憂？」

高俅出班上奏：「微臣本事不大，但願效犬馬之勞，前去征剿此寇，伏取聖旨。」

天子說：「既然卿肯替寡人分憂，隨便卿擇選軍馬。」

當天百官朝退，童貫、高俅送太師回到府中，便叫中書省關房掾史，傳奉聖旨，安排軍馬。高太尉說：「以前有十節度使，曾經多次為國家建功立業，或征鬼方，或伐西夏，包括那金遼等處，這十節度使個個武藝精熟，請降鈞帖，便撥為將。」

這十個節度使原本非同小可，得令後，每人領軍一萬前來。

宋江聽得高太尉親自領兵，而且調集天下軍馬一十三萬，十節度使統領官軍前來，便做了精細的部署。一經交鋒，官軍根本不是對手，大敗。高太尉情急之下匆匆逃到濟州。

高太尉收軍，發現步軍折陷不多；水軍折其大半，戰船沒有一隻回來的。高太尉軍威折挫，銳氣摧殘，只得在城中屯駐軍馬。

後來，高太尉在濟州城，再次會集各將，商議收剿梁山泊之策。這時，遠探報說：「天使到來。」高俅於是統領著軍馬，帶著十節度使出城迎接，見了天使。天使說起降詔招安一事。大家都和天使──聞煥章參謀使見了面，一同進城中帥府商議。高俅讓聞煥章前去梁山泊招安時，故意在宣讀詔書時，把詔上要緊字樣，讀成破句：「除宋江，盧俊義等大小人眾，所犯過惡，並與赦免。」單單不赦免宋江。

聽知天子又降詔前來招安，宋江等人，接著天使聞煥章，果然，當讀到詔書赦免一詞時，又引起梁山泊眾好漢不滿，招安一事又再次不成。

高太尉便令各地派出工匠，歷經多日，大造船隻。準備就緒，令官軍乘著各種大小船隻協同進發，再次進兵攻打梁山泊。宋江、吳用用計，殺得官軍紛紛落水，十損八九。

最後一次交戰，高太尉眼看大勢不好，正欲爬到舵樓上，叫後船救應，卻被圍攏上來的梁山泊水軍團團圍住，多人跳到官船上來，船上的官軍多被投到水中，高太尉眼前無路可逃，正焦慮著，只見一個人從水底下鑽了出來，跳上舵樓，說：「太尉，我來救你性命。」高俅看時，卻不認得。那人近前，一手揪住高太尉巾幘，一手提住腰間束帶，喝一聲下去，把高太尉撲通扔在水裡。只見旁邊有兩隻小船，飛來救應，拖起太尉。那個人便是浪裡白條張順，水裡拿人，有如甕中捉鼈，手到拈來。

第四十九回　梁山泊分金大買市　宋公明全夥受招安

話說當時宋江叫人殺牛宰馬，大設筵宴，大吹大擂，會集大小頭領，都來和高太尉相見。各自施禮後，宋江持盞擎杯，吳用、公孫勝執瓶捧案，盧俊義等人侍立相待。眾多好漢怒目而視，高俅先有了五分懼怯，於是說：「宋公明，你們眾人放心！高某回朝，必當重奏，請降寬恩大赦，前來招安，重賞加官，大小義士，盡食天祿，以為良臣。」宋江聽了大喜，拜謝太尉。

高太尉許多人馬回京，為了招安之事，又把蕭讓、樂和一同帶到京城，留下參謀聞煥章待在梁山泊裡。

梁山泊眾位頭目商議，其中也有聞煥章參與。吳用笑著說：「我觀察高俅這個人，生得蜂目蛇形，是一個轉面忘恩的人。他折了許多軍馬，費了朝廷許多錢糧，如今回到京師，必然推病不出，朦朧奏過天子，蕭讓、樂和軟監在府裡。如果要等招安，一定是空勞神力！」

燕青起身，說：「往年鬧東京時，是小弟前去李師師家中。沒想到一場大鬧，李師師家一定已經猜到八分。只有一件，她是天子心愛的人，官家哪裡會懷疑她。她必然奏說：『梁山泊知得陛下在這裡私行，故來驚嚇。』已是遮飾過了。如今小弟多拿一些金珠再去那裡，枕頭上的關節最快。小弟可長可短，見機行事。」

聞參謀提議：「到了京城，可找宿太尉求助。招安一事才更為妥當。我這裡寫上一封書信，你們帶去交給宿太尉。」

戴宗便說：「小弟幫他，也前去走一遭。」

戴宗、燕青兩個扮做公人，辭了眾位頭領下山，渡過金沙灘，往東京進發。不止一天，來到東京，兩個直接奔到開封府前，找個客店歇了。

第二天，燕青換領布衫穿了，用搭膊繫了腰，換了一頂頭巾，歪戴著，裝做小閒模樣。從籠內取了一帕子金珠，奔向李師師家。

丫環出來見了，便傳報李媽媽。李媽媽看見燕青，吃了一驚，便問：「你怎麼又來這裡？」

燕青說：「請出娘子，小人自有話說。」

李師師由裡邊走出來。燕青起身，把那帕子放在桌上，先拜了李媽媽四拜，後拜了李師師兩拜。

李師師便說：「你不要瞞我，你當初說是：『張閒，那兩個人是山東客人。』結果大鬧了一場，不是我巧言奏過官家，如果是別的人，一定會滿門遭禍！那個山東客人留下詞中兩句，道是：『六六雁行連八九，只等金雞消息。』我那時就感覺疑惑，正待要問，誰想皇上來到，後又鬧了這一場，沒能問清楚。今天幸喜你前來，先釋釋我心中的疑問。你不要隱瞞，實對我說。如果不明說，絕不甘休！」

燕青便說：「俺哥哥要見尊顏，非圖買笑迎歡，只是久聞娘子幸遇今上，所以親自前來告訴心願，指望把那替天行道、保國安民之心，告知皇上，早得招安，則娘子是梁山泊數萬人的恩主！如今奸臣當道，讒佞專權，閉塞賢路，下情不能上達，因此上來尋找妳這條門路，沒想到驚嚇了娘子。今天俺哥哥無可拜送，只有這一點東西，萬望笑留。」燕青打開帕子，攤在桌上，都是金珠寶貝器皿。

燕青又說：「前一次陳太尉前去招安，詔書上並沒有撫恤的言語，又因為換了御酒。所以沒能招安成功。第二次領詔招安，那詔上要緊字樣，被故意讀成破句：『除宋江，盧俊義等大小人眾，所犯過惡，並與赦免。』因此，又沒能歸順。童樞密統率大軍前來，只有兩陣，便被殺得片甲不歸。後來，高太尉召集天下民夫，造船征進，只有三陣，人馬便損失大半，高太尉被俺哥哥活捉上山，不肯殺害，重重管待，送回京師，生擒人數，全都放還。高俅在梁山泊說了大誓，如能回到朝廷，一定奏過天子，前來招安，為此，還帶了梁山泊兩個人同來，一個是蕭讓，一個是樂和，眼見得把這兩個人藏在家裡，不肯令他們出來。至於損兵折將，也必然瞞過了天子。」

李師師說：「他這樣破耗錢糧，損折兵將，怎麼敢奏？這話我都知了。」話說李師師看到燕青一表人物，對他有心。燕青卻認李師師為姐姐，阻止了李師師這一念頭。燕青後來又收拾了一包零碎金珠細軟，再回到李師師家，把一半送給李媽媽，一半送給全家大小，所以沒有一個不歡喜。李媽媽在客位側邊，收拾了一間房，叫燕青安歇，全家大小，都把燕青稱做叔叔。

也是緣法湊巧，夜晚，有人來報，天子今晚到來。燕青聽了，便去拜告李師師，說：「姊姊行個方便，今夜叫小弟得見聖顏，求得一紙御筆赦書，赦了小弟罪犯，自將深謝姊姊大德！」

看看天晚，月色朦朧，花香馥鬱，蘭麝芬芳，只見道君皇帝，身後跟著一個小黃門，扮做白衣秀士，從地道中直接來到李師師家後門。進來後坐下，便叫關閉了前後門戶，明晃晃地點起燈燭熒煌。李師師冠梳插帶，整肅衣裳，前來接駕。拜舞起居，天子命李師師去其整妝衣服，從容相待。李師師承旨，去掉整妝衣服，迎駕入房。李師師見天子龍顏大喜，便向前啟奏：「賤人有一個姑舅兄弟，從小流落外方，今天才歸，要見聖上，不敢擅便，乞取我王聖命。」

天子說：「既然是妳的兄弟，就宣來見寡人，有什麼不可？」

燕青來到房內，面見天子。燕青納頭就拜。官家看到燕青一表人物，大喜。李師師叫燕青吹簫，服侍聖上飲酒，然後又叫燕青唱曲。燕青借過象板，再次拜過，頓開喉咽，手拿象板，唱漁家傲一曲，道是：

聽哀告，聽哀告！賤軀流落誰知道，誰知道，極天罔地，罪惡難分顛倒。有人提出火坑中，肝膽常存忠孝，常存忠孝，有朝須把大恩人報！

燕青唱過，天子失驚，便問：「卿為什麼唱這樣的曲子？」

燕青大哭，拜在地下。天子轉疑，便說：「卿先訴說胸中的事，寡人給卿做主。」

燕青啟奏：「臣自幼漂泊江湖，流落山東，跟隨客商，路經梁山泊過，被擄捉上山，一住三年。今年才得以脫身逃命，走回京師，雖然見到姊姊，只是不敢上街行走。如果有人認得，通報給做公的，到時候怎麼解釋？」

李師師便奏：「我兄弟心中，只有這個苦楚，還請陛下做主才好！」

天子笑了，說：「這件事容易，你是李行首的兄弟，誰敢拿你！」

燕青以目送情給李師師。李師師撒嬌撒痴，再奏天子：「我只要陛下親寫一道赦書，赦免我兄弟，他才放心。」

天子被逼不過，只得命取來紙筆。天子便寫御書：「神霄玉府真主宣和羽士虛靜道君皇帝，特赦燕青本身一應無罪，諸司不許拿問！」寫過，下面押了一個御書花字。

燕青再拜，叩頭受命，李師師執盞擎杯謝恩。天子便問：「你在梁山泊，必知那裡的情況。」

燕青奏說：「宋江這夥人，旗上大書『替天行道』，堂設『忠義』為名，不敢侵占州府，不肯擾害良民，單殺贓官汙吏讒佞之人，只是早望招安，願給國家出力。」

天子便問：「寡人兩次降詔，遣人招安，為什麼會抗拒，不服歸降？」

燕青奏說：「頭一次招安，詔書上並沒有撫恤招諭的話，加上抵換了御酒，都是村醪，所以事不成。第二次招安，故意把詔書讀成破句，要除宋江，因此也沒能招安。童樞密統率大軍前去，只兩陣，便被殺得片甲不回。高太尉提督軍馬，又動用天下民夫，修造戰船征進，也只是三陣，便被殺得手足無措，軍馬損失大半，高太尉自己也被活捉上山，許了招安，這才被放回，又帶了山上的二個人來到京城，卻留下聞參謀在那裡當人質。」

天子聽了，嘆了口氣，說：「寡人怎麼知道有這樣的事情！」天子嗟嘆不已。夜深了，燕青拿了赦書，叩頭退下，自去歇息。天子和李師師上床同寢，天亮時，自有內侍黃門前來接回。

燕青第二天起來，推說有事外出，來到客店裡，把昨晚和天子說過的話，對戴宗一一說知。兩個人吃了一些早飯，收拾了一籠子金珠細軟，拿了書信，又來到宿太尉府中。門前正看見一幫錦衣花帽從人，擁著轎子。燕青就在當街跪下，說：「小人有書箚上呈太尉。」

宿太尉見了，叫燕青過來，便問：「你是哪裡來的幹人？」燕青便一五一十地把山上的意思告知了宿太尉，求宿太尉在皇上面前多多美言。

宿太尉叫人收了金珠寶物，心中已經記掛著這事了。

第二天一早，道君皇帝設朝，宣樞密使童貫出班，訓了童貫一番。

天子隨後又問：「你們大臣中，誰可前去招撫梁山泊宋江等一班人眾？」

有殿前太尉宿元景出班跪下，啟奏：「臣雖然不才，願意前往。」天子大喜。命庫藏官，取出金牌三十六面，銀牌七十二面，紅錦三十六匹，綠錦七十二匹，黃封御酒一百八瓶，都交付給宿太尉。又贈金字招安御旗一面，限第二天便行。童樞密羞慚滿面，回到府中推病，不敢入朝。高太尉聞知，恐懼無措，也不敢入朝。

宿太尉打起御賜金字黃旗，眾官送出南薰門，宿太尉往濟州出發，不在話下。

燕青、戴宗、蕭讓、樂和四個人，連夜回到山寨，把上件事告訴給宋公明及眾位頭領。燕青取出道君皇帝御筆親寫赦書，給宋江等眾人看了。吳用說：「這一回必有佳音！」

宿太尉前來招安一事，由濟州太守張叔夜親自上山前來告知，宋江聽後大喜，就在忠義堂上，忙傳下將令，分派人員，從梁山泊一直抵達濟州地面，紮縛起二十四座山棚，上面都是結彩懸花，下面陳設笙簫鼓樂，準備筵宴茶飯。宋江便派大小軍師，吳用、朱武以及蕭讓、樂和四個人，前往濟州，先參見宿太尉。大約到了後天，眾多大小頭目，離寨三十里外，伏道相迎。

且說吳用等人跟隨太守張叔夜連夜下山，來到濟州。第二天，來到館驛，參見宿太尉。宿太尉大喜，說：「加亮先生，自從華州一別，已經數年，誰想今天還能重會！下官知你們弟兄的心願，素懷忠義，只是被奸臣閉塞，讒佞專權，使你們眾人，下情不能上達。當前天子已經知道你們的心思，特命下官，持天子御筆親書丹詔，金銀牌面，紅綠錦緞，御酒表裡，前來招安。你們不必懷疑，可以盡心受領。」

過後，宿太尉前來，宋江等人接著，蕭讓開讀詔文。其中寫道：

「朕今特差殿前太尉宿元景，捧詔書，親到梁山水泊，將宋江等大小人員所犯罪惡，盡行赦免。給降金牌三十六面，紅錦三十六匹，賜與宋江等上頭領；銀牌七十二面，綠錦七十二匹，賜與宋江部下頭目。赦書到日，莫負朕心，早早歸順，必當重用。」

宋江等人回到大寨，在忠義堂上，鳴鼓聚眾。大小頭領坐下，軍校們都到堂前。宋江傳令：「今天喜得朝廷招安，重見天日，早晚要去朝京，替國家出力。今天你們眾人，府庫之物，還是納於庫中公用，其餘所得，全部均分。我們一百八人，上應天星，生死一處。今天天子寬恩降詔，赦罪招安，大小眾人，全部釋其所犯。我們一百八人，早晚朝京面聖，不要辜負天子洪恩。你們這些軍校，也有前來落草的，也有隨眾上山的，也有軍官失陷的，也有擄掠來的。這一次我們受了招安，都將前往朝廷。你們如願去的，可一同進發；如不願去的，就這裡報名相辭。」

第二天，宋江又令蕭讓寫了告示，派人四散張貼，曉示臨近州郡鄉鎮村坊，各各報知，仍請眾人到山上買市十天。

過後，一切就緒。宋江率軍馬前往京城。

天子聞奏，大喜，便派宿太尉及御駕指揮使一員，手持旌旄節鉞，出城迎接。

宋江軍馬來到京師城外，路上遇到前來迎接的宿太尉和那員御駕指揮使。宋江聞知，率領眾頭領前來參見宿太尉，軍馬屯駐在新曹門外，下了寨柵，聽候聖旨。

這裡，宿太尉和御駕指揮使進城，回奏天子。天子說：「寡人久聞梁山泊宋江等一百八人，上應天星，更兼英雄勇猛。今已歸降，到于京師。寡人來日，引百官登宣德樓。可叫宋江等人，俱依臨敵披掛戎裝服色，休帶大隊人馬，只率領三四百馬步軍進城，從東過西，寡人要親自觀看。也叫城中軍民，知此英雄豪傑，為國良臣。然後可令卸其衣甲，除去軍器，都穿所賜錦袍，從東華門進入，在文德殿朝見。」

那一天，進城朝見隆重熱烈。京城百姓看到宋江等眾人這樣英雄，都稱讚不已。

天子賜宋江等人筵宴，到晚才散。謝恩後，宋江等人都各自插花出內，在西華門外，各各上馬，回歸本寨。

天子欲加官爵，樞密院官，具本上奏：「新降順的人，沒有功勞，不可輕易加爵，可等到今後征討，建立了功勳，再量加官賞。現今數萬人，逼城下寨，十分不妥。陛下可把宋江等所部軍馬，原是京師被陷之將，仍還本處，外路軍兵，各歸原所。其餘人眾，分做五路，分別調出，這是上策。」

且說當年有遼國狼主，起兵前來，侵占山後九州邊界。又兵分四路，劫擄山東、山西，搶掠河南、河北。各處州縣，申達表文，奏請朝廷搭救。

幾個賊臣設計，叫樞密使童貫啟奏，欲把宋江等眾人陷害。沒想到，從那御屏風後，轉出一員大臣，過來喝住，正是那殿前都太尉宿元景。宿太尉向殿前啟奏：「陛下，宋江這夥好漢，剛剛歸降，一百八人，恩同手足，意若同胞，他們絕不肯拆散分開，雖死不捨相離。現今遼國興兵十萬，侵占山後九州所屬縣治。以臣愚見，正好派宋江等全部良將，率領所屬軍將人馬，直抵本境，收服遼賊，令這幫好漢建功，如此才好。」

第五十回　宋先鋒奉詔破大遼　及時雨分兵攻田虎

話說天子聽宿太尉所奏，龍顏大喜，詢問眾官，都說有理。天子於是賜宋江為破遼都先鋒，盧俊義為副先鋒，其餘各將，等建功之後，加官受爵。

宋江等人聽詔大喜。宿太尉領著宋江在武英殿朝見天子，天子大喜，再賜御酒，命取描金鵲畫弓箭一副，名馬一匹，全副鞍轡，寶刀一口，賜給宋江。宋江叩頭謝恩，辭陛下出內，把天子御賜寶刀、鞍馬、弓箭，帶回營中，傳令各軍將校，準備起程。

徽宗天子第二天一早，令宿太尉傳下聖旨，命中書省院官員，在陳橋驛給宋江先鋒犒勞三軍，每名軍士賜酒一瓶，肉一斤，派官二員，前去分發。

宋江催趲三軍，經陳橋驛大路進軍。

這裡，中書省派了二員廂官，在陳橋驛分發酒肉，賞勞三軍。誰想這夥官員，貪得無厭，徇私作弊，把御賜的官酒，每瓶只給半瓶，肉一斤，只支十兩。前隊軍馬，都分發了；後軍分發到一隊之中，都是頭上黑盔，身披玄甲，卻是項充、李袞所管的牌手。

那軍漢中有一個軍校，接得酒肉看時，酒只有半瓶，肉只有十兩，便指著廂官大罵：「都是你們這樣的好利之徒，壞了朝廷的恩賞。」

廂官也大罵：「你這大膽，剮不盡、殺不絕的賊！梁山泊反心，至今不改！」

軍校大怒，把領到的酒和肉，迎面打了過去。廂官大喝：「捉下這個潑賊！」

那軍校從團牌邊拿出刀來。廂官指著大罵，說：「骯髒草寇，你拔刀敢殺誰？」軍校說：「俺在梁山泊時，比你強的好漢，被我也殺了萬千。量你這樣的賊官，算個什麼鳥？」

廂官喝道：「你敢殺我？」那軍校走上前一步，手起一刀，正中廂官臉上，撲地倒了。眾人發聲喊，都走了。那軍校又趕過來，再剁了幾刀，顯然是不能活了。

項充、李袞飛報宋江。宋江大驚，便和吳用商議。吳學究說：「省院十分不喜歡我們，今天又做出這件事，正中了他們的心思。只能先把那個軍校斬首號令，然後申覆省院，勒兵聽罪。」

宋江飛馬趕到陳橋驛，那軍校站在死屍邊一動不動。宋江令人從館驛內，搬出酒肉，賞勞三軍，都叫往前走。然後把這軍校叫到館驛裡，問其情節。

那軍校回答：「他千梁山泊反賊，萬梁山泊反賊，罵俺們殺剮不盡，因此一時氣不過，殺了他，專等將軍治罪。」

宋江說：「他是朝廷命官，我都懼他，你怎麼能把他殺了！這一定會連累我們眾人！俺如今奉詔去破大遼，還沒有見尺寸之功，倒做了這樣的事，怎麼辦才好？」那軍校叩頭伏死。

宋江哭著說：「我自從上梁山泊，大小兄弟，沒有傷害一個。今天一身入官所管，寸步也由我不得。」

這軍校說：「小人只是伏死。」

宋江令那軍校痛飲一醉，叫他樹下縊死，然後斬頭號令。把那廂官屍首，備棺槨盛貯，然後動文書申呈中書省院，不在話下。

宋江這裡正在陳橋驛勒兵聽罪，只見駕上派官來到，命宋江等人進兵征遼，違犯軍校，梟首示眾。宋江謝恩，把軍校首級，掛在陳橋驛號令，屍體埋了。宋江大哭一場，垂淚上馬，提兵往北前進。每天兵行六十里，紮營下寨，所過州縣，秋毫無犯。沿路無話。臨近遼境，宋江整點人馬，水軍船隻，約會日期，水陸並進，殺奔檀州。

宋軍途經密雲縣，正遇到遼國守將阿里奇率領遼兵出陣迎戰。兩邊擺開陣勢。宋江手下徐寧搶先出陣，來戰阿里奇。徐寧和阿里奇搶到垓心交戰，兩馬相逢，兵器並舉。二將鬥不過三十多個回合，徐寧鬥不過番將，往本陣就走。花榮急忙取出弓箭，那番將正趕過來，張清又早從錦袋內取出一個石子，看著番將，照面門上一石子，正中阿里奇左眼，落在馬下。這裡花榮、林沖、秦明、索超，四將齊出，活捉了阿里奇。宋江大隊軍馬，前後掩殺，番兵放棄了密雲縣，大敗虧輸，奔向檀州。宋江軍兵先不追趕，就在密雲縣屯紮下營。看那番將阿里奇時，打破了眉梢，損傷一目，負痛身死。宋江傳令，命把番官屍骸燒化。功績簿上，標寫「張清第一功」。

遼國狼主，聽說是梁山泊宋江這夥好漢，領兵殺到檀州，圍了城子，特派出兩個皇姪，前來救應：一個叫做耶律國珍，一個叫做耶律國寶。兩個人都是遼國上將，又是皇姪，有萬夫不當之勇。兩個皇姪統率一萬番兵，來救檀州。看看迎著宋兵，兩邊擺開陣勢。雙槍將董平出馬，直奔耶律國珍。董平右手逼過綠沉槍，使起左手槍來，朝番將脖根上一槍，搠了一個正著。

沒羽箭張清飛出陣前。耶律國寶衝了過來，張清迎頭撲去，那石子朝耶律國寶面上打了一個正著，耶律國寶翻跟頭落馬。

董平、張清成就了第二功。

守衛檀州的番將洞仙侍郎見到這一情形，只得奔走出城。宋江大軍就這樣占領了檀州。天子聞奏，龍顏大喜。隨即降旨，欽差東京府同知趙安撫統領二萬御營軍馬，前來監戰。

這時，楊雄告稟：「前面就是薊州。這是一個大郡，錢糧極廣，米麥豐盈，是遼國的庫藏。打了薊州，其他地方就更容易奪取。」宋江聽說，便請軍師吳用商議。

洞仙侍郎自打從檀州逃出，領著一些敗殘軍馬，投奔薊州。

商議已定，宋江兵分兩路，攻打薊州，一路殺到平峪縣，一路殺到玉田縣。遼兵被殺得四處奔逃。

遼國御弟大王耶律得重正守衛薊州，見宋軍前來，率番兵出陣，無力迎戰，損兵折將，最後只得和洞仙侍郎，帶領老小，奔回幽州，直到燕京，求見大遼狼主。

以後宋軍又攻取了霸州，宋江、盧俊義統率大軍，轉過幽州所屬永清縣，又遇到番將寇先鋒。

孫立出陣和寇先鋒交手，鬥了數個回合，分開，孫立在馬上帶住槍，左手拈弓，右手取箭，搭上箭，拽滿弓，看著寇先鋒後心，一箭射去，那寇將軍聽到弓弦響，身子一倒，那枝箭正好射到，順手一綽，綽了那枝箭在手。

孫立見了，暗暗喝采。寇先鋒冷笑，說：「這傢伙賣弄弓箭！」便把那枝箭咬在嘴裡，把槍帶在了事環上，急用左手取出硬弓，右手取出那枝箭，搭上弦，扭過身，朝著孫立前心窩一箭射來。孫立早已經偷眼見了，在馬上左來右去。那枝箭到了胸前，身子往後便倒，那枝箭從身上飛了過去。這馬收勒不住，只顧跑過去。

寇先鋒把弓穿在臂上，扭回身，看到孫立倒在馬上。寇先鋒心想：「必是射中了！」原來孫立兩腿有力，夾住了寶鐙，倒在馬上，所以如此，卻不墜下馬。寇先鋒勒轉馬，要來捉孫立。兩個馬頭，正好相迎，隔不到丈尺遠，孫立跳起來，大喝一聲。寇先鋒吃了一驚，便說：「你躲得我的箭，須躲不得我的槍。」照著孫立胸前，盡力搠來，孫立挺起胸脯，受他一槍。槍尖到甲，略側一側，那槍從肋窩裡放了過去。那寇將軍卻撲到懷裡來。孫立順手提起腕上的虎眼鋼鞭，在那寇先鋒腦袋上飛了下來，削去了半個天靈骨。那寇將軍做了半世番官，死在孫立手裡，屍骸落在馬前。孫立提槍，回到陣前。宋江大縱三軍，衝過對陣來。遼兵無主，東西亂竄，各自逃生。

宋軍又進軍昌平縣界，把軍馬擺開，紮下營寨。前面擺列馬車，還是虎軍大將：秦明在前，呼延灼在後；關勝居左，林沖居右；東南索超，東北徐寧，西南董平，西北楊志。宋江守領中軍。其餘眾將，各依舊職。後面步軍，另做一陣在後，盧俊義、魯智深、武松三個人為主。數萬之中，都是能征慣戰之將，一個個磨拳擦掌，準備廝殺。陣勢已定，宋江傳令，在燕京城外，團團豎起雲梯炮石，紮下寨柵，準備打城。

遼國狼主心慌，會集群臣商議，都說：「事在危急，不如歸降大宋，這是上計。」遼王於是聽從眾議，在城上豎起降旗，派人來到宋營求告：「年年進牛馬，歲歲獻珠珍，再不敢侵犯中國。」宋江帶著來人，一直來到後營，拜見了趙樞密，說起投降一節。

京中蔡京、童貫、高俅、楊戩以及省院大小官僚，都是好利之徒。那遼國丞相褚堅和眾人先找尋門路，見了太師蔡京等四個大臣，然後到省院各官處，都有賄賂。

上朝時，那些好利之徒紛紛言稱應接受遼國投降。

天子准奏，傳下聖旨，令遼國來使面君。

遼國丞相褚堅等人取出金帛歲幣，進獻在朝前。天子命寶藏庫收起，仍另納下每年歲幣牛馬等物。

宋江傳令，仍將奪過的檀州、薊州、霸州、幽州，還給遼國管領，率自家軍馬回到東京駐紮聽調。

宋先鋒等人，班師回軍。趙樞密前來啟奏，說起宋江等諸將邊庭勞苦的事情。天子聞奏，大加稱讚，就傳聖旨，命皇門侍郎宣宋江等人面君朝見，都叫披掛了入城。

以後，宋江軍馬駐紮在東京城外，多天無事。一天，聽說河北田虎勢大，朝廷震驚，正欲派出官兵前去征剿，宋江便和吳用商議，說：「我們諸將，閒居在這裡，十分不宜。不如奏聞天子，我們情願起兵前去征剿。」隨後親往宿太尉府第，言說此意。宿太尉大喜，一口答應向天子推薦。

宿太尉第二天早朝入內，見天子在披香殿上，省院官正奏說河北田虎造反，占據五府五十六縣，改年建號。宿太尉借機提到宋江軍馬出征一事，天子大喜。當即允准。

宋江得令，率領軍馬出征，連戰連捷。來到陵川城下，大軍圍城，幾次攻城，沒能成功。宋江見攻城不克，和盧俊義、吳用親自來到南門城下，催督攻城。只見花榮，領遊騎自西往東前來。城樓上于玉麟和偏將楊端、郭信，督促軍士守禦。楊端望見花榮走近城樓，拈起弓，搭上箭，望著花榮前心，颼地一箭射來。花榮聽到弓弦響，身子往後一倒，那枝箭正好射到順手，只一綽，綽了那枝箭，咬在嘴裡；起身，左手拈弓，右手取出一枝箭，搭上弦，看定楊端，只一箭，正中楊端咽喉，撲通便倒。

花榮大叫：「鼠輩怎麼敢放冷箭，讓你們一個個都死！」右手再去取箭，卻待要射時，只聽城樓上發聲喊，幾個軍士嚇得一齊都滾下樓去。于玉麟、郭信，面如土色，躲避不疊。最後只好打開城門納降。

以後，宋江和盧俊義、吳學究，計議兵分兩路，分東西進征：東一路渡壺關，取昭德，由潞城、榆社，直抵賊巢之後，卻從大穀到臨縣合兵；西一路取晉寧，出霍山，取汾陽，由介休、平遙、祁縣，直抵威勝西北，亦合兵臨縣，取威勝，擒田虎。

宋江征討田虎，前後共克復六府州縣，派人捧捷表上聞。天子龍顏欣悅。

田虎後聽說宋江軍馬正圍襄垣、汾陽，便分別派國舅鄔梨、馬靈各撥兵三萬，從速起兵前去解圍。那裡，馬靈統領軍馬，朝汾陽進發。這裡，鄔梨國舅領了王旨兵符，下教場挑選兵馬三萬，整頓刀弓箭矢及一應器械。女將瓊英為前部先鋒，辭別田虎，統領軍馬，直奔昭德。鄔梨國舅，統領大軍隨後。

那瓊英年方一十六歲，容貌如花，原非鄔梨親生。她本姓仇，父名申，祖居汾陽府介休縣，地名綿上。那仇申頗有家資，年已五旬，還沒有子嗣；又值喪偶，續娶了平遙縣宋有烈女兒為繼室，生下瓊英。瓊英十歲時，宋有烈身故，宋氏隨即和丈夫仇申奔父喪。那平遙是介休鄰縣，相去七十多里。宋氏因為路遠，倉促間留下瓊英在家，囑咐主管葉清夫婦看管服侍，自己和丈夫走到中途，遇到一夥強人，殺了仇申，趕散莊客，把宋氏擄去。莊客逃回，報知葉清。那葉清雖然是一個主管，倒也有些義氣。當時葉清報知仇家親族，一面呈報官司，捕捉強人；一面埋葬家主屍首。仇氏親族，議立本宗一人，承繼家業。葉清和妻子安氏，看管小主女瓊英。

過了一年多，正值田虎作亂，占了威勝，遣鄔梨分兵掠殺，到介休綿上，搶劫資財，擄掠男婦，那仇氏嗣子，被亂兵所殺，葉清夫婦及瓊英，都被擄去。那鄔梨也沒有子嗣，見瓊英眉清目秀，引見老婆倪氏。那倪氏從未生育，一見瓊英，便十分愛憐，卻如親生的一般。瓊英從小聰明，百伶百俐，料不能脫生，又舉目無親，見倪氏愛她，便對倪氏說，向鄔梨討了葉清的妻子安氏進來。從此安氏和瓊英坐臥不離。那葉清被擄時，本要脫身逃走，卻想瓊英年幼，家主主母，只有這點骨血，如果去了，便不知瓊英死活存亡。幸虧妻子在，如果有機會，脫得患難，家主死在九泉之下，也將瞑目，因此也只得隨順了鄔梨。因葉清征戰有功，鄔梨把安氏還給葉清。安氏從此得以出入帥府，傳遞消息給瓊英。鄔梨又奏過田虎，封葉清做了一個總管。

第五十一回　瓊英習武欲報仇　全羽飛石結姻緣

話說葉清後來被鄔梨派往石室山，採取木石。部下軍士，在山崗下指著說：「這個地方有一塊美石，白賽霜雪，一毫瑕疵都沒有。土人欲採取，卻被一聲霹靂，把幾個採石的人驚得半死，好久才醒。後來，人們都互相提醒，不敢靠近。」葉清聽說，和軍士到崗下看時，眾人發聲喊，都叫：「奇怪！剛才還是一塊白石，卻怎麼就變成了一個婦人的屍骸？」葉清上前仔細觀看，原來卻是主母宋氏的屍首，面貌如生，頭面破損，好像是墜崗撞死的。

葉清驚訝，為之涕泣，正在悲痛之際，卻有本部內一個軍卒，原來是田虎手下的馬仔，便把宋氏被擄身死的根因說了：「昔日大王起兵時，在介休這個地方，擄了這個女子，想把她做個壓寨夫人。那女子哄著大王，放了綁縛，走到這裡，那女子身子攛下高崗撞死。大王見她撞死，叫我下崗剝了她的衣服首飾。是小的服侍她上馬，又是小的剝她的衣服，面貌認得仔細，千真萬真是她。如今已有三年多，骸骨怎麼還是好好的？」

葉清聽說，把那無窮的眼淚，落在肚裡。便對軍士說：「我也認得不錯，她是我的舊鄰宋老的女兒。」葉清令軍士挑土來掩蓋，上前看時，仍舊是一塊白石。眾人驚訝嘆息。事後，葉清回到威勝，把田虎殺仇申、擄宋氏、宋氏守節撞死這段故事，讓安氏密傳給瓊英。

瓊英知了這個消息，如萬箭鑽心，日夜吞聲飲泣，珠淚偷彈，思報父母之仇，時刻不忘。從此每夜闔眼，便見神人說：「妳欲報父母之仇，等我教妳武藝。」瓊英心靈性巧，一覺醒來都記得，她便悄悄地拿著一根棒，閂了房門，在房中演習。自此日久，武藝精熟，不覺到了宣和四年的季冬，瓊英有一天晚上，偶爾伏几假寐，猛聽得一陣風過，頓覺異香撲鼻。見到一個秀士，頭戴折角巾，領著一個年少將軍，教瓊英飛石子。那秀士又對瓊英說：「我特地前往高平，請得天捷星到了這裡，教妳異術，救妳脫離虎窟，報親仇。這一位將軍，又是妳的宿世姻緣。」瓊英聽了「宿世姻緣」四字，羞赧無地，忙用袖子遮了臉。一動手，卻把桌上的剪刀撥動，鏗然有聲。猛然驚覺，寒月殘燈，依然在目，似夢非夢。瓊英呆想了半晌，方才歇息。

第二天，瓊英還記得飛石子的技法，便在牆邊揀取一塊圓石，不知高低，試著朝臥房脊上的鴟尾打去，正好打中，一聲響亮，把一個鴟尾打了粉碎，亂紛紛地拋下來。卻驚動了倪氏，忙來詢問。瓊英用巧言支吾，說：「夜來夢神人說：『妳父有王侯之分，特來教妳異術武藝，幫助妳父成功。』剛才試著用石子飛去，沒想到正好打中鴟尾。」

倪氏驚訝，便把這段話說給鄔梨。那鄔梨怎麼肯相信，隨即叫出瓊英，使把刀、劍、戟、棍、棒、叉、鈀讓她試，果然件件精熟。更有那飛石子的手段，百發百中。鄔梨大驚，心想：「我真是有福分，天賜異人幫助我。」因此終日教導瓊英，馳馬試劍。

鄔梨家中，把瓊英的手段傳了出去，哄動了威勝城，人們都把瓊英稱做瓊矢鏃。

鄔梨欲選擇佳婿，匹配瓊英。瓊英對倪氏說：「如要匹配，除非是一般會打石子的；如要配給他人，奴家只是個死。」倪氏對鄔梨說了。鄔梨見瓊英出的題目太難，便把擇婿一事放下不提。這一次，鄔梨保奏瓊英做了先鋒，欲乘兩家爭鬥，他好在其中取事。當時鄔梨挑選軍兵，揀擇將佐，離了威勝；撥出精兵五千，令瓊英為先鋒；自己統領大軍，隨後進征。

宋江這裡有流星探馬報來，說：「田虎派馬靈統領將佐軍馬，去救汾陽，又派鄔梨國舅，同瓊英郡主，統領將佐，從東前往襄垣去了。」宋江聽了，和吳用商議，分撥將佐迎敵。

兩軍相對，旗鼓相望，兩邊列成陣勢。北陣裡門旗開處，當先一騎銀馬上，坐著一個少年美貌的女將。

女將馬前旗號，寫的分明：「平南先鋒將郡主瓊英」。南陣軍將看了，個個喝采。兩陣裡花腔鼉鼓喧天。矮腳虎王英，看見面前是一個美貌女子，便驟馬出陣，挺槍奔來，兩軍吶喊，那瓊英拍馬撚戟來戰。二將鬥到十多個回合，王矮虎意馬心猿，槍法都亂了。

瓊英心想：「這傢伙可惡！」找個破綻，只一戟，刺中王英左腿。王英兩腳蹬空，頭盔倒罩，撞下馬來。

扈三娘看見傷了丈夫，大罵：「賤小淫婦，怎敢無禮！」飛馬搶出來救王英。瓊英挺戟，接住廝殺。王英在地上掙扎不起，北軍擁上，來捉王英，那邊孫新、顧大嫂雙雙齊出，死救回陣。顧大嫂見扈三娘鬥不過瓊英，使著雙刀，拍馬上前助戰。

三個女將，六條臂膊，四把鋼刀，一枝畫戟，各在馬上相迎：正如風飄玉屑，雪撒瓊花，兩陣軍士，看得眼也花了。三個女將鬥到二十多個回合，瓊英望空虛刺一戟，拖戟撥馬就走。扈三娘、顧大嫂一齊趕來。瓊英左手帶住畫戟，右手拈著石子，把柳腰扭轉，星眼斜飛，看準扈三娘，一石子飛來，正打中右手腕。扈三娘負痛，撇下一把刀來，撥馬回到本陣。顧大嫂見打中了扈三娘，撇了瓊英，來救扈三娘。瓊英勒馬趕來，那邊孫新大怒，舞動雙鞭，拍馬搶來。還沒有交鋒，早被瓊英飛起一石子，正打中那熟銅獅子盔。孫新大驚，不敢上前，急回本陣，保護王英、扈三娘領兵退去。

瓊英正準備驅兵追趕，從山坡後面衝出一彪軍來，卻是林沖及步軍頭領李逵等人，奉著宋公明將令，領軍接應。林沖見來的是一個女子，挺矛來鬥。兩馬相交，軍器並舉。沒有數合，瓊英遮攔不住，賣了一個破綻，虛刺一戟，撥馬朝東就走。林沖縱馬追趕。瓊英見林沖趕得近，左手虛提畫戟，右手從繡袋中摸出石子，扭回身，看準林沖面門，一石子飛來。林沖眼明手快，用矛柄撥過石子。瓊英見打不著，再拈著第二個石子，手起處，真似流星掣電，又朝林沖打來。林沖急躲不疊，打在臉上，鮮血迸流，拖矛回陣。瓊英勒馬追趕。

宋陣中間飛出五百步軍，當先是李逵、魯智深、武松、解珍、解寶五員慣步戰的猛將。李逵手握板斧，直搶過來，大叫：「那婆娘不得無禮！」瓊英見他來得兇猛，手拈石子，朝李逵打去，正中額角。李逵也吃了一驚，幸好皮老骨硬，只打得疼痛，卻沒有破損。瓊英見打不倒李逵，便跑馬入陣。李逵大怒，虎鬚倒豎，怪眼圓睜，大吼一聲，一直撞過去。魯智深、武松、解珍、解寶，恐怕李逵有失，一齊衝殺過來。瓊英見眾人趕來，又一石子，早把解珍打翻在地，解寶、魯智深、武松急急上前扶救。

這邊李逵只顧趕去，瓊英見他來得近，忙飛起一石子，又打中李逵額角。兩次被打，這才鮮血迸流。李逵終究是一個鐵漢，那黑臉上，帶著鮮紅的血，還在那裡揮著雙斧，撞到陣中，把北軍亂砍。恰好鄔梨領著正偏將佐八員，統領大軍來到，兩邊混殺一場。那邊魯智深、武松救了解珍，翻回身殺入北陣。解寶扶著哥哥，不方便廝殺，被北軍趕上，撒起絆索，把解珍、解寶雙雙橫拖倒拽，捉到陣中。步兵大敗奔回。鄔梨被宋軍施放冷箭，射中脖子，翻身落馬，後被死救回陣。

瓊英眾將見鄔梨中箭，急忙鳴金收兵。南面宋軍又到，當先馬上一將，卻是沒羽箭張清，在寨中聽得流星報馬說，北陣裡有一個飛石子的女將，把扈三娘等人打傷。張清聽報，深感驚異，稟過宋先鋒，披掛上馬，領軍前來接應，要認認那女先鋒。那邊瓊英已經收兵，保護著鄔梨，轉過長林，往襄垣去了。

且說葉清這時悄悄來到宋軍大寨，望著宋江磕頭不已，說：「我有機密事，乞求元帥屏退左右，等葉某詳細說明。」

宋江說：「我這裡的弟兄，都是一般腸肚，但說不妨。」

葉清方說：「城中鄔梨，前幾天在陣上中了藥箭，毒發昏亂，城中醫人，療治無效。葉某趁這一機會，特借訪求醫人為名，出城探聽消息。」

宋江便問：「前幾天捉拿我的二將，怎麼處置了？」

葉清說：「小人恐怕傷了二位將軍，乘著鄔梨昏亂，小人假傳將令，把二位將軍，暫時監候，如今好好地待在那裡。」葉清又把仇申夫婦被田虎殺害擄掠，以及瓊英的事，詳細述說了一遍。說完，悲慟失聲。

宋江好言撫慰葉清。

吳用便獻計說：「派人可和葉清一起回去，借機行事。」

卻說襄垣守城將士，見葉清回來，高叫：「快開城門！我是鄔府偏將葉清，奉差尋訪醫人全靈、全羽來到。」

守城軍士，到幕府傳鼓通報。很快，傳出令箭，放開城門。葉清帶領全靈、全羽進城，到了國舅幕府前，裡面傳出令，叫醫人進來看治。葉清當即和全靈進府。軍中服侍的伴當，稟知郡主瓊英，領著全靈來到內裡，參見瓊英，然後來到鄔梨臥榻前，只見鄔梨嘴裡只一絲兩氣。全靈先診了脈息，外使敷貼之藥，內用長托之劑。三天後，漸漸地皮膚紅白，飲食漸進。不過五天，瘡口雖然未愈，飲食已經復舊。

鄔梨大喜，叫葉清請醫人全靈入府參見。鄔梨對全靈說：「賴足下神術療治，瘡口今已漸漸平復。日後富貴，和你同享。」

全靈拜謝，說：「全某鄙術，何足道哉？全某有嫡弟全羽，久隨全某在江湖上學得一身武藝，如今隨全某來到這裡，修治藥餌，還求相公提拔。」鄔梨傳令，叫全羽入府參見。鄔梨看見全羽儀表非俗，心裡十分喜歡，令全羽在府外伺候聽用。

全靈、全羽拜謝出府，一連又過了四天，忽然報宋江領兵攻城，葉清入府報知鄔梨，說宋江兵強將勇，須是郡主，才可退敵。鄔梨聞報，隨即帶領瓊英進入教場，整點兵馬。只見全羽走到演武廳，稟告：「蒙恩相令小人伺候聽用，今聞兵馬臨城，小人不才，願領兵出城，叫他們片甲不回。」

那總管葉清，假裝大怒，對全羽說：「你如此口出大言，你敢和我比試武藝嗎？」

全羽笑著說：「我十八般武藝，自小習學，今天正要和你比試。」

葉清稟過鄔梨，鄔梨依允。二人各綽槍上馬，在演武廳前，來來往往，攪做一團，扭做一塊。鬥了四五十個回合，不分勝負。

瓊英在一旁侍立，看見全羽面貌，心下驚疑：「卻好像在哪裡見過的。」思想一回，猛然醒悟：「夢中教我飛石的，正是這個面龐，不知會飛石不？」想到這裡，瓊英便捻戟驟馬近前，用畫戟隔開二人。這裡瓊英恐怕葉清傷了全羽，卻不知葉清已經是一路的人。瓊英挺戟，直奔全羽，全羽挺槍迎住，兩個又鬥了五十多個回合。瓊英霍地回馬，朝演武廳方向就走，全羽趕來。瓊英拈取石子，回身看准全羽肋下空處，一石子飛來。全羽早已看到，用右手一綽，輕輕地接在手中。瓊英見他接了石子，十分驚異，再取第二個石子飛來。全羽見瓊英手起，也把手中接的石子飛去。只聽一聲響亮，正打中瓊英飛來的石子：兩個石子，打得雪片般落了下來。

鄔梨見了，大喜，從此很看重全羽。瓊英也看上了全羽，便向鄔梨提及婚嫁事，鄔梨痛快答應了，並說知全羽，全羽本來和瓊英是姻緣前定，並無二話。全羽、瓊英當即成了婚。

當晚，全羽在燈下看那瓊英時，和教場內又是不同。全羽在枕上，才把真姓名說出，原來他是宋軍中正將沒羽箭張清，這個醫士全靈，就是神醫安道全。

瓊英也把冤苦訴說。兩個人唧唧噥噥說了一夜。挨了兩天，被他兩個人裡應外合，鴆死鄔梨，其餘軍將降順了。張清、瓊英下令：城中如有走透消息的人，同伍中人一併斬殺；本犯不論軍民，都將夷其三族。因此水泄不通。又放出解珍、解寶，同張清、葉清分守四門。安道全和葉清手下軍卒，出城來到昭德，報知宋先鋒。吳用又令李逵、武松，黑夜裡保護聖手書生蕭讓，到襄垣相見瓊英、張清，搜覓鄔梨筆跡，假寫鄔梨字樣，申文書劄，令葉清帶到威勝，報知田虎招贅郡馬事，就從中相機行事。葉清辭別張清、瓊英，奔威勝去了。

第五十二回　田虎無助遭兵敗　王慶落難被發配

話說盧俊義兵馬，已打破介休縣城池。

關勝等將佐，水陸並進，船騎同行，又打破榆社縣，乘勝長驅，勢如破竹，又攻克了大穀縣，殺了那裡的守城將佐，其餘牙將軍兵，紛紛投降。關勝安撫軍民，賞勞將士，派人到宋先鋒那裡報捷。第二天，關勝所部遇上大雨，只好在城內屯紮，不能前進。忽然有人報說：「盧先鋒留下宣贊、郝思文、呂方、郭盛，鎮守汾陽府。已攻克介休、平遙兩縣，留下韓滔、彭鎮守介休縣，孔明、孔亮鎮守平遙縣，盧先鋒統領眾多將佐軍馬，正在圍困太原縣，因為雨阻，不能攻打。」這時，水軍頭領李俊正在城中，聽到這樣說，忙對關勝說：「盧先鋒今遇天雨連綿，洪水擁來，使三軍不得不稽留，如果賊人選死士出城衝擊，一定會陷入被動！小弟現有一計，想到盧先鋒那裡進行商議。」關勝聽說，同意李俊前去。

到得太原，混江龍李俊，乘大雨後洪水暴漲，和張橫、張順、三阮一起，統領水軍，事先約好時間，分頭決開智伯渠及晉水，灌浸了太原縣城池。

當時太原城中鼎沸，軍民將士，見洪水突然來到，一個個水淋淋地爬牆上屋，攀木抱梁，老弱肥胖的，只好上臺上桌。轉眼間，桌凳也漂浮起來了，房屋傾倒，人們做了水中魚。城外李俊、二張、三阮，乘著浮筏，逼近城來，正好和城垣高下相等。軍士上城，各執利刃，砍殺守城士卒。又有軍士乘筏沖來，城垣被沖，無不傾倒。

水退後，盧俊義在太原縣撫恤百姓。

再說太原縣沒有攻破前，田虎統領十萬大軍，也因遇雨在銅山南屯紮，探馬報來：「鄔國舅病亡，郡主郡馬，退軍到了襄垣，殯殮國舅。」田虎聽了，大驚，馬上派人在襄垣城中傳旨，令瓊英在城中鎮守，全羽前來聽用。

第二天雨過天晴，田虎親自驅兵向前，和宋兵相對。北軍觀看宋軍旗號，原來是病尉遲孫立、鐵笛仙馬麟。一經交鋒，田虎軍兵不堪一擊，田虎只得率領五千敗殘軍馬奔逃。正在危急之際，忽然又遇到一彪軍馬，從東邊突然衝了過來。田虎見了，仰天大嘆，喊：「天喪我啊！」那彪軍馬中，最前面是一個俊秀的年少將軍，頭戴青巾，身穿綠戰袍，手執梨花，騎坐一匹高頭雪白鬈毛馬，旗號上寫的分明，卻是「中興平南先鋒郡馬全羽」。那時，葉清正緊隨著田虎，看到旗號，奏知田虎。

田虎傳旨，快叫郡馬救駕。那全郡馬走近前來，下馬跪奏：「事在危急，奉請大王到襄垣城中，暫時避避敵鋒。等臣和郡主一起殺退宋兵，再請大王到威勝大內，商議良策，恢復基業。」

田虎聽了，大喜，傳旨往襄垣進發。全郡馬留在後面，抵擋追趕前來的宋兵。田虎等眾人，慌忙來到襄垣城下，背後喊殺連天，宋兵又追趕過來。襄垣城上守城將士看見田虎，連忙打開城門，放下吊橋。軍士們聽見後面趕來，一擁搶進城去，也顧不得什麼大王。剛進得城門，猛然聽得一聲梆子響，兩邊伏兵齊發，三千多人，都被趕入陷坑中，被軍士把長槍亂搠，可憐三千多人，沒留下半個。城中大叫：「田虎要活的！」田虎見城中有變，才知是計，急忙勒馬朝北邊奔走。張清、葉清拍馬趕來，田虎那匹馬跑得快，張清、葉清領著軍士追趕不上，看看已經相離有一箭之地。這時，只見田虎馬前，忽然起了一陣旋風，風中奔出一個女子，大叫：「奸賊田虎，我仇家夫婦，都被你害了，今天你要走到哪裡去？」就在這女子身旁，又起了一陣陰風，朝田虎滾來，那女子忽然不見。田虎所騎坐的馬，驚躍嘶鳴，田虎落馬墮地，張清、葉清趕上，跳下馬，和軍士們一擁上前擒住。

宋江等三路軍馬和北兵鏖戰了一天，殺死北軍軍士二萬多人。北軍，上銅山據住，宋江領兵圍困。宋江聽說田虎已經被張清擒獲，以手加額，忙傳將令，派人星夜疾馳到襄垣，令張清領兵速到威勝，策應瓊英等人。

原來瓊英已經奉吳軍師密計，和解珍、解寶、樂和、段景住、王定六、郁保四、蔡福、蔡慶，率領五千軍馬，打著北軍旗號，星夜疾馳到威勝城下。賺開城門，一齊搶入城來，殺散北軍軍士，豎起宋軍旗號。

城中一時鼎沸起來，還有許多偽文武官員，以及王親國戚，領兵來搏殺。瓊英只有幾千人，深入巢穴，怎麼能抵敵？幸好張清率領八千多人到來，驅兵入城，見到瓊英、解珍、解寶和北兵鏖戰，張清上前飛石，連打四員北將，殺退北軍。

張清於是對瓊英說：「妳不該深入重地，使自己陷入眾寡不敵的境地。」

瓊英說：「欲報父仇，即使粉骨碎身，也在所不辭！」

張清告訴瓊英：「田虎已經被我擒獲在襄垣了。」瓊英這才喜歡。

這時候，鄔梨老婆倪氏已死，瓊英找到葉清妻子安氏，辭別盧俊義，和張清一起到了襄垣，把田虎等人押解到宋先鋒處。

後來，宋江接了班師詔，恰遇瓊英葬母回來。宋江於是把瓊英母子及葉清貞孝節義的事，以及擒元兇賊首的功，都詳細寫表，申奏了朝廷，就派張清、瓊英、葉清，領兵押解賊首先行。

宋江還未能還軍，又聽到王慶造反的消息，天子於是再次降詔，令宋江率領軍馬，前去征剿。

不說宋江往南征進，再說沒羽箭張清和瓊英、葉清，用陷車囚解田虎等人，已到東京，先把宋江書箚，呈達宿太尉，並送了金珠珍玩。宿太尉轉達上皇，天子嘉獎瓊英母子貞孝，特贈瓊英母宋氏為介休貞節縣君，命那裡的有司，建造坊祠，表揚貞節，以備春秋享祀；又封瓊英為貞孝宜人；葉清為正排軍，欽賞白銀五十兩，表揚其義；張清仍還原職。最後，仍命三個人前去協助宋江，征討淮西，待功成再行升賞。

道君皇帝又命把反賊田虎等人押赴市曹，淩遲碎剮。行刑那一天，瓊英帶得父母小像，稟過監斬官，把仇申宋氏小像，懸掛在法場中，像前擺了一張桌子，等到午時三刻，田虎開刀碎剮後，瓊英把田虎首級，擺在桌上，滴血祭奠父母，放聲大哭。瓊英這段故事，東京已經傳遍了，當天觀者如雲：見瓊英哭得悲慟，無不感泣。瓊英祭奠完畢，和張清、葉清望闕謝恩。三個人離了東京，直接向宛州進發，前去助宋江征討王慶，不在話下。

看官牢記話頭，仔細聽著，這裡先把王慶自幼到大的事，介紹一番。那王慶原來是東京開封府內的一個副排軍。他的父親王砉，是東京一個大富戶，專門喜歡打點衙門，放刁把濫，排陷良善，人們惹不得他。王砉聽信了一個風水先生的話，看中了一塊陰地，說這地當出大貴之子。這塊地，原是王砉親戚人家葬過的，王砉於是和風水先生一起設計陷害。

王砉出頭，把那家告了一紙謊狀，官司多年，使那家家產蕩盡，敵王砉不過，只好離了東京，到遠方居住。後來王慶造反，三族都被夷殺，獨有這一家居住在遠方，官府查出是被王砉所害，所以獨得保全。

且說王砉自從奪了那塊墳地，葬過父母，老婆便生下王慶。那王慶從小不務正事，到了十六七歲，生得身高力大，不去讀書，專好使拳耍棒。那王砉夫妻兩口，單單養得王慶一個，因此十分愛恤，從來都是護短，憑他慣了，到得長大，根本就管不了了。王慶賭的是錢，宿的是娼，喝的是酒。王砉夫婦，有時也訓誨他，那王慶逆性發作，敢將父母詈罵，王砉無可奈何，只好由他性子。過了六七年，把一個家產弄得罄盡。那王慶單靠著一身本事，在官府裡做個副排軍。一旦有錢鈔在手，三兄四弟，終日大酒大肉一起吃喝；如果趕上不如意時，拽出拳頭就打，所以眾人又懼怕他，又喜歡他。

一天，王慶一大早入衙畫卯，做完事情，閒步出了城南，到玉津圃遊玩。

王慶獨自閒耍了一回，不久，只見池北邊來了一群幹辦、虞候、伴當、養娘，簇擁著一乘轎子，轎子裡面，有一個如花似朵的年少女子。王慶生平好色，見了這麼標緻的女子，失魂落魄。認得那一夥幹辦、虞候，原來是樞密童貫府裡的人。

那個女子是童貫弟弟童貰的女兒，楊戩的外孫女。童貫撫養為己女，許配給蔡攸的兒子，就是蔡京的孫兒媳婦了，小名叫做嬌秀，年方二八。

王慶痴痴地看那女子，不覺心頭撞鹿，骨軟筋麻，好似雪獅子向火，霎時間酥了半邊。那嬌秀在人叢裡，看見王慶：鳳眼濃眉，俊俏風流。那嬌秀也看上了他。

原來蔡攸的兒子，生來是憨呆的。嬌秀在家，日夜叫屈怨恨。這一天見到王慶風流俊俏，那小鬼頭兒春心也動了。

嬌秀回府，不由得日思夜想，於是厚賄侍婢，反去派人打探王慶的底細。又悄悄地勾引王慶從後門進來，人不知，鬼不覺，嬌秀勾搭了王慶。

光陰荏苒，過了三月，正是樂極生悲。王慶有一天喝得爛醉如泥，在官府正排軍張斌面前，露出馬腳，這件事被張揚開去，不免吹在童貫耳朵裡。童貫聽說，大怒，一直要尋找罪過整治他，這也不在話下。

且說王慶因為這件事被發覺，不敢再進童府去了。一天在家閒坐，正是五月下旬，天氣炎熱，王慶取了一條板凳，放在天井中坐下乘涼，後起身到屋裡去拿扇子，只見那條板凳四腳搬動，從天井中走來。王慶喝了一聲：「奇怪！」便飛起右腳，朝著板凳一腳踢去。只聽得王慶大叫一聲：「啊，苦也！」不踢時，萬事都休，踢時，事情就隨後發生了。正是天有不測風雲，人有旦夕禍福。

王慶用力太猛，閃了腰。第二天一早，王慶疼痛不止，無法再去官府。

第二天，王慶一直沒有起床。也不知道過了多久，只聽得外面有人叫：「都排在家嗎？」一看，原來是兩個公人，進來說：「太爺今天早上點名，因為都排沒有前去，大怒起來。我們兄弟替你稟說閃腰的事，他哪裡肯信？扔下一支籤，派我們兩個過來請你回話。」

就這樣，兩個公人扶著王慶進了開封府，府尹正坐在堂中虎皮交椅上。王慶哪裡能分辯？當時就把王慶打得皮開肉綻，硬要他招認捏造妖書，煽惑愚民，謀為不軌。

王慶挨不過，只得屈招。

府尹錄了王慶口詞，把王慶發配在外。

發配路上，王慶和兩個禁子走了十五六天，望見北邙山東邊，有一個市鎮，正看到四面村農，紛紛往市鎮走去。那市鎮東側人家稀少的地方，成丁字形長著三株大柏樹。樹下蔭蔭，只見一群人圍著一個漢子，那漢子赤著上身，在那樹下，吆喝著使棒。三個人於是走到樹下歇涼。

王慶擠到人叢裡，掂起腳看那漢子使棒。看了一會兒，不覺失口，笑著說：「那漢子使的是花棒。」

那漢子正使得熱鬧，聽了這句話，收了棒，看時，卻是一個配軍。那漢子大怒，扔了棒，提起拳頭，過來就打。只見人叢中走出兩個少年漢子，攔住那漢子。

那使棒的漢子怒罵：「賊配軍，你敢和我比試嗎？」

王慶笑著說：「可以啊。」說完，分開眾人，取了棒。

那使棒的漢子，也持棒在手，使了一個旗鼓，大喝：「來，來，來！」那漢子明明欺王慶有護身枷礙著手腳，吐了一個門戶，叫做「蟒蛇吞象勢」。王慶也吐了一個勢，叫做「蜻蜓點水勢」。那漢子喝了一聲，使棒衝了過來。王慶向後一退，那漢子趕入一步，提起棒，照著王慶頂門，又是一棒打了下來。王慶身子向左一閃，那漢子的棒打了一個空，收不住棒。王慶在那一閃之間，朝那漢子右手一棒劈去，正打著那漢子的右手腕，把這條棒打落了。幸得棒下留情，不然把個手腕就要打斷了。眾人見了，大笑。

只見先前攔住那使棒漢子的兩個漢子走了過來，對王慶說：「請足下到敝莊聊聊去。」

王慶隨這兩個漢子向南轉過兩三座林子，來到一個村坊。林子裡有一所大莊院，周圍都是土牆，牆外有二三百株大柳樹。莊外新蟬噪柳，莊內乳燕啼梁。兩個漢子，邀請王慶等三人進了莊院，來到草堂，敘禮過後，每個人都脫下汗衫麻鞋，分賓主坐下。

莊主問：「幾位都像是東京口音。」王慶報了姓名，並說到被府尹陷害的事。說完，問起二位漢子的高姓大名。那坐在上面的漢子說：「小人姓龔，單名一個端字，這一位是舍弟，單名一個正字。捨下祖居在這裡，這裡叫做龔家村，屬西京新安縣管轄。」說完，叫莊客替三位刷洗那溼透的汗衫，先打來涼水給三位解了暑渴，又領著三人到上房洗了澡，草堂內擺上桌子，先吃了現成的點心，然後殺雞宰鴨，煮豆摘桃，置酒管待。

且說大家猜枚行令，酒到半酣，龔端開口：「這個敝村，前後左右，也有二百多戶人家，都推愚弟兄做主子。小人弟兄兩個，也喜好使些拳棒，壓服眾人。今春二月，東村賽神會，搭臺演戲，小人弟兄到那邊玩耍，和東村一個人，叫做黃達，因為賭錢鬥嘴，被那傢伙痛打了一頓，俺弟兄兩個，贏不得他。黃達那傢伙，在人們面前誇口稱強，俺兩個奈何不得他，只得忍氣吞聲。剛才看到都排棒法整密，俺弟兄二人願拜都排為師父，求師父點撥愚弟兄，必當重重酬謝。」王慶聽說，大喜，謙讓了一回。龔端和龔正兄弟二人，隨即拜了王慶為師。當晚盡醉方休，然後乘涼歇息。

第二天天明，王慶乘著早涼，在打麥場上，點撥龔端拽拳使腿，這時，只見外面出現一個人，背叉著手，走了進來，喝道：「哪裡來的配軍，敢到這裡賣弄本事？」

看官：這個人正是東村黃達。黃達也是乘著早涼，準備到龔家村西頭柳大郎那裡討賭帳，聽得龔端村裡吆吆喝喝，他平時欺慣了龔家弟兄，因此直接闖了進來。龔端見是黃達，心頭無名火按不住，破口大罵。黃達扔了蒲扇，提起拳頭，奔搶上前，照著龔端臉上就打。王慶聽他們兩個鬥嘴，也猜著來人是黃達了，假意上前勸解，只一枷，望黃達膀上打去。黃達撲通摔了個腳朝天，掙扎不了，被龔端、龔正，還有兩個莊客，一齊上前按住，拳頭腳尖，朝著黃達的脊背、胸脯、肩胛、膀子、臉頰、頭額、四肢，一陣亂打。

第五十三回　段家莊招新女婿　房山寨殺舊強人

話說眾人把黃達痛打了一番，把黃達身上穿的葛敝衫、絆裙子，扯得粉碎。黃達只叫：「打得好！打得好！」這時，已經被剝得赤條條的，那兩個防送公人，再三來勸，龔端等人才住了手。黃達被他們打壞了，只能在地上喘氣，哪還能掙扎得起？龔端叫上三四個莊客，把黃達扛到東村半路的草地裡，撇在地下，被毒太陽曬了大半天。黃達那邊的鄰舍莊家出來遇見了，扶他到家中療傷休息。黃達央人寫了狀詞，到新安縣投遞，不在話下。

由於兩個公人一勁地催促起身，又聽得黃達央人到縣裡告狀，龔端便取出了五十兩白銀，送給王慶到陝州使用。王慶和兩個公人起了個大早，收拾好行囊包裹，天未明時，便離開了本莊，來到陝州。州尹查驗明白，收了王慶，押了回文，讓兩個公人回去，不在話下。

這時，龔正找了一個朋友，拿來銀兩，替王慶在管營、差撥那裡買上囑下地使用了。那管營姓張，雙名世開，得了龔正賄賂，替王慶除了行枷，也不打殺威棒，也不來叫他做事，只是發配到單身房裡，由王慶自在出入。

過了一段時間，王慶因為不滿管營張世開的盤剝，一怒之下，殺了張管營，當夜逃出了陝州城。

仲冬將近，葉落草枯，星光下看得出路徑。王慶當夜轉過了三四條小路，才遇到一條大路。王慶急急忙忙地奔走，等到紅日東升，大約已經走了六七十里。這時才意識到，原來夜間一直是望著南方走來。沒多久，見前面人家稠密。王慶摸一摸，身上還有一貫錢，便走到市鎮裡。天氣尚早，酒肉店還沒有開門，只有朝東的一家屋簷下，掛著一個安歇客商的破燈籠，不知是哪一個昨晚忘記收得，那門也是半開半掩。

王慶上前，呀的一聲推門進去，只見裡面有一個人，還未梳洗，從裡面走出來。王慶看時，認得這個人是母姨表兄院長范全。原來，范全從小隨父親在房州做事，後來充做了本州兩院押牢節級。

王慶大叫：「哥哥別來無恙！」

范全看了看，說：「你是王慶兄弟吧？」見王慶這一模樣，臉上又刺了兩行金印，心中疑慮。

那邊王慶見左右無人，跪在地下，說：「哥哥救救兄弟！」

范全慌忙向前扶起，問：「你果真是王慶兄弟嗎？」

王慶搖了搖手，說：「小聲！」

范全會意，一把挽住王慶袖子，拉他進到客房中，范全昨晚揀賃的正是一間獨宿的房子。范全輕聲地問：「兄弟為什麼成了這一模樣？」王慶附耳低言，把那吃官司刺配陝州的事，說了一遍。范全聽了，大驚，躊躇了一回，急忙梳洗了，又吃了飯，算還了房錢飯錢，叫王慶只做一個跟隨自己的人，離了飯店，投奔房州來。

過得兩天，陝州行文捕捉凶人王慶。范全為此捏了兩把汗，回家對王慶說：「城中不能安身。我在城外定山堡東，有幾間草房，又有二十多畝田，是前年買下的。如今有幾個莊客在那裡耕種，兄弟，你可以到那裡先躲避幾天，卻再算計。」夜裡，范全帶著王慶出城，來到定山堡東的草房內藏匿。並叫王慶改姓改名，叫做李德。

范全看了看王慶臉上的金印，幸虧以前到建康時，聽得神醫安道全的大名，用金錢交結了他，學得一個治療金印的法子，用藥給王慶點去了金印，後來又用好藥調治，起了紅疤，再用金玉細末，塗搽調治，有二月多時間，那疤痕也消磨不見了。

光陰荏苒，過了一百多天，卻是宣和元年仲春。官府的事，已是虎頭蛇尾，前緊後慢。王慶臉上沒了金印，也漸漸地敢出來走一走。衣服鞋襪，都是范全提供給他。

一天，王慶在草房內悶坐，忽然聽得遠處有喧嘩聲。王慶哪裡耐得住寂寞？於是走出了草房，來到定山堡。

定山堡那裡有五六百戶人家，正逢社日唱戲，那戲臺在堡東麥地上。那時粉頭還沒有上臺，臺下四面，有三四十隻桌子，有許多人圍擠在那裡，擲骰賭錢。

那些擲色的，在那裡呼么喝六，顛錢的在那裡喚字叫背；或夾笑帶罵，或認真打。那輸了的，脫衣典裳，褫巾剝襪，也要去翻本，廢事業，忘寢食，到底是一個輸字；那贏的，意氣揚揚，東擺西搖，南闖北踅的找酒頭再做，身邊便袋裡、搭膊裡、衣袖裡，都是銀錢，最後一算，原來贏不多，贏的都被把梢的、放囊的抽了頭。不說賭博光景，更有那村姑農婦，丟了鋤麥，撇了灌菜，也是三三兩兩，成群作隊，仰著黑泥般臉，露著黃金般齒，呆呆地站著，等那粉頭出來。看那粉頭也是爹娘養的，卻那麼標緻，心中好不羨慕。那時，不但鄰近村坊裡的人，就是城中人也趕過來看，把那青青的麥地，踏光了十多畝。

王慶閒看了一回，看得技癢，見那戲臺裡邊，人叢裡，有一個彪形大漢兩手靠著桌子，在杌子上坐著。那漢子生得圓眼大臉，闊肩細腰，桌上堆著五貫錢，一個色盆，六隻骰子，卻沒有主顧和他賭。王慶心想：「前幾天范全哥哥給我買柴薪的一錠銀子就在身邊，拿來先用一用，和那漢子擲上幾擲，贏幾貫錢回去，也是好的。」

想到這裡，王慶取出銀子，往桌上一丟，對那漢子說：「胡亂擲一回。」

那漢子看著王慶，說：「要擲就擲。」

話音未落，早有一個人，從人叢裡擠過來，貌相長大，和那坐下的大漢相似，對王慶說：「這錠銀子怎麼能出主？把銀子拿過來，我有錢在這裡。你贏了，每貫只要加利二十文。」

王慶說：「最好！」從那人手裡拿了兩貫錢，那人已經是每貫先除去了二十文。王慶說：「也好！」

那王慶是東京積賭慣家，一口氣就擲贏了五貫錢。

王慶贏了錢，用繩子穿過兩貫，放在一邊，正待要找那個漢子贖那錠銀子，那輸了錢的漢子喝道：「你把錢拿哪裡去？只怕是出爐的熱的，傷了手。」

王慶大怒，說：「你輸給我的，放什麼鳥屁？」

那漢子提起雙拳，朝著王慶臉上打來。王慶身子一閃，順勢接住那漢子的手，用右肘向那漢子胸脯一搪，右腳在那漢子左腳上一勾。那漢子用的是蠻力，哪裡解得開這個跌法，撲通望後顛翻，面孔朝天，背脊著地。那圍攏來看的人，都笑了起來。那漢子卻待掙扎，被王慶上前按住，只顧痛打。那放囊的走過來，也不解勸，也不幫助，把桌上的錢，都搶去了。

王慶大怒，拋下地上的漢子，大踏步趕去。只見人叢裡閃出一個女子，大喝：「那傢伙不得無禮！我在這裡！」王慶看那女子，生得奇醜，二十四五歲年紀。那女子一拳朝著王慶打來。王慶身子一側，那女子打了一個空，收拳不疊。王慶順勢扭住，只一跤把女子顛翻。剛剛著地，順手又抱起來：這個勢，叫做「虎抱頭」。那女子毫無羞怒的樣子，反而稱讚起王慶，說：「嘖嘖，真是好拳腿！」

那邊輸錢被打的，以及那放囊搶錢的兩個漢子，分開眾人，一齊上前，喝道：「你怎麼敢摔我妹子？」

王慶奔搶上前，拽拳就打。只見一個人從人叢裡出來，橫身隔住，高叫：「李大郎，不得無禮！段二哥、段五哥，也不要動手！都是一家人，有話好好說！」

王慶看時，卻是范全。三個人果真停了手。范全連忙對那女子說：「三娘拜揖。」

那女子也道了萬福，便問：「李大郎是院長親戚嗎？」

范全說：「是我的表弟。」

那女子說：「出色的好拳腳！」

王慶對范全說：「可恨那傢伙自己輸了錢，反讓同夥把錢搶去了。」

范全笑了，說：「這個是二哥五哥的買賣，你怎麼來鬧他？」

那邊段二、段五四只眼只是看著妹子。那女子說：「看在范院長面子上，不必和他爭了。拿那錠銀子來！」段五見妹子勸他，只得取出那錠銀子，遞給妹子。那三娘把銀子交給范全，說：「原銀在這裡，拿去吧！」說完，扯著段二、段五，分開眾人走了。范全也扯了王慶，回到草莊。

范全埋怨王慶，說：「俺因為娘的面上，留下哥哥。將來如果遇到恩赦，再替哥哥謀劃生計。你卻這麼沒坐性！那段二、段五，十分刁潑；那妹子段三娘，更是難纏，人們給她起了一個綽號，把她叫做大蟲窩。她恃了膂力，和段二、段五專門在外鬧事，賺那噁心錢。周圍村坊，哪一處不怕她的？她每接這粉頭，專門是為了勾引人們前來賭博。隨便哪一張桌子，不是她的圈套？哥哥，你卻要到那裡惹是生非！一旦露出馬腳，這場禍害，卻是不小。」

王慶一宿無話。第二天，梳洗後，只見莊客報說：「段太公來看大郎。」王慶只得到外面迎接，卻是一個老叟。敘禮，分賓主坐下。段太公把王慶從頭到腳打量了一番，嘴裡說：「果真是魁偉！」便問王慶哪裡人氏？為什麼來到這裡？范院長是足下什麼親戚？娶妻了沒有？

王慶聽他問得蹊蹺，便捏造一派假話，說：「我是西京人，父母雙亡，妻子也死了，和范節級是表兄弟。因為往年范節級有公幹到西京，見我獨自一身，沒人照顧，特意接到這裡。我也頗知一些拳棒，想等以後找個機會，就在本州討個出身。」

段太公大喜，便問了王慶的年庚八字，辭別去了。半天後，王慶正在疑慮，又有一個人走了進來，問：「范院長可在嗎？這位就是李大郎嗎？」二個人都面面相覷，錯愕相顧，都在心想：「曾經見過面的。」敘禮後，正要動問，恰好范全也回來了。

三個人坐下。范全問：「李先生為了什麼事情到此？」

王慶聽了這句，猛然想到：「他是賣卦的李助。」

那李助也想起來了，暗說：「他是東京人，姓王，曾向我問卜。」李助對范全說：「院長，敢問你這裡有一個令親李大郎嗎？」

范全指著王慶，說：「他就是我的兄弟李大郎。」

王慶接過話來，說：「在下本姓是李，那個王，是外公姓。」

李助拍著手，笑著說：「小子好記性。我說是姓王，曾經在東京開封府前相會。」王慶見他說出，低頭不語。李助對王慶說：「自從相別後，我回到荊南，遇到異人，授以劍術，因此人們叫小子做金劍先生。最近在房州聽到這裡熱鬧，特意到此。段氏兄弟，知小子有劍術，要小子教他們擊刺，留小子在家。剛才段太公回來，把你的生辰八字讓小子推算，哪裡會有這樣好？你今後貴不可言。眼下也是紅鸞照臨，應有喜慶事。段三娘和段太公聽了大喜，想招贅大郎為婿。小子乘著吉日，特意前來做月老。三娘的八字，十分旺夫。剛才曾經算過了，你和她正是銅盆鐵帚，夫妻一對。」

范全聽了一席話，沉吟了一會兒，心想：「那段氏刁頑，如果不答應這一親事，萬一有個破綻，為害不淺。只得將就吧！」便對李助說：「原來是這樣！感承段太公、三娘美意。只是這個兄弟愚蠢，怎麼好做嬌客？」

李助兩邊說合，實指望多說些聘金。范全恐怕惹事，於是提出兩家禮節一概都免。那段太公答應了，便擇日成親。

且說王慶和段三娘交拜合巹等事項，也是草草完事。段太公在草堂上擺酒，同二十多個親戚、自家兒子、新女婿、媒人李助，在草堂飲了一天酒，到晚間才散。

當晚王慶和段三娘兩個人正在床上熱鬧，只見段二搶進來大叫：「妹子，快起來！你招了一個禍胎！」

原來，新安縣龔家村東的黃達，治好了傷病，被他得知王慶蹤跡，昨晚到房州報知州尹。州尹張顧行，押了公文，便派都頭，領著士兵，來捉凶人王慶、窩藏人犯范全及段氏人眾。范全因為和本州當案薛孔目有交情，薛孔目暗地裡先透了一個消息。范全棄了老小，一溜煙跑到這裡，說：「馬上就有官兵到來了！」大家正在吵吵嚷嚷，只見草堂外東廂裡走出算命的李助，李助上前，說：「各位如果想要免禍，須聽小子一句話！」

李助又說：「事已如此，三十六策，走為上策！」

眾人問：「走到哪裡去？」

李助說：「只這裡西去二十里外，有一座房山。房山寨主廖立，和小子很熟悉。他手下有五六百名嘍囉，官兵不能收捕。事不宜遲，快快收拾細軟，都到那裡入夥，才能避得大禍。」眾人無可奈何，只得都上了這條路。

王慶等人才走了四五里，早遇著前來的都頭及士兵，還有那個報信的黃達。都頭上前，早被王慶手起刀落，斬為兩段。李助、段三娘等人，一擁上前，殺散士兵，黃達也被王慶殺了。

王慶等一行人來到房山寨下，廖立接見了，後來聽得李助說起王慶十分了得，便不答應王慶等人入夥。王慶一聽，當時就挺著朴刀，奔過去要殺廖立。

第五十四回　王慶造反勢大　宋江平亂成功

話說廖立被王慶看出破綻，一朴刀搠翻，段三娘趕上，又一刀結果了廖立的性命。眾嘍見殺了廖立，誰敢抗拒？都投戈拜服。

正巧，當夜房州發生了兵變。城中無主，又有本處無賴，附和了叛軍，焚劫良民。王慶見城中有變，乘勢領著眾多嘍前來攻打房州。那些叛軍以及烏合奸徒，順勢隨順了王慶。王慶由此得志，占據了房州，作為巢穴。

王慶劫擄房州倉庫錢糧，派遣李助、段二、段五，分頭到房山寨及各處，立起招軍旗號，買馬招軍，積草屯糧，遠近村鎮，都被劫掠。那些遊手無賴，以及惡逆犯罪的人，紛紛前來歸附。那時龔端、龔正，被黃達訐告，家產已經蕩盡，聽得王慶招軍，也前來入了夥。鄰近州縣，只好保守城池，誰敢派軍馬前去圍捕？王慶在兩月之內，就聚集了二萬多人，打破了鄰近上津縣、竹山縣、鄖鄉縣三個城池。鄰近州縣，申報朝廷，朝廷命就地出兵圍捕。宋朝官兵，多因糧餉不足，兵失操練，兵不畏將，將不知兵。因此，王慶的勢力更大了，又打破了南豐府。後來從東京調來將士，那些帶兵的人，不是給蔡京、童貫送禮，就是賄賂楊戩、高俅，這四個奸臣得了好處，哪管什麼庸懦。那將士破費了本錢，弄得權柄在手，恣意盤剝軍糧，殺良人冒功，縱兵擄掠，騷擾地方，這樣一來，把更多的百姓逼迫從賊。

從此，賊勢漸大，縱兵南下。

李助替王慶獻計，因為他是荊南人，所以仍舊扮做星相入城，密糾惡少奸棍，裡應外合，襲破了荊南城池。王慶於是拜李助為軍師，自稱楚王。那些江洋大盜、山寨強人，都來附和。三四年間，占據了宋朝六座軍州。

王慶於是在南豐城中，建造寶殿、內苑、宮闕，僭號改元；也學宋朝，偽設文武職臺，省院官僚，內相外將。封李助為軍師都丞相，方翰為樞密，段二為護國統軍大將，段五為輔國統軍都督，范全為殿帥，龔端為宣撫使，龔正為轉運使，丘翔為御營使，偽立段氏為妃。

自宣和元年作亂以來，到宣和五年春，那時宋江正在河北征討田虎，那邊淮西王慶又打破了雲安軍及宛州，從頭到尾被他占據了八座軍州。

當初，王慶令劉敏等侵奪宛州時，那宛州鄰近東京，蔡京等人瞞不過天子，奏過道君皇帝，命蔡攸、童貫征討王慶，來救宛州。只是蔡攸、童貫，兵無節制，士卒暴虐，軍心離散，因此，被劉敏殺得大敗，陷了宛州，東京震恐。

卻道宋江平定河北班師，又奉詔前去征討淮西。宋江兵馬，星夜賓士來救魯州、襄州。賊人聽得宋江兵到，撤走了。魯州、襄州二處，被解了圍。

且說宛州守將劉敏，頗有謀略，賊人稱為劉智伯。他探知宋江兵馬，屯紮在山林叢密處避暑。劉敏便動用了火攻。沒想到這時風向突變，賊兵躲避不及，反而被燒得焦頭爛額。宋江兵馬乘勢攻克宛州，活擒了守將劉敏，把劉敏正法梟示，出榜安民。

隨後，宋江統領將佐軍馬，殺奔荊南，每天兵行六十里，最後來到荊南城北下寨。就在這時，宋江染病，軍馬一時停止不前。盧俊義率後續軍馬前來，面見宋江。

宋江、盧俊義談論軍務時，忽然有軍士報說：「我們護送蕭讓等人離開大寨，走了三十里，忽然被荊南賊將率領一萬精兵，從斜僻小路抄出，乘先鋒臥病，要來劫取大寨，正遇著我們。我們力敵二將，怎奈眾寡不敵，蕭讓、裴宣、金大堅都被捉去。他們正要前來劫寨，探聽得盧先鋒大兵到來，賊人便退去了。」

宋江不覺失聲痛哭，說：「蕭讓等人性命不保了！」於是，宋江的病勢更加沉重。

盧俊義等眾將，都來勸解。盧俊義問：「蕭讓等人到哪裡去？」

宋江嗚咽，說：「蕭讓知我有病，特意辭了陳安撫，前來看視我，並奉著陳安撫命，即取金大堅、裴宣到宛州，要他們寫勒碑石，查勘文卷。我今天特意派出一千人馬護送。不料被賊人捉擄，三人必被殺害！」

宋江隨後叫盧俊義幫助吳用，攻打城池，盧俊義等遵令，來到城北軍前。

眾人和吳學究敘禮後，盧俊義連忙說起蕭讓等人被擄之事。吳用大驚，說：「苦也！斷送了這三個人！」傳令眾將並力攻打城池。眾將遵令，四面攻城。吳用又令軍漢登上雲梯，朝著城中高叫：「速把蕭讓、金大堅、裴宣送出來！如果稍有遲延，一旦打破城池，不論軍民，盡行屠戮！」

城中守將梁永偽授留守之職，同正偏將佐，在城裡鎮守。當天捉了蕭讓等三人，梁永知道聖手書生的大名，便讓軍士解開蕭讓等三人身上的綁縛，要他們降服。

蕭讓、裴宣、金大堅大罵，說：「無知逆賊，你們看看我們是什麼樣的人？逆賊快把我們三人一刀兩段吧！這六個膝蓋骨，休想有半個著地！等到宋先鋒打破城池，拿你們這夥鼠輩，碎屍萬段！」

梁永大怒，命令軍漢：「打那三個奴狗，讓他們跪著！」軍漢拿起棒來就打，只打得跌撲，哪裡有一個肯跪。三個人罵不絕口。梁永說：「你們要一刀兩段，俺偏要慢慢地擺布你們。」喝叫軍士：「把這三個奴狗，枷在轅門外。只管打他們的兩腿，打折了驢腿，自然會跪下來。」軍漢得令，便來動手。

帥府前軍士居民，都來看宋軍中人物，這時，早惱怒了一個真正有男子氣的鬚眉丈夫。那男子姓蕭，雙名叫嘉穗，寓居帥府南街紙張鋪隔壁。他高祖蕭，僧達，南北朝時人，曾為荊南刺史。有一年，江水敗堤，蕭僧達親率將吏，冒雨修堤。雨大，洪水四溢，將吏請避之，蕭僧達回答：「王尊都想以身塞河，我怎麼能逃生？」說完這話，洪水退下，大堤保住了。

當年，嘉禾生，一莖六穗，蕭嘉穗取名在此。那蕭嘉穗偶遊荊南，荊南人思慕他祖上的仁德，對蕭嘉穗十分敬重。那蕭嘉穗襟懷豪爽，志氣高遠，度量寬宏，膂力過人，武藝精熟，是十分有膽氣的人。凡遇有肝膽者，不論貴賤，都交結他。正遇到王慶作亂，侵奪城池，蕭嘉穗獻計禦賊，當事的不肯用他的計策，以致城陷。賊人下令，凡百姓只許入城，不許一個出去。蕭嘉穗在城中，日夜留心殺賊，卻是單絲不成線。今天見賊人把蕭讓等三個枷扒，又聽得宋兵為了蕭讓等人，攻城緊急，軍民都有驚恐之狀。蕭嘉穗心想：「機會來了。只此一著，可以保全城中百姓生靈。」忙忙回歸寓所。叫人磨了一碗墨汁，從隔壁紙鋪裡買了數張皮料厚棉紙，在燈下濡墨揮毫，大書特書：

「城中都是宋朝良民，必不肯甘心助賊。宋先鋒是朝廷良將，殺韃子，擒田虎，到處莫敢攖其鋒。手下將佐一百單八人，情同股肱。轅門前扒的三人，義不屈膝，宋先鋒等英雄忠義可知。今日賊人若害了這三人，城中兵微將寡，早晚打破城池，玉石俱焚。城中軍民，要保全性命的，都跟我去殺賊！」

蕭嘉穗把那數張紙寫完，悄悄地探聽消息，只聽得城中百姓都在家裡哭泣。蕭嘉穗心想：「民心如此，我計成了！」等到後半夜，摸出寓所，把寫下的數張字紙，拋向帥府前左右街市。

天明時分，軍士居民，這邊拾一張來看，那邊又有人拾了一張。頓時聚著數堆軍民觀看。早有巡視軍卒，搶了一張，飛報給梁永。梁永大驚，急命宣令官出府傳令，令軍士謹守轅門及各營，又派人在城中四處緝捕奸細。那蕭嘉穗身邊藏著一把寶刀，擠到人叢中，把紙上的話，高聲朗誦了兩遍，軍民都錯愕相顧，那個宣令官騎著馬，五六個軍漢跟隨，到各營傳令。蕭嘉穗搶上前，大吼一聲，一刀砍斷馬腿，宣令官摔下馬來，被蕭嘉穗一刀剁下頭來。蕭嘉穗左手抓了人頭，右手提刀，大呼：「要保全性命的，都跟蕭嘉穗去殺賊！」帥府前軍士，平時認得蕭嘉穗，又知道他是一個鐵漢，霎時間有五六百人，簇擁著他。

蕭嘉穗見軍士聚攏前來，又連聲大呼：「百姓有膽量的，都來相助！」聲音響亮，那時四面回應，百姓都搶棍棒，拔杉刺，折桌腳：一會兒，已經聚集有五六千人。疊聲吶喊，蕭嘉穗當先，領眾沖入帥府。那梁永平時暴虐軍民，鞭撻士卒，護衛軍將，恨入骨髓，一聽有變，都來相助，把梁永一家老小都殺了。蕭嘉穗領著軍民，擁出帥府，這時已經有二萬多人。把蕭讓、裴宣、金大堅放了扒，都打開了枷。蕭嘉穗選了三個有膂力的人，背著蕭讓等三人。蕭嘉穗當先，抓了梁永首級，趕到北門，殺死守門將，趕散把門軍士，打開城門，放下吊橋。

那時，吳用正到北門，親督將士攻城，聽得城中吶喊。又是開城門，只道賊人出來衝擊，忙命軍馬退下三四箭之地，列陣迎敵。只見蕭嘉穗抓著人頭，背後有三個軍漢，背著蕭讓等三人，過了吊橋，奔向前來。吳用正在驚訝，蕭讓等人高叫：「吳軍師，多虧了這個壯士，激聚眾民，殺了賊將，救我們出來。」

吳用聽了，又驚又喜。蕭嘉穗對吳用說：「事不容耽誤，來不及敘禮了，請軍師快快領兵入城！」那吊橋邊已有許多軍民，齊聲高叫：「請宋先鋒入城！」吳用見各色人都在裡面，於是傳令，叫將士統軍馬入城，如果妄殺一人，同伍都斬。北城上守城軍士，看見大勢已去，也都投戈下城；東西南三面守城軍士，聽得消息，都困縛了守城賊將，大開城門，香花燈燭，迎接宋兵入城。

吳用派人飛報宋江。宋江聽報，把那憂國家、哭兄弟的病症，退了九分九，欣喜雀躍，和眾將拔寨起程，大軍來到荊南城中，宋江升坐帥府，安撫軍民，慰勞將士。宋江請蕭嘉穗到帥府，問了姓名，扶他上坐。宋江納頭便拜，說：「壯士豪舉：誅鋤叛逆，保全生靈，兵不血刃，克復城池，又救了宋某的三個兄弟，宋江合當下拜。」

蕭嘉穗答拜，說：「這並非是蕭某之能，都托眾軍民之力！」宋江聽了這句話，更加欽敬。宋江以下將佐，都前來敘禮。城中軍士，把賊將解押前來。宋江提出願降者全都免罪。因此，滿城歡聲雷動，降服達數萬人。恰好水軍頭領李俊等人，統領水軍船隻，到了漢江，也都來參見了。

宋江置酒款待蕭壯士，並親自執杯勸酒，說：「足下鴻才茂德，宋某回朝，面奏天子，一定優擢提拔。」

蕭嘉穗說：「這個倒不必，蕭某今天之舉，不是為了功名富貴。蕭某是一個孤陋寡聞的人。當今賢士無名，雖材懷隨和，終究不能達九重。蕭某見過許多有抱負的英雄，不計生死，但如果有一事不當，身家性命，便都在權奸掌握之中。蕭某今天，無官守之責，有如那閒雲野鶴，自由自在，豈不更好！」這一席話，說得宋江以下，無不感嘆。公孫勝、魯智深、武松、燕青、李俊、童威、童猛、戴宗、柴進、樊瑞、朱武、蔣敬等十多人，聽了蕭壯士這段話，更是點頭玩味。

當晚酒散，蕭嘉穗辭謝出府。第二天一早，宋江派戴宗到陳安撫那裡報捷。宋江親自到蕭壯士寓所，特地拜望，卻是一個空寓。隔壁紙鋪裡的人說：「蕭嘉穗今早天還未明時，收拾了琴劍書囊，辭別了小人，不知往哪裡去了。」

宋江回到帥府，對眾頭領說蕭嘉穗飄然而去，眾將無不嘆息。

且說宋江在荊南休養了五六天，病已痊癒。於是，宋江等水陸大兵，又長驅直至南豐地界。

王慶、李助率軍前來。盧俊義在陣上親自迎著李助廝殺。最終把李助活擒。王慶大軍被打得一敗塗地。後又被盧俊義軍馬團團包圍。

那王慶領著數百鐵騎，撞透重圍，逃奔到南豐城東，見城中有軍兵殺來，驚得魂不附體，後面大兵又到，望北奔走。回顧左右，只剩一百多騎。走到天晚，到得雲安屬下開州地方，江水阻路。這個江叫做清江，發源於達州萬頃池。江水最是清澈，所以叫做清江。

王慶在渡江時，被李俊、童威生擒。徽宗皇帝聽奏，龍顏大喜，馬上降下聖旨，令將反賊王慶，解赴東京，候旨處決，其餘擒下的偽妃、偽官等賊，就在淮西市曹斬首施行。

宋江兵馬隨後往東京前來，屯駐軍馬在陳橋驛。

第二天，公孫勝稟告宋江，說：「本師羅真人曾經囑咐過小道，令送兄長還京之後，便回山中。今天兄長功成名就，貧道就在這裡拜別仁兄，辭別眾位，回歸山中，從師學道，侍養老母，以終天年。」宋江情知此意難卻，只好依准送行。

宋江兵馬後來又屯駐東京城外。

看看上元節快到，又有消息傳來，說江南草寇方臘造反，占了八州二十五縣，從睦州起，一直到潤州，自號為一國，據說早晚要來打揚州。

朝廷先派了張招討、劉都督去圍捕。

宋江聽了這個消息，便對各將說：「我們諸將軍馬，閒居在這裡，十分不妥；不如使人去告知宿太尉，令他在天子面前保奏，我們情願起兵，前去征剿。」當時會集諸將商議，大家都十分歡喜。

第五十五回　宋公明蘇州大集結　混江龍太湖小結義

話說宿太尉第二天早朝入內，越班上奏：「如今這幫草寇，已成大患，陛下遣張總兵、劉都督，再派上征西得勝宋先鋒，用這兩支軍馬前去剿除，必成大功。」天子聞奏，大喜，急令使臣宣省院官聽聖旨。

宋江、盧俊義領了聖旨，告辭天子。皇上說：「得知卿那裡，有一個能鐫玉石印信的金大堅，又有一個能識良馬的皇甫端，可把這二人留下，在駕前聽用。」宋江、盧俊義承旨，出了大內，上馬回營。

兩個人回到營寨，升帳坐下，會集諸將，除女將瓊英因為懷孕染病，暫時留在東京，由葉清夫婦服侍外，其餘將佐全都收拾鞍馬衣甲，準備起身，前去征討方臘。

後來，瓊英病癒，又過了一個滿月，生下一個面方耳大的兒子，取名叫做張節。以後，瓊英聽得丈夫被賊將殺死在獨松關，哀慟昏絕，隨即和葉清夫婦一起，親自來到獨松關，扶柩到張清故鄉彰德府安葬。葉清又病故，瓊英和安氏老嫗，苦守孤兒。張節長大後，跟隨吳在和尚原大敗金兀朮，得封官爵，歸家養母，以終天年。後來，張節又奏請表揚其母貞節。此係後話，表過不提。

再說宋江正準備起程，只見蔡太師派府幹到營，索取聖手書生蕭讓，要他代筆。第二天，王都尉親自來向宋江求要鐵叫子樂和，說聽得樂和善能歌唱，要他到府裡使喚。宋江只得答應。

卻說這江南方臘造反已久，沒想到弄出了一番大事業。這個人原來是歙州的一個樵夫，由於朱勔在吳中征取花石綱，引起百姓大怨，方臘乘機造反，並在清溪縣的幫源洞裡，起造了寶殿、內苑、宮闕，睦州、歙州也各建有行宮，設立文武職臺、省院官僚、內相外將等。睦州就是當今的建德，宋時改做嚴州；歙州是現在的婺源，宋時改為徽州。方臘從這裡到潤州，共有八州二十五縣。潤州就是今天的鎮江。

潤州臨著揚子大江。這九千三百里大江，遠接三江，卻是漢陽江、潯陽江、揚子江。人們統稱為萬里長江。地分吳楚，江心有兩座山：一座叫做金山，一座叫做焦山。金山上有一座寺，繞山建造，稱為寺裡山；焦山上有一座寺，藏在山裡，不見形勢，稱為山裡寺。這兩座山，生在江中，占著楚尾、吳頭，一邊是淮東揚州，一邊是浙西潤州。

這時，潤州城裡，由方臘手下東廳樞密使呂師囊守把。五萬南兵，在甘露亭下，擺列下戰船三千多隻，江北岸就是瓜洲渡口，搖搖蕩蕩，沒有什麼險阻。

先鋒使宋江水陸並進，大軍在揚州集結。隨後，開始攻打揚州。幾次交鋒後，呂師囊率領的南兵大敗，全軍盡沒。唯獨呂師囊呂樞密奔逃到了常州。

戰後，宋江查看本部將佐，發現折了三個偏將，都是在亂軍中箭身亡。一個是雲裡金剛宋萬，一個是沒面目焦挺，一個是九尾龜陶宗旺。

看官注意：這是一百單八將中率先身亡的三個好漢。

潤州得勝後，宋江對盧俊義說：「現在宣湖二州，被賊寇方臘占據，我如今和你分兵撥將，分做兩路前去征討。」經過商議，宋江征討常蘇二處，盧俊義征討宣湖二處。除楊志患病不能征進，留在丹徒養病外，其餘將校撥開兩路。

這時，盧先鋒攻打宣湖二州，一共是四十七個好漢；宋公明攻打常蘇二處，一共是四十二個好漢。那幾位水軍首領，單獨成為一夥，由李俊帶頭，從水路出發，前去攻打江陰、太倉。那些剩下的小戰船，都進入丹徒裡港，跟隨大軍攻打常州。

且說宋先鋒率領人馬，攻打常蘇二州，為頭正將關勝，帶領十員將佐。那十人是：秦明、徐寧、黃信、孫立、郝思文、宣贊、韓滔、彭玘、馬麟、燕順。關勝等將佐率馬軍三千，直取常州城下，搖旗擂鼓挑戰。

呂樞密手下有七員大將，這時一齊出陣，帶領了五千人馬，打開城門，放下了吊橋。

南將中金節一直有歸降大宋的心願，在交鋒時，故意要本隊陣亂，稍稍鬥了幾個回合，撥回馬先走，韓滔乘勢追去。南軍陣上高可立，看見金節被韓滔追趕，急取雕弓，搭上硬箭，颼的一箭，正射在韓滔面頰上，韓滔撞下了馬。南將張近仁飛奔出來，在韓滔的咽喉上刺了一槍，結果了韓滔的性命。

彭玘和韓滔是一正一副的兄弟，彭玘急要報仇，直奔陣上，尋找高可立。沒防備張近仁從一側奔了出來，給了彭玘一槍，彭玘被搠下了馬。

這一天，關勝損失了一些人馬，率領大軍回見宋江。

且說南將金節回到家中，和其妻秦玉蘭商議去邪歸正，欲擒捉呂師囊，獻給宋先鋒。其妻說：「你可以乘著夜幕偷偷地把一封書緘，拴在箭上，射出城去，和宋先鋒裡應外合。你再次出戰時，詐敗佯輸，引導宋軍入城。」

金節果然如此做了。宋軍巡哨撿到書緘，交給宋先鋒。宋江大喜。

第二天，眾位頭領，從三面攻城。呂樞密在戰樓上，看見宋江陣裡轟天雷凌振，紮起炮架，放了一個風火炮，直飛起來，正打在敵樓角上，骨碌碌一聲響，塌了半邊。呂樞密急走，下了城，催督四門守將，出城搦戰。西門金節於是率領一彪軍出戰。宋江陣上病尉遲孫立出馬。兩個人交戰，鬥了不到三個回合，金節詐敗，撥轉馬頭就走。孫立當先，燕順、馬麟緊隨其後，魯智深、武松、孔明、孔亮、施恩、杜興，一同進兵。金節退入城裡，孫立已經趕入城門邊，占住了西門。城中鬧嚷起來，知道大宋軍馬，已經從西門進城了。那時百姓聽得宋軍入城，都紛紛出來助戰。城中早豎起宋先鋒旗號。宋江、吳用又大驅人馬入城，四處搜捉南兵，全部誅殺。高可立、張近仁也在交戰中被殺死，呂樞密乘亂逃到無錫縣去了。

金節前往州治拜見宋江，宋江親自下階迎接金節，並保舉金節前往中軍。金節到了潤州，張招討見了，大喜，賞賜金節金銀、緞匹、鞍馬、酒禮。有副都督劉光世，留下金節，升做行軍都統，在軍前聽用。後來金節跟隨劉光世大破金兀朮四太子，多次建立功勞，一直做到親軍指揮使，最後在中山陣亡，這是金節的結果。

且說盧先鋒驅眾攻打宣州，一次，宋軍趕到城門邊時，城上賊兵飛下一片磨扇來，打死了一個宋軍偏將。城上箭如雨點射下來，箭矢上都有毒藥，又射中了兩個偏將，全部陣亡。那磨扇打死的偏將正是白面郎君鄭天壽；兩個中藥箭的是操刀鬼曹正、活閃婆王定六。

以後，宋江、吳用又率軍攻下無錫縣。

當時，方臘手下的三大王方貌，親自披掛，手持方天畫戟，帶領二三十個副將，五萬南兵，出了閶闔門，迎戰宋軍。呂師囊作為前部，已率南兵過了寒山寺，奔無錫縣而來。宋江使人探知，率領軍馬，出了無錫縣，前進十多里，和呂師囊相遇。兩軍這時旗鼓相望，各自擺列了陣勢。

呂師囊騎著坐下馬，心中賭著一口氣，橫著手中矛，親自出陣，要和宋江交戰。金槍手徐寧挺起手中金槍，騎馬出到陣前，和呂樞密交手。二將交鋒，左右助喊，大約戰了二十多個回合，呂師囊露出了破綻，徐寧從肋下刺著一槍，搠下馬去。黑旋風李逵手揮雙斧，喪門神鮑旭挺著飛刀，項充、李袞各自舞著槍牌，一齊掩殺過來，南兵大亂。宋江大驅軍兵趕殺，突迎著方貌大隊人馬，兩邊各自用弓箭射住陣腳，列成陣勢。經過幾位將領交手後，不分勝負，兩陣上各自鳴金收軍。三大王方貌損失了一員大將，退回到蘇州城。

宋江當天催促軍馬，一直靠近寒山寺下寨。

李俊這時來到寒山寺寨中，見了宋先鋒。宋江看到蘇州城外，水面空闊，於是留下李俊，令李俊整點船隻，準備打仗。李俊說：「先容我去看看水面闊狹，如何用兵，再作道理。」

宋江說：「那是。」

李俊去了，兩天後回來，對宋江說：「這座城正南方向挨近太湖，兄弟想用扁舟一隻，投到宜興小港裡，然後偷偷地划進太湖，出吳江，探聽南邊消息，然後再進兵，才可破城。」

宋江說：「賢弟說得極好！只是沒有副手和你一同前去。」隨即便派李應帶領孔明、孔亮、施恩、杜興四個人，分別去江陰、太倉、昆山、常熟、嘉定，協助水軍，收復沿海縣治，替回童威、童猛，以助李俊行事。李應領了軍帖，辭別宋江，和那四員偏將，往江陰去了。沒過兩天，童威、童猛回來，參見了宋先鋒。

且說李俊帶了童威、童猛，駕起一葉扁舟，兩個水手搖櫓，五個人直奔宜興小港，在水中盤旋後，一直駛入太湖。看那太湖，果然水天空闊，萬頃一碧。漸近吳江，遠遠望見一派漁船，大約有四五十隻。李俊便說：「我們只裝做前去買魚，到那裡打聽打聽消息。」

五個人搖到那些打魚船邊，李俊問：「漁翁，有大鯉魚嗎？」

漁人說：「你們要大鯉魚，跟我到家裡去。」李俊搖著船，跟著幾隻漁船同去。沒多久，漸漸地來到一個地方。看時，眼前都是一些駝腰柳樹，籬落中有二十多戶人家。那漁人先把船纜了，隨即帶著李俊、童威、童猛三人上岸，來到一個莊院。入得莊門，那人咳嗽了一聲，馬上從兩邊鑽出七、八個大漢，手裡拿著撓鉤，把李俊三人一齊搭住，捉到莊裡，也不問情由，把三人都綁在了樁木上。

李俊看時，只見草廳上坐著四個好漢。為頭的那個赤鬚黃髮，穿著一領青綢衲襖；第二個瘦長短髯，穿著一領黑綠盤領木棉衫；第三個黑面長鬚；第四個骨臉闊腮扇圈鬍鬚。兩個都是穿著一領青衲襖子，頭上各帶黑氈笠，身邊放著軍器。為頭的那個喝問李俊：「你們這幫傢伙，是哪裡人？來這湖泊裡做什麼？」

李俊回答：「俺是揚州人，來這裡做客，特來買魚。」

那第四個骨臉的人說：「哥哥不要問他，明擺著是細作了。只管取了他們的心肝就酒。」

李俊聽得這話，尋思：「我在潯陽江上，做了許多年私商，梁山泊裡又做了幾年的好漢，卻沒想到今天性命丟在這裡！罷，罷，罷！」嘆了口氣，看著童威、童猛，說：「今天是我連累了兄弟兩個，做鬼也只是在一處！」

童威、童猛說：「哥哥別說這樣的話，我們死就死了。只是死在這裡，埋沒了兄長大名。」三個人互相看著，腆起胸脯受死。

那四個好漢，看他們三個人說了一回，互相看了看，說：「這個為頭的人，必不是等閒之人。」那為頭的好漢便問：「你們三個是什麼人？可通個姓名，讓我們知道。」

李俊又說：「你們要殺就殺。我們的姓名，到死也不說給你們，那會惹得好漢們恥笑！」

那為頭的人聽到這樣的話，跳了起來，用刀子割斷了繩索，放了三個人。四個漁人，扶著他們三個到了屋裡，請他們坐下。為頭的那個納頭就拜，說：「我們做了一世強人，沒有見過你這樣好義氣的人物！好漢，三位老兄正是哪裡人？願聞大名。」

李俊說：「眼見得你們四位大哥，一定是好漢了。那就告訴你們，隨你們拿我們三個到哪里去。我們三個是梁山泊宋公明手下副將。我是混江龍李俊。這兩個兄弟，一個是出洞蛟童威，一個是翻江蜃童猛。如今受了朝廷招安，新破遼國，班師回京，又奉敕命，來收方臘。你如果是方臘手下的人員，便解押我們三人前去請賞。我們不會掙扎！」

那四個聽了，納頭就拜，一齊跪下，說：「有眼不識泰山，剛才十分冒瀆，休怪！休怪！俺們四個兄弟，不是方臘手下，原來都在綠林叢中討衣吃飯。現在找得這個地方，地名叫做榆柳莊，四周圍都是深港，無船不能進來。俺們四個只讓打魚的做眼線，在太湖裡找些衣食。都學得一些水勢，所以沒人敢來這裡。俺們也久聞你梁山泊宋公明廣納天下好漢，也多聽說兄長大名，還聽說有個浪裡白條張順，沒想到今天得遇哥哥！」

李俊說：「張順是我弟兄，也做同班水軍頭領，現在江陰收捕賊人。改天和他同來，和你們相會。願求你們四位大名。」

為頭那一個說：「小弟們因在綠林叢中走動，都有異名，哥哥勿笑！小弟是赤鬚龍費保，一個是鬈毛虎倪雲，一個是太湖蛟卜青，一個是瘦臉熊狄成。」

李俊聽說了四個姓名，大喜：「各位從此不必相疑，都是一家人！俺哥哥宋公明現做著收捕方臘的正先鋒，馬上就要取蘇州，特派我們三個人前來探路。今天既然遇到你四位好漢，可隨我一同前去見俺先鋒，保你們做官，等收捕了方臘，朝廷升用。」

費保說：「容覆：如果我四個要做官時，方臘手下，也得一個統制了。我們只是不願為官，只求快活。如果是哥哥要我四個人相助時，水裡來水裡去，火裡來火裡去；如果說保我們做官，那卻不必。」

李俊說：「既然是這樣，我們就在這裡結義成為兄弟，好不好？」四個好漢見說大喜，叫宰了一口豬、一腔羊，備酒設席，結拜李俊為兄。李俊叫童威、童猛也都結義了。七個人在榆柳莊上商議，說宋公明要取蘇州一事。李俊說：「方貌不肯出戰，城池四面是水，無路可攻，舟船港狹，難以對敵，可怎麼才得打破城子？」

費保說：「哥哥先寬心住上兩天。杭州不時有方臘手下人來蘇州公幹，可以乘勢智取城子。小弟使幾個打魚的前去探聽，如果還有人來時，就可以定下計策。」

李俊說：「此話極妙！」

費保便叫來幾個漁人，囑咐了，讓他們先去了，然後自同李俊三人每天在莊上飲酒。兩三天後，只見打魚的回來報告：「平望鎮上，有十多隻遞運船隻，船尾上都插著黃旗，旗上寫著：『承造王府衣甲』，眼見是從杭州解來的。每隻船上，只有五六個人。」

李俊便說：「既然有這個機會，萬望兄弟們協助。」

第五十六回　榆柳莊李俊說誓　湧金門張順歸神

話說費保對眾人說：「現在就去。」隨即聚集了六七十隻打魚小船。七個好漢，各坐一隻，其餘都是漁人，眾人身邊藏了暗器，從小港直入大江。當夜星月滿天，那十隻官船，都泊在江東龍王廟前。費保的船先到，一聲號哨，六七十隻漁船，一齊靠攏，各自幫住大船。那官船裡的人急忙鑽出來，早被撓鈎搭住，三個、五個，一串兒縛了。還有那跳下水的，都被撓鈎搭上船來。然後小船帶住官船，移到太湖深處，到了榆柳莊時，已是後半夜。一般的人，都被縛做一起，用大石頭墜定，抛在太湖裡淹死。捉得兩個為頭的，問時，原來是守衛杭州方臘大太子南安王方天定手下的庫官，奉著令旨，押送新造完的鐵甲三千副，解赴蘇州三大王方貌那裡交付。李俊問了姓名，要了一應關防文書，然後把兩個庫官也殺了。

李俊說：「須是我親自去和哥哥商議，才可做這件事。」

費保說：「我叫人用船渡哥哥去，從小港裡到軍前方便。」叫上兩個漁人，搖著一隻快船送出。李俊囑咐童威、童猛，以及費保等人，先把衣甲船隻，悄悄地藏在莊後港內。費保說：「沒事的。」

卻說李俊和兩個漁人，駕起一葉快船，來到軍前寒山寺上了岸。到寨中，見了宋先鋒，說起前事。吳用聽了大喜，說：「如果是這樣，蘇州唾手可得！請主將傳令，就派李逵、鮑旭、項充、李兗，帶領沖陣牌手二百人，跟隨李俊回太湖莊，和費保等四位好漢，如此行計，約好時間進發。」

李俊領了軍令，帶著眾人，來到太湖邊。李俊和兩個漁人先過湖去，然後用船隻接取李逵等眾人，都來到榆柳莊上。李俊領著李逵、鮑旭、項充、李兗四個，和費保等人相見了。費保看見李逵這樣的相貌，十分駭然，然後在莊上置備酒食相待。到了第三天，眾人商議定了。費保扮做解衣甲正庫官，倪雲扮做副使，穿了南官號衣，帶了一應關防文書，眾漁人都裝做官船上的艄公水手，卻將黑旋風李逵等二百多將校藏在艙裡；卜青、狄成押著後船，帶了放火的器械。正要開始行動時，只見漁人又來報告：「湖面上發現一隻船，在那裡搖來搖去。」

李俊說：「又來作怪！」急忙去看時，見船頭上立著兩個人，卻是神行太保戴宗和轟天雷凌振。李俊吹了一聲號哨，那只船飛快地奔到莊上，到得岸邊，上岸來，都相見了。

李俊問：「二位來做什麼？有什麼事見報？」

戴宗說：「哥哥使李逵來了，卻忘記了一件大事，特地派我和凌振，帶著一百號炮在船裡，剛才在湖面上找不到你們，這裡又不敢攏來傍岸，兄弟明早進城，到得裡面，就放這一百個火炮為號。」

李俊說：「最好！」於是，在船裡搬過炮籠炮架，都藏埋在衣甲船內。費保等人聽說來人是戴宗，又置酒設席管待。凌振帶來十個炮手，都埋伏在第三隻船內。

當天後半夜，眾人離莊望蘇州前來，天快亮時，到得蘇州城下。守門軍士，在城上望見南國旗號，慌忙報知管門大將，管門大將親自上城，接取了關防文書，吊上城來看了。

又派人監視，這才讓把船放入城門。下船看時，船上堆著滿滿的鐵甲號衣，因此，一隻隻都放入城去。放過十隻船，便關了水門。三大王派來的監視官員，領著五百軍士，在岸上跟定。船靠岸後，李逵、鮑旭、項充、李袞，從船艙裡鑽了出來。監視官見到四人，形容粗醜，急待問是什麼人時，項充、李袞早舞起團牌，飛出一把刀，把監視官剁下了馬。那五百軍士正想上船，被李逵拿起雙斧，跳在岸上，一連砍翻了十多個，那五百軍士都逃走了。船裡的眾位好漢，還有那牌手二百多人，一齊上岸，放起火來。凌振在岸邊撤開炮架，搬出號炮，連放了十多個。那炮震得城樓也動，往四周圍打去。三大王方貌正在府中計議，聽到火炮接連響起，驚得魂不附體。各門守將，聽得城中炮響不絕，各自率兵奔向城中來。接著，各門飛報，南軍都被冷箭射死，宋軍已經上城。蘇州城內頓時鼎沸起來，不知有多少宋軍入了城。黑旋風李逵和鮑旭領著兩個牌手，在城裡橫衝直撞，追殺南兵。李俊、戴宗領著費保四人，保護著凌振，只顧放炮。宋江已經調了三路軍殺進城來，南軍各自逃生。

大戰過後，宋江到王府坐下，出了安民文榜，曉諭軍民。然後聚集諸將，到王府請功。已知武松殺死了方貌，宣贊和管門大將鏖戰，各自身上都受了重傷，最後都死在飲馬橋下，其餘人擒得牙將，解押前來請功。

宋江申達文書到中軍報捷，請張招討曉諭舊官複職，另外撥中軍統制，前去各處守禦安民，退回水軍頭領正偏將佐，前來蘇州聽用。數天後，統制等官，各自去了。水軍頭領回到蘇州，宋江這時才得知，三阮打常熟時，折了施恩；又去攻取昆山，折了孔亮。石秀、李應等人都回了；施恩、孔亮不識水性，一時落水，都被淹死。

費保等四人事後辭別宋先鋒，宋江堅持挽留，費保四人不肯，於是，宋江重重賞了四人，再令李俊送費保等人回到榆柳莊。李俊、童威、童猛送費保四人到了榆柳莊上，費保又置酒設席相待。飲酒中間，費保起身給李俊把盞，說：「小弟雖然是一個愚魯匹夫，曾經聽聰明人說：『世事有成必有敗，為人有興必有衰。』哥哥在梁山泊，勳業到今，已經許久，更兼百戰百勝。破遼國時，沒有損失一個兄弟。這一次收方臘，眼見挫動了銳氣，可見天數不久。為什麼小弟不願為官？只因為世情不好。等到天下太平後，一個個必然要來侵害你的性命。自古說：『太平本是將軍定，不許將軍見太平。』此話極妙！今天我們四人，既然已經結義了，哥哥三人，為什麼不趁氣數未盡時，找個了身達命的地方，準備一些錢財，打造一隻大船，聚集一些水手，在江海內找尋一個乾淨的地方安身，以終天年，豈不美哉！」

李俊聽了，倒地就拜，說：「賢弟，重蒙教導，指引愚迷，十分全美。只是方臘還沒有剿得，宋公明恩義難拋，如果今天就隨賢弟去了，全不見平生相聚的義氣。如果眾位肯等一等李俊，容待收服方臘之後，李俊領著兩個兄弟，前來相投，萬望帶挈。賢弟們可先準備下這條門路。若負今天的話，非為男子！」

那四個一齊說：「我們準備下船隻，專望哥哥到來，切不可負約！」

李俊、費保結義飲酒，約定了，誓不負盟。第二天，李俊辭別了費保四人，和童威、童猛回來參見宋先鋒，說費保等四人不願為官，只願打魚快活。

宋江又嗟嘆了一回，傳令整點水陸軍兵起程。吳江縣已經沒有賊寇，宋軍直取平望鎮，長驅而進，又望秀州而來。秀州守將段愷聽知蘇州三大王方貎已死，一心思量收拾走路。

探知大軍離城不遠，遙望水陸路上，旌旗蔽日，船馬相連，段愷嚇得魂銷膽喪。前隊大將關勝、秦明已到城下，分調水軍船隻，圍住西門。段愷在城上叫：「不用攻擊，我們納降。」隨即開放城門，段愷香花燈燭，牽羊擔酒，迎接宋先鋒入城，直到州治。

燕青這時由盧先鋒那裡來到宋江寨中。宋江問：「賢弟從水路來？旱路來？」

燕青回答：「乘船。」

宋江又問：「戴宗回來時，說已經進兵攻取湖州，事情怎麼樣了？」

燕青稟告：「自從離開宣州，盧先鋒分兵兩處：先鋒自帶一半軍馬收伏了湖州，殺散了賊兵，安撫了百姓，又一面行文申覆張招討，撥統制守禦，特令燕青前來報捷。主將所分另一半人馬，叫林沖率領前去，攻取獨松關，都到杭州聚會。小弟來時，聽說獨松關路上每天拚殺，取不得關，先鋒又和朱武去了，囑咐呼延灼將軍統領軍兵，守住湖州，等中軍招討調撥得統制到來，護境安民，才好進兵攻取德清縣，到杭州會合。」

宋江說：「既然這樣，兩路進兵攻取最好。剛才柴大官人，要和你一同去方臘賊巢裡面做細作，你敢去嗎？」

燕青說：「主帥差遣，怎敢不從？小弟願陪著柴大官人前去。」

柴進大喜，便說：「我扮成一個白衣秀才，你扮成一個僕人，一主一僕，背著琴劍書箱上路去，那樣沒人懷疑。我們先去海邊找船，前往越州。然後從小路去諸暨縣，在那裡穿過山路，這樣離睦州就不遠了。」商議已定，柴進、燕青辭別了宋先鋒，收拾了琴劍書箱，尋船過去，不在話下。

這裡，軍師吳用對宋江說：「杭州南半邊，有錢塘大江，通達海島。如果有幾個人駕著小船從海邊進那赭山門，到南門外江邊，放起號炮，城中必慌。你們水軍頭領，誰去？」

話音未落，張橫、三阮都說：「我們去。」

宋江說：「杭州西路，靠著湖泊，也需要水軍，你們不可以都去。」

吳用說：「只可叫張橫和阮小七帶著侯健、段景住去。」當時撥了這四個人，又帶上三十多個水手，又帶了十多個火炮號旗，來到海邊尋找船隻，往錢塘江進發。

宋江分調兵將後，回到秀州，計議進兵，攻取杭州，忽然聽得東京有使命到來，有御酒賞賜。飲酒中間，天使又提到，太醫院奏准，因為上皇感染小疾，特地索取神醫安道全回京，在駕前委用，聖旨已經降下，就令來取。宋江聽了，不敢阻攔。

一天，徐寧、郝思文帶了幾十個騎兵出哨，一直哨到杭州北關門外，見城門大開，兩個人來到吊橋邊看，這時，城上一聲擂鼓，早撞出一彪軍馬。徐寧、郝思文急忙回馬，城西偏路喊聲又起，一百多騎馬軍，衝在前面。徐寧拚命死戰，殺出馬軍隊，回頭不見了郝思文。再回來看時，見許多將校，把郝思文活捉進城去了。徐寧急待回身，早中了一箭，帶著箭飛馬走時，南軍背後趕來，路上正逢著關勝，救得回來，失血暈倒了。那些南將，已被關勝殺退，宋江急來看視徐寧時，已經七竅流血。當夜三四次昏倒，才知中了藥箭。調治不了。第二天，小軍來報：「杭州北關門城上，用竹竿挑起郝思文的頭示眾。」

宋江折了二將，按兵不動，守住大路。

卻說李俊等人領兵到北新橋駐紮，分軍到古塘深山處探路，李俊和張順商議，說：「尋思我們這條道路，第一要緊，是去獨松關、湖州、德清二處衝要路口，賊兵都在這裡出沒，我們如果擋住他們的咽喉道路，被他兩面來夾攻，我們兵少，難以迎敵。不如殺到西山深處，才好屯紮。西湖水面也好做我們的戰場。山西後面，通接西溪，也好做個退步。」於是，使小校報知先鋒，請取軍令。隨後領兵直過桃源嶺西山深處，在今天的靈隱寺旁屯駐。山北面西溪山口，也紮下一個小寨。前軍卻來唐家瓦出哨。

當天張順對李俊說：「南兵已經縮回到杭州城裡去了。我們在這裡屯兵，已經有半月之久，不見對方出戰，只在這山裡，什麼時候才能獲功。小弟考慮從湖裡涉水過去，從水門中偷偷入城，放火為號。哥哥就可進兵取他的水門，然後報告主將先鋒，三路一齊打城。」

李俊說：「這條計策雖然好，恐怕兄弟獨力難成。」

張順說：「便把這條命報答先鋒哥哥許多年好情分，也值了。」

李俊說：「兄弟先別去，等我先報告哥哥，以便整點人馬策應。」

張順表示：「我這裡一面行事，哥哥一面使人去報。等到兄弟去了城裡，先鋒哥哥也正好得知了。」當晚，張順身邊藏了一把蓼葉尖刀，飽吃了一頓酒食，來到西湖岸邊，看見那三面青山，一湖綠水，遠望城廓，四座禁門，臨著湖岸。那四座門：錢塘門、湧金門、清波門、錢湖門。

看官聽說，原來這杭州在舊宋以前，叫做「清河鎮」。錢王把這裡改為杭州寧海軍，設立了十座城門：東有菜市門、薦橋門；南有候潮門、嘉會門；西有錢湖門、清波門、湧金門、錢塘門；北有北關門、艮山門。高宗車駕南渡後，建都在這裡，叫做「花花臨安府」，添了三座城門。方臘占據時，還是錢王舊都。城子方圓八十里，雖然比不上南渡以後，卻也安排得十分富貴，從來江山秀麗，人物奢華，人們紛紛相傳：「上有天堂，下有蘇杭。」

蘇東坡學士專門有詩：

湖光瀲灩晴方好，山色空濛雨亦奇。

若把西湖比西子，淡妝濃抹總相宜。

這西湖，故宋時果真是景緻無比，閱之不盡。張順來到西陵橋上，看了半晌。時當春暖，西湖水色拖藍，四面山光疊翠。張順看了，說：「我生在潯陽江，大風巨浪，經歷了萬千，從來還沒見到這樣一湖好水，就是死在這裡，也做個快活鬼！」說完，脫下布衫，放在橋下，繫上一條搭膊，掛一口尖刀，赤著腳，鑽到湖裡去，從水底下摸過湖來。

這時，天色剛黑，月色微明，張順摸近湧金門，探起頭來，城外靜悄悄，沒有一個人影。城上女牆邊，有四五個人在那裡張望。張順再伏在水裡，又等了半天，再探起頭來看時，女牆邊已經不見一個人。張順摸到水口邊看時，一帶都是鐵窗櫺隔著。摸裡面時，有繩索，上面縛著銅鈴。張順見窗櫺牢固，不能入城，把手又往裡伸了伸，觸動索子，銅鈴響了，城上人發起喊來。張順從水底下，再鑽到湖裡。聽得城上人馬下來，看那水時，又不見有人，都在城上說：「鈴子響得蹊蹺，難道是一個大魚，順水遊來，撞動繩索？」眾軍漢看了一回，沒有看見一物，又各自去睡了。張順再鑽到城邊，料是從水裡進不得城，便爬上岸來看時，那城上不見一個人，正想爬上城，又尋思：「如果城上有人，卻不折了性命，我先試探試探。」摸了一些土塊，擲上城去。有那沒有睡的軍士，叫起來，再下來看水門時，又沒了動靜。再到敵樓上看那湖面，又沒有一隻船。原來西湖上的船隻，都被收到清波門外和淨慈港內，別的門都不許泊船。

第五十七回　宋江智取寧海軍　張順魂捉方天定

話說張順把土塊擲到城上，守城的軍士四處查看，沒有動靜。眾人都說：「可是作怪？」又說：「一定是個鬼！我們各自睡去，不要理睬他！」嘴裡雖然這樣說，卻不去睡，都埋伏在女牆邊。張順又等了好一會兒，不見動靜。張順仍不敢馬上上去，又把一些土石拋擲上城，沒有動靜。張順尋思：「現在已經是後半夜，就快天亮了，不上城去，還等多久？」才爬到半城，只聽得上面一聲梆子響，眾軍一齊奮起。張順從半城上跳到水池裡去，正要進水，城上踏弩、硬弓、苦竹箭、鵝卵石，一齊射了下來。可憐張順英雄，在湧金門外的水池中身死。

宋江見報，大哭昏倒，吳用等眾將也都十分傷感。原來張順為人極好，深得弟兄情分。宋江說：「我必須親自到湖邊，給他弔孝。」

吳用諫勸：「兄長不可親臨險地，如果賊兵知道，必然前來攻擊。」

宋江說：「我有計較。」隨即令李逵、鮑旭、項充、李袞四個人，率領五百步軍前去探路，宋江隨後帶了石秀、戴宗、樊瑞、馬麟，領著五百軍士，暗暗地從西山小路前往李俊寨裡。李俊等人接著，請到靈隱寺中方丈內歇下。宋江又哭了一場，便請本寺僧人，在寺裡誦經，追薦張順。第二天天晚，宋江叫小軍到湖邊揚起一個白幡，上寫：「亡弟正將張順之魂。」插在水邊。西陵橋上，安排下許多祭物，卻囑咐李逵：「如此如此。」樊瑞、馬麟、石秀在左右埋伏，戴宗隨在宋江身邊。只等天黑，宋江掛了白袍，金盔上蓋著一層孝絹，和戴宗以及五六個僧人，卻從小行山轉到西陵橋上。軍校已經排列下黑豬、白羊、金銀祭物，點起燈燭熒煌，焚起香來。宋江在當中證盟，朝著湧金門下哭奠，戴宗站在旁邊。先是僧人搖鈴誦咒，攝招呼名，祝贊張順魂魄。然後戴宗宣讀祭文，宋江親自用酒澆奠，仰天朝東而哭。正哭著，只聽得橋下兩邊，一聲喊起，南北兩山，一齊鼓響，兩彪軍馬前來捉拿宋江。

左有樊瑞、馬麟，右有石秀，各率領五千人埋伏，聽得前路火起，一齊舉火，兩路分開，趕殺南北兩山軍馬。南兵見有準備，急忙返回舊路。兩邊宋兵追趕，南兵大半被殺到湖裡去了，都被淹死。奔到城裡，救軍出來時，宋江軍馬已經進山去了。

宋江在寨中，唯獨不知獨松關、德清二處消息，便派戴宗前去打探，幾天後，戴宗回到寨中，說盧先鋒已過了獨松關，早晚就會來到這裡。宋江聽了，憂喜參半，又問起兵將現狀。

戴宗說：「盧先鋒自從取獨松關，那關兩邊，都是高山，只有中間一條路。山上蓋著關所，關邊有一株大樹，可高達數十多丈。下面都是叢叢雜雜的松樹。守關的三員賊將，為首的叫做吳升，第二個是蔣印，第三個是衛亨。開始時連日下關，和林沖拚殺，被林沖蛇矛戳傷蔣印。吳升不敢再下關，只在關上守護，以後厲天閏又帶著四將到關上救應，卻是厲天佑、張儉、張韜、姚義四將。第二天下關，賊兵內厲天佑首先出馬，和呂方相持，大約鬥了五六十個回合，被呂方一戟刺死厲天佑，賊兵上關去了，並不下來。連日在關下等待，盧先鋒派歐鵬、鄧飛、李忠、周通四個人上山探路，沒防備厲天閏要替兄弟復仇，率領賊兵衝下關來，一刀斬了周通。李忠帶傷逃走了。如果是救應得遲，命都難保。又過了一天，雙槍將董平要去復仇，勒馬在關下大罵，關上一火炮打下來，正傷了董平左臂，董平回到寨裡，使不得槍，用夾板綁了臂膊。定要前去報仇，盧先鋒擋住了，所以沒有去。過了一夜，不讓盧先鋒知道，董平和張清商議了，兩個人不騎馬，先行上關來。關上走下厲天閏、張韜。董平要捉厲天閏，步行使槍，厲天閏也使長槍來迎，和董平鬥了十個回合。董平心裡只要拚殺，無奈左手使槍不靈，只得退步。厲天閏趕下關來，張清挺槍去搠厲天閏。厲天閏閃在松樹背後，張清手中那條槍，搠在松樹上。正要拔時，搠牢了，拽不脫，被厲天閏一槍刺來，腹上正著，戳倒在地。董平見搠倒張清，急忙使雙槍去戰，張韜卻在背後攔腰一刀，把董平剁做兩段。盧先鋒得知，急去救應，南兵已經上關去了，下面又無計可施。後來孫新、顧大嫂夫妻二人，扮成逃難百姓，到深山裡，找到一條小路，領著李立、湯隆、時遷、白勝，從小路到了關上，半夜裡摸上關，放起火。賊將見關上火起，知有宋兵過了關，一齊棄了關隘。盧先鋒上關點兵將時，孫新、顧大嫂活捉了守關將吳升，李立、湯隆活捉了守關將蔣印，時遷、白勝活捉了守關將衛亨，都解押到張招討軍前去了。收拾得董平、張清、周通三人屍骸，葬在關上。盧先鋒追過關四十五里，趕上賊兵，和厲天閏交戰，大約鬥了三十多個回合，被盧先鋒殺死厲天閏，張儉、張韜、姚義，領著敗殘軍馬，勉強迎敵。主帥不信，可看公文。」宋江看了公文，心中添悶，眼淚如泉。

以後，兩路軍馬都到了杭州。宋江看看呼延灼所部，不見了雷橫、龔旺。呼延灼訴說：「雷橫在德清縣南門外，和司行方交鋒，鬥到三十個回合，被司行方砍下馬。龔旺和黃愛交戰，趕過溪來，連人帶馬，陷在溪裡，被南軍亂槍戳死。」

宋江聽了，心中更加不樂。宋江又隨後調撥將佐，擬取四面城門。

宋江帶領大隊人馬，來到北關門城下勒戰。城上鼓響鑼鳴，大開城門，放下吊橋，南軍元帥石寶首先出馬。宋軍陣上，急先鋒索超平生性急，揮起大斧，也不打話，飛奔出來，便鬥石寶。兩馬相交，二將猛戰，不到十個回合，石寶賣了一個破綻，回馬就走。索超追趕，關勝急忙勸止時，索超臉上已經著了一錘，被打下馬去。鄧飛去救時，石寶馬到，鄧飛措手不及，又被石寶上前一刀，砍做兩段。城中寶光國師，領著數員猛將，衝殺出來，宋兵大敗，往北而走。卻虧花榮、秦明從刺斜裡殺了出來，衝退南軍，救得宋江回寨。

且說副先鋒盧俊義領著林沖等人調兵攻打候潮門，軍馬來到城下，見城門不關，劉唐要奪頭功，一騎馬，一把刀，直搶入城去。城上看見劉唐飛馬奔來，一斧砍斷繩索，墜下閘板，可憐悍勇劉唐，連馬和人同死在門下。原來杭州城子，是錢王建都時，制立了三重門：關外一重閘板，中間兩扇鐵葉大門，裡面又是一層排柵門。劉唐搶到城門下，上面早放下閘板來。兩邊又有埋伏軍兵，劉唐如何不死！林沖、呼延灼見折了劉唐，領兵回營。各門都進不去，只得先退下，使人飛報宋先鋒知道。

軍師吳用說：「這樣做，不是好辦法。這一計不成，反而送了一個兄弟。先令各門退軍，另作道理。

宋江心焦，急欲報仇雪恨。黑旋風李逵便說：「哥哥放心，我明天和鮑旭、項充、李袞四人，好歹也要拿下石寶那傢伙！

宋江說：「那人英雄了得，你們怎麼能靠近他？

李逵說：「我不信，我明天如果捉不到他，不來見哥哥面。」

宋江說：「你小心在意，休看輕了南軍。」

黑旋風李逵回到自己房裡，篩下大碗酒、大盤肉，請鮑旭、項充、李袞前來飲酒，說：「我們四個，從來做一路廝殺。今天我在先鋒哥哥面前，說了大話，明天定要捉住石寶那傢伙，你們三個不要心懶。」

鮑旭說：「哥哥今天也叫馬軍向前，明天也叫馬軍向前，今晚我們約定了，務必要齊心向前，捉住石寶那傢伙。我們四個都要爭口氣！」

第二天早晨，李逵等四人，大吃大喝一通，拿出軍器出寨，請先鋒哥哥看殺。宋江見四個都是半醉，便說：「你四個兄弟，不要把性命當兒戲！」

李逵說：「哥哥，不要小看了我們！」

宋江說：「只願你們勝了就好！」宋江上馬，帶著關勝、歐鵬、呂方、郭盛四個馬軍將佐，來到北關門下，擂鼓搖旗搦戰。李逵火雜雜地，咬著雙斧，立在馬前；鮑旭挺著板刀，睜著怪眼，只待廝殺；項充、李袞各挽著一面團牌，插著飛刀二十四把，挺鐵槍伏在兩側。只見城上鼓響鑼鳴，石寶騎著一匹瓜黃馬，拿著劈風刀，領著兩員首將，出城迎敵。三員將才出得城，李逵是一個不怕天地的人，大吼了一聲，四個人一齊奔到石寶馬頭前。石寶用劈風刀去迎時，李逵一斧，砍斷馬腳，石寶跳了下來，奔馬軍群裡躲了。鮑旭早把一首將一刀砍下馬。兩個牌手，飛出刀來，空中似玉魚亂躍，銀葉交加。宋江把馬軍沖到城邊時，城上擂木、炮石，亂打下來。宋江怕有疏失，急令退軍，沒想到鮑旭早鑽到城門裡去了，宋江只叫得苦。石寶伏在城門裡面，看見鮑旭搶進來，從刺斜裡一刀，把鮑旭砍做兩斷。項充、李袞急忙護得李逵回來。宋江軍馬，退還本寨，又見折了鮑旭，宋江越添愁悶，李逵也哭奔回寨。

正在眾人煩惱時，只見解珍、解寶到寨來報告。解珍說：「小弟和解寶，一直哨到南門外二十多里，地名叫做范村，江邊泊著數十隻船，下去問時，原來卻是富陽縣袁評事的解糧船。小弟特來報知主將。」

吳用大喜，說：「這是天賜其便，只在這些糧船上，定要立功。便請先鋒傳令，就是你兩個弟兄為頭，帶著炮手凌振，以及杜遷、李雲、石勇、鄒淵、鄒閏、李立、白勝、穆春、湯隆，還有那王英、扈三娘，孫新、顧大嫂，張青、孫二娘三對夫妻，扮做艄公、艄婆，都不要說話，混雜在船裡，進得城去，便放連珠炮為號，我這裡會調兵前來策應。」

不由得袁評事不從，許多將校，下了船，把船上的艄公，都留在船上雜用，卻把艄公衣服脫下來，給王英、孫新、張青穿了，裝扮做艄公。扈三娘、顧大嫂、孫二娘三位女將，扮做艄婆，小校們都做搖船水手。軍器、眾將都埋藏在船艙裡，把那船一齊都放到江岸邊。各門圍哨的宋軍，也都在不遠的地方。袁評事上岸，解珍、解寶和那數個艄公跟著，一直到城下叫門。城上得知，問了情況，報入太子宮中。方天定便派人打開城門，來到江邊，點了船隻，回到城中，奏知方天定。方天定派了六員將，領著一萬軍兵出城，攔在東北角上，令袁評事搬運糧米，入城交納。這時，眾將都雜在艄公、水手中間，混同搬糧運米的人入了城，三個女將也入城去了。那些糧食，不一會兒，都搬到岸。六員首將統率南軍入城。宋兵分別在城週邊住城郭，離城二三里，列著陣勢。當夜，凌振取出九箱子母等炮，放了起來。眾將各自取出火把，到處點著。城中很快鼎沸起來，不知有多少宋軍在城裡。方天定在宮中，聽報大驚，急急披掛上馬，各門城上軍士，已經都逃命去了。宋兵大振，各自爭功奪城。

且說城西山內李俊等人，得了將令，領軍殺到淨慈港，奪得船隻，從湖裡來到湧金門上岸。眾將分別去各處水門拚殺，李雲、石秀首先登城。在城中混戰，只留下南門不圍，亡命敗軍都從那門下奔走。

卻說方天定上了馬，四周圍找不著一員將校，只有幾個步軍跟著，出了南門奔走，忙忙似喪家之狗，急急如漏網之魚，走到五雲山下，只見江裡有一個人奔來，嘴裡銜著一把刀，赤條條地跳上岸。方天定在馬上見來人來得凶，打馬要走。怎奈那匹馬作怪，怎麼打也一動不動，好像有人籠住嚼環一般。那漢子搶到馬前，把方天定扯下馬，一刀割了頭，卻騎了方天定的馬，一手提了頭，一手執刀，奔回杭州城。林沖、呼延灼領兵趕到六和塔，恰好迎著那漢子。二將認得是船火兒張橫。

那張橫嘴裡大叫：「我是張順，今天報仇了！」說完昏倒在地。眾人急急叫醒。張橫醒來，問：「我這是在哪裡？」眾人告知張橫，張橫得知兄弟張順已經去了。大哭一聲：「兄弟！」又昏倒了。眾人看那張橫時，四肢不舉，兩眼矇矓，七魄悠悠，三魂杳杳，趕緊救起。

這時，眾人才明白，這是張順魂靈借張橫之軀殺了方天定。大家為此感慨不已。

眾將都到城中歇下，左右來報：「阮小七從江裡上岸，進城來了。」

宋江叫到帳前問話，阮小七說：「小弟和張橫、侯健、段景住帶領水手，在海邊找到船隻，駛到海鹽等地方，指望進入錢塘江。沒想到風水不順，船被打出大洋裡去了。急急回來，又被風打破了船，眾人落在水裡。侯健、段景住不識水性，死在海中，眾多水手各自逃生去了。小弟凫水到了海口，進得赭山門，被潮水一直漾到半山，於是凫水回來。卻見張橫哥哥在五雲山江裡，本要上岸來，又不知他在哪裡。昨夜望見城中火起，又聽得連珠炮響，想必是哥哥在杭州城廝殺，所以從江裡上岸來。不知張橫到岸了沒有？」

宋江說起張橫之事，給阮小七知道，令他和自己的兩個哥哥相見了，仍舊管領水軍船隻。宋江傳令，先調水軍頭領，去江裡收拾江船，準備征進睦州。又想起張順如此通靈顯聖，在湧金門外，靠西湖邊，特意建立了廟宇，題名「金華太保」，宋江親自前去祭奠。後來收服方臘，宋江回京，奏知了這件事，特奉聖旨，敕封張順為「金華將軍」，廟食杭州。

第五十八回　鄧元覺中箭睦州城　盧俊義大戰昱嶺關

話說又早過了數十天。張招討派人送文書來，催促先鋒進兵。宋江和吳用請盧俊義商議：「這一去睦州，沿江可直抵賊巢。另去歙州，卻要從昱嶺關小路過去。現從這裡分兵征剿，不知賢弟兵取哪一路？」

盧俊義說：「主兵遣將，聽從哥哥嚴令，怎敢選擇？」

宋江說：「雖然如此，試看天命。」做兩隊分定了人數，寫成兩處鬮子，焚香祈禱，各鬮一處。宋江拈鬮得去睦州，盧俊義拈鬮得去歙州。

宋江說：「方臘賊巢，在清溪縣幫源洞中。賢弟取了歙州，可屯住軍馬，申文飛報給我，約好同攻清溪賊洞。」盧俊義請宋公明分調將佐軍校。

隨後，盧先鋒率領正偏將校，共計二十九員，隨行軍兵三萬人馬，辭別了劉都督，告別了宋江，領兵朝杭州進發。宋江這裡整頓船隻和軍馬，分撥正偏將校，選定日期，祭旗出師，水陸並進，船騎相迎。這時，杭州城內瘟疫盛行，已經病倒六員將佐：張橫、穆弘、孔明、朱貴、楊林、白勝。六人不能征進，就撥穆春、朱富照顧病人，共是八員，留在杭州。其餘眾將，都隨著宋江，前去攻打睦州，共計三十七員，沿江往富陽縣進發。

且不說兩路軍馬起程，再說柴進和燕青一起，自秀州李亭告別了宋先鋒，走到海鹽縣，在海邊乘船，過了越州，迤邐來到諸暨縣，又渡過漁浦，來到睦州界上。把關隘將校攔住他們，柴進說：「我是中原一個秀士，能知天文地理，善會陰陽，識得六甲風雲，辨別三光氣色，九流三教，無所不通，遙望江南有天子氣，所以前來，為什麼這樣閉塞賢路？」把關將校，聽柴進話語不俗，就詢問姓名。柴進回答：「我姓柯名引，一主一僕，投奔上國。」守將見說，留住柴進，派人來到睦州，報知右丞相祖士遠、參政沉壽、僉書桓逸、元帥譚高。四個人便使人接取柴進來到睦州相見，各自敘禮後，柴進的一段話，打動那四個要員，更因柴進一表非俗，坦然不疑。右丞相祖士遠大喜，便叫僉書桓逸，領柴進去清溪大內朝覲。

柴進、燕青跟隨桓逸，來到清溪帝都，先來參見左丞相婁敏中。柴進高談闊論，一片言語，婁敏中聽後大喜，就留柴進在相府中管待。又看了柴進、燕青出言不俗，知書通禮，已有八分歡喜。第二天早朝，等候方臘升殿，左丞相婁敏中出班啟奏：「中原是孔夫子的故鄉。今有一位賢士，姓柯名引，文武兼備，智勇雙全，善識天文地理，能辨六甲風雲，貫通天地氣色，三教九流，諸子百家，無不通達，今望天子氣而來，現在朝門外，等候我主傳宣。」

方臘說：「既然有賢士到來，便令白衣朝見。」各門大使傳宣，領柴進到殿下。拜舞起居，山呼萬歲，宣到跟前。

方臘見柴進一表非俗，有龍子龍孫氣象，心中大喜，敕賜錦墩命坐，管待御宴，加封為中書侍郎。從此柴進每天得以親近方臘，無非用一些阿諛美言諂佞，討得方臘高興。沒過半個月，方臘及內外官僚，沒有一個人不喜歡柴進。以後，方臘見柴進做事公平，盡心喜愛，便令左丞相婁敏中做媒，把金芝公主招贅柴進成為駙馬，封官主爵都尉。燕青改名雲壁，人們都稱他為雲奉尉。

這裡，宋江率領大隊人馬軍兵，離了杭州，望富陽縣進發。第二天，宋江調兵，水陸並進，一直來到烏龍嶺下，過嶺後就是睦州。宋江派阮小二、孟康、童猛、童威四個人，先用一半戰船上灘。阮小二得令後，帶了兩個副將，領著一千水軍，分做一百隻船上，搖旗擂鼓，唱著山歌，漸漸逼近烏龍嶺邊。原來烏龍嶺下，靠山那面，卻是方臘的水寨。那寨裡也屯紮著五百隻戰船，船上有五千多名水軍。

當日阮小二等人，乘著船隻，從急流下水，搖上灘來。南軍水寨已經得知了，為此，特意準備了五十個連火排。原來這火排，用大松杉木穿成，排上堆著草把，草把裡暗藏著硫磺、焰硝等引火物，竹索編住，排在灘頭。這裡阮小二和孟康、童威、童猛，只顧搖船上灘。南軍在上面看見，各打一面幹紅號旗，駕著四隻快船，順水搖船下來。阮小二看見，喝令水手放箭，那四隻快船返回。阮小二令乘勢趕上灘去，接著，阮小二望見灘上水寨裡船多，又不敢上去，正在遲疑，只見烏龍嶺上旗子一招，金鼓齊鳴，火排一齊點著，望下灘順風沖了下來，背後大船一齊喊起，都是長槍、撓鈎，隨火排下來。童威、童猛見勢大難近，便把船靠在岸邊，棄了船隻，爬過山邊，上了山，尋找路徑回寨。阮小二和孟康，還在船上迎敵，火排燒了下來。阮小二下水時，被後船趕上，一撓鈎搭住。阮小二心慌，怕被捉去受辱，於是扯出腰刀，自刎身亡。孟康見情況不妙，急要下水時，火排上火炮齊發，其中一炮正打中孟康的頭盔，把孟康透頂打做一堆肉泥。南軍借勢殺了下來。李俊和阮小五、阮小七都在後船，見前船失利，南軍沿江岸殺來，只得急忙把船轉頭，順水放下，奔桐廬岸來。

第二天，宋江仍整點軍馬，再要進兵。只見解珍、解寶說：「我們弟兄兩個，原來是獵戶出身，我們兩個裝做獵戶，爬上山去，放起一把火來，讓那賊兵大驚，以便逼賊兵棄關。」解珍、解寶穿了虎皮套襖，腰裡各挎一口快刀，提了鋼叉，辭了宋江，由小路望烏龍嶺上來。剛剛天晚，在路上撞著兩個伏路小軍，被二人殺死。到得嶺下，聽得嶺上寨內，更鼓分明，兩個不敢從大路走，於是攀藤攬葛，一步步爬上嶺來。這一夜月光明朗，如同白日，兩個人三停爬了二停，望見嶺上燈光閃閃。兩個人伏在嶺門邊，這時已經是後半夜。解珍暗暗地對兄弟說：「夜短，天快亮了。我們兩個上去吧。」兩個人又攀援上去。正爬到岩壁崎嶇的地方，兩個人只顧往上爬，手腳都不閒著，用搭膊拴住鋼叉，拖在背後，刮得竹藤亂響，早被山嶺上的人看見。解珍正爬在山凹處，只聽得上面叫了一聲：「著！」一撓鉤正搭住解珍頭髻。解珍急從腰裡拔得刀來，上面已把他提得腳懸空了。解珍心慌，連忙一刀，砍斷撓鉤，卻從空中墜了下來。可憐解珍做了半世好漢，從這百十丈高岩上，倒撞下來，死於非命。下面都是狼牙亂石，身軀粉碎。解寶見哥哥掉了下去，急忙退步下嶺時，上頭早已經滾下大小石塊，加上短弩弓箭，從竹藤裡射過來。可憐解寶也被射死在烏龍嶺邊。

宋江這時率兵到了東管，不去打睦州，先來取烏龍嶺關隘，卻好撞著鄧元覺。軍馬漸近，兩軍相迎，鄧元覺出馬挑戰。花榮看見，在宋江耳邊低聲說：「對付這個人除非如此如此。」宋江點頭稱是，就囑咐了秦明。兩將會意了。秦明首先出馬，和鄧元覺交戰。鬥到五六個回合，秦明回馬就走，眾軍四散。鄧元覺見秦明輸了，撇下秦明，奔過來要捉宋江。原來花榮早已準備好，保護著宋江，只等鄧元覺奔來，花榮滿滿地攀著弓，看得真切，照鄧元覺臉上颼的一箭。弓開滿月，箭發流星，正射中鄧元覺的臉。鄧元覺墜下馬，被眾軍殺死。然後，眾軍一齊向前捲殺，南兵大敗，抵敵不住，奔向睦州去了。宋兵直殺到烏龍嶺上，擂木、炮石，打了下來，仍不能上去。宋兵於是殺回來，先去攻打睦州。

且說宋江兵將，攻打睦州，未見分曉，忽聞探馬報來，說清溪救軍到了。宋江聽報，便令王矮虎、扈三娘出哨迎敵。夫妻二人，帶領三千馬軍，奔清溪路上來，正迎著鄭彪鄭魔君，王矮虎首先出戰。兩個人也不打話，排開陣勢，交馬便鬥。才到八九個回合，被鄭魔君一槍，戳下馬去。扈三娘看見，急忙揮舞雙刀去救，鄭魔君過來交戰，只戰一個回合，回馬便走。扈三娘要為丈夫報仇，追趕向前。鄭魔君歇住鐵槍，從身邊錦袋內，摸出一塊鍍金銅磚，扭回身，看著扈三娘面門上只一磚，把扈三娘打落馬下而死。

在後面的交戰中，宋江軍兵，又被鄭魔君運用手段，在一場混戰中，鄭魔君把武松的一支胳膊砍下，使武松成了廢人；而當時出戰的魯智深，又不知了去向。

又經過一番交戰，宋軍終於獲勝，鄭魔君被殺死，宋江率軍攻入城中，先一把火燒了方臘的行宮，把所有金帛，賞給三軍眾將，又出榜文安撫了百姓。就在這時，探馬飛報：「西門烏龍嶺上，馬麟被白欽一標槍刺中，石寶趕上，又向前一刀，把馬麟剁做兩段。燕順見了，向前來戰，又被石寶用流星錘打死。石寶得勝，現在正率軍乘勢殺來。」宋江聽說又折了燕順、馬麟，扼腕痛哭。過後，急派關勝、花榮、秦明、朱仝四員正將，前去迎戰石寶等人，並令關勝等人順勢奪取烏龍嶺關隘。

關勝等四將，飛馬向前，一直殺到烏龍嶺上，忽然發現，嶺上軍兵，已經自亂起來。原來嶺西已經被童樞密大驅人馬，由宋軍大將王稟率軍殺上嶺來。

這一邊，呂方、郭盛奔上山來奪嶺，還沒到嶺邊，山頭上飛下一塊大石頭，把郭盛連人帶馬打死在嶺邊。

宋軍兩面夾攻，嶺上混戰。呂方正好迎著白欽，兩個交手廝殺。鬥了不到三個回合，白欽一槍搠來，呂方閃開，白欽那條槍從呂方肋下戳個空。呂方這枝戟，卻被白欽撥了一個倒橫。兩將在馬上，施展不得，於是都棄了手中軍器，在馬上你我相互揪住。當時，兩個人正搏殺在山嶺險峻的地方，所乘的馬站不住腳，二將使得力猛，沒想到連人和馬都滾到嶺下去了。兩將跌死在那嶺下。

宋江眾將奪了烏龍嶺關隘，關勝急忙令人報知宋先鋒。

卻說副先鋒盧俊義，自從杭州分兵後，統領三萬人馬，正偏將佐二十八員，從山路往杭州進發，經過臨安鎮錢王故都，逼近昱嶺關前。守關把隘的，卻是方臘手下一員大將，綽號小養由基龐萬春，他是江南方臘國中第一個會射弓箭的。那盧先鋒軍馬逼近昱嶺關前，史進、石秀、陳達、楊春、李忠、薛永六員將校，帶領三千步軍，前去出哨。當時史進等六將，都騎著戰馬，其餘都是步軍，迤邐哨到關下，沒有撞見一個軍馬。史進在馬上心疑，正來到關前。看時，見關上立著那小養由基龐萬春，看到史進等人，哈哈大笑，颼的一箭，正射中史進，史進跌下馬去。五將一齊向前，救得史進上馬便回。又見山頂上一聲鑼響，左右兩邊松樹林裡，一齊放箭。五員將這時顧不得史進，紛紛逃命而去。轉過山嘴，對面兩邊山坡上，那弩箭如雨一般射來，即使有十分英雄，也躲不得這樣的箭矢。可憐水滸六員將佐，都做南柯一夢。做一堆兒被射死在關下。

盧先鋒得知，大憂。後來，又叫時遷前往昱嶺關再去探路，時遷得令後前去，遇到當地人，一番詢問，得知其中路徑。原來這昱嶺關後面另有一路，少有人知，而且不易攀登，所以龐萬春沒有用重兵設防。時遷回報，接著，盧先鋒又令時遷前往後山，上到關上，就勢放火。以配合宋軍正面攻關。

時遷得令，一步步摸到關上，爬在一株大樹頂頭，伏在枝葉稠密處，看那龐萬春、雷炯、計稷，持著弓箭踏弩，伏在關前，看見正面關前，宋兵一路用火燒上山來。中間林沖、呼延灼立馬在關下，大罵：「賊將怎敢抗拒天兵？」龐萬春等人卻待要放箭，時遷已經悄悄地溜下樹來，轉到關後，看見兩堆柴草，時遷便取出火刀、火石，發出火種，把火炮擱在柴堆上，先用一些硫磺、焰硝去燒那邊草堆，又來點著這邊柴堆。又點著了火炮。那兩邊柴草堆裡，一齊火起，火炮震天響。關上眾將，不殺自亂，發起喊來，眾軍都只顧走，哪裡有心迎敵。龐萬春急來關後救火，時遷就在屋脊上又放起火炮來。那火炮震得關屋也動，嚇得南兵棄了刀槍、弓箭、衣袍、鎧甲，都望關後奔走。時遷在屋上大叫：「已有一萬宋兵先過關了，你們快快投降，免你們一死！」龐萬春聽了，驚得魂不附體。林沖、呼延灼首先上山，早趕到關頂，眾將都要爭先，一齊趕過關去三十多里，追著南兵。盧先鋒就這樣占據了昱嶺關。

小養由基龐萬春敗回到歙州。

盧俊義度過昱嶺關後，催兵一直趕到歙州城下，當天就和諸將上前攻打歙州。城門打開，龐萬春率軍出來交戰。兩軍各列成陣勢，龐萬春出到陣前勒戰。宋軍隊裡歐鵬出馬，使根鐵槍和龐萬春交戰。兩個鬥了不過五個回合，龐萬春敗走，歐鵬要顯頭功，縱馬趕去。龐萬春扭過身軀，背射一箭。歐鵬手段高強，綽箭在手。原來歐鵬卻沒提防龐萬春放連珠箭，歐鵬綽了一箭，只顧放心去趕。弓弦響處，龐萬春又射來第二枝箭，歐鵬早被射著，墜下馬去。城上王尚書，見射中了歐鵬，便率領城中軍馬，一齊趕殺出來。宋軍大敗，退回三十里下寨，紮駐軍馬安營。整點兵將時，亂軍中又折了菜園子張青。孫二娘見丈夫死了，令手下軍人，找到屍首燒化，痛哭了一場。

第二天，龐萬春欲乘宋軍立足不穩，前去劫寨。不料宋軍早有準備。龐萬春所率南兵被宋軍團團包圍。龐萬春死命才撞透重圍，得以逃脫性命。正走著，湯隆伏在路邊，一鐮槍拖倒龐萬春所乘馬腳，活捉了龐萬春。眾將在山路裡趕殺南兵，然後都來到寨裡。盧先鋒先到中軍坐下，點本部將佐時，丁得孫在山路草中，被毒蛇咬了腳，毒氣入腹而死。於是，盧先鋒下令，把龐萬春割腹剜心，祭獻歐鵬、史進等人。

接著，盧先鋒和諸將再進兵來到歙州城下，見城門不關，城上並無旌旗，城樓上也沒有軍士。單廷、魏定國兩個人要奪頭功，率軍殺入城去。後面中軍盧先鋒趕到時，只叫得苦，那二將已到城門裡了。原來南軍見折了劫寨人馬，只詐做棄城而走，在城門裡掘下陷坑。二將是一夫之勇，首先入來，沒想到連人帶馬，陷在坑裡。那陷坑兩邊，埋伏著長槍手、弓箭軍士，一齊向前戳殺，兩將便死在坑中。

第五十九回　宋公明智取清溪洞　魯智深坐化六和寺

話說在這之後，盧先鋒再次組織大軍向城上衝擊，遂攻破了該城。

卻說王尚書正往外逃走，正撞著李雲，被截住廝殺。王尚書挺槍向前，李雲卻是步鬥。那王尚書槍起馬到，早把李雲踏倒。石勇見衝翻了李雲，便衝突向前，急來救時，王尚書一條槍神出鬼沒，石勇如何抵擋得住？王尚書戰了幾個回合，給了石勇一槍，石勇身死。城裡卻早奔出孫立、黃信、鄒淵、鄒閏四將，截住王尚書。那王寅王尚書力敵四將，並無懼怯。沒想到又撞出林沖，這個又是一個會廝殺的，那王寅就是有三頭六臂，也敵不過五將。眾人齊上，亂槍戳殺了王寅。

再說宋江和吳用分調軍馬，派關勝、花榮、秦明、朱仝四員正將作為前隊，領軍直進清溪縣界，正迎著南國皇侄方傑。兩下軍兵，各列陣勢。南軍陣上，方傑橫戟出馬，杜微步行在後。那杜微橫身掛甲，背藏飛刀六把，手中仗著一口七星寶劍，跟在後面。兩將出到陣前。宋江陣上秦明，首先出馬，手舞狼牙大棍，直取方傑。那方傑年輕後生，精神一抖，那枝戟使得精熟，和秦明連鬥了三十多個回合，不分勝敗。方傑見秦明手段高強，也使出自己平生學識，不容半點空閒。兩個正鬥到難解難分。杜微那傢伙，在馬後見方傑戰秦明不下，閃了出來，掣起飛刀，望秦明臉上飛來。秦明急躲飛刀，卻被方傑一方天戟戳下馬去，死於非命。方傑一戟戳死了秦明，卻不敢追過對陣，宋兵小將急用鈎撓搭得屍首過來。宋軍見說折了秦明，全都失色。

宋江大隊軍馬，這時來到清溪縣。方傑、杜微出陣，抵不住宋軍的攻勢。方傑在交戰中，只好逃走。杜微也尋找一個地方躲了起來。就這樣，宋江眾將殺入方臘宮中，收拾違禁器仗、金銀寶物，搜檢內裡庫藏，在殿上放起火，把方臘內外宮殿，全部燒毀；府庫錢糧，搜索一空。宋江會合盧俊義軍馬，屯駐在清溪縣內，聚集眾將，都來請功受賞。整點兩處將佐時，郁保四、孫二娘，都被杜微用飛刀傷害；鄒淵、杜遷在馬軍中被踏殺；李立、湯隆、蔡福，各帶重傷，醫治不癒身死；阮小五在清溪縣，被婁丞相殺死。眾將捉得南國偽官九十二員，只是不見婁丞相、杜微下落。

宋江一面先出榜文，安撫百姓，把那活捉的偽官解赴張招討軍前，斬首示眾。後來有百姓說，婁丞相因為殺了阮小五，見大兵打破清溪縣，自縊松林而死。杜微那傢伙，躲在他原來養的娼妓王嬌嬌家，被他的社老向宋江報了密，杜微就這樣被捉了。宋江賞了社老，令人先取了婁丞相首級，叫蔡慶把杜微剖腹剜心，滴血享祭秦明、阮小五、郁保四、孫二娘，以及攻打清溪陣亡的眾將。宋江親自拈香祭過，第二天和同盧俊義起軍，直抵幫源洞口。

那方臘只得方傑保駕，走到幫源洞大內，屯駐人馬，堅守洞口，不出來迎敵。宋江、盧俊義軍馬圍住了幫源洞，卻無計可入。

兩軍困住已經數天，方臘忽然見殿下一大臣，願意率兵出擊。方臘見了大喜，便傳敕令，盡點山洞內府兵馬，叫由這個大臣率兵出洞，和宋江相持。

卻說宋江軍馬困住洞口，只聽得前軍來報：「洞中有軍馬出來。」宋江、盧俊義見報，急令諸將上馬，率軍出戰，擺開陣勢，看那南軍陣裡，當先出戰的正是柯駙馬。宋江軍中，誰不認得是柴進？宋江便令花榮出馬迎敵。

柯駙馬大喊：「我是山東柯引，誰不聞我大名？量你們這一夥，是梁山泊的強徒草寇，有什麼了不起！偏俺不如你們？我定把你們殺盡，克復城池，以遂我願！」

宋江和盧俊義在馬上聽了，尋思柴進嘴裡說的話，知他心裡的事。他把「柴」字改做「柯」字，「柴」即是「柯」。「進」字改做「引」字，「引」即是「進」。

當時，花榮挺槍躍馬，來戰柯引。兩馬相交，二般軍器並舉。兩將鬥著鬥著，絞做一團，扭做一塊。柴進低低地說：「兄長可先詐敗，來日議事。」花榮聽了，略戰了三個回合，撥回馬就走。

花榮跑馬回陣，對宋江、盧俊義說明。吳用說：「再叫關勝出戰。」

當時關勝舞起青龍偃月刀，飛馬出戰，大喝：「山東小將，敢和我打？」

那柯駙馬挺槍，前來迎敵。兩個交鋒，鬥了不到五個回合，關勝也詐敗佯輸，走回本陣。柯駙馬不趕，只在陣前大喝：「宋兵還有強將嗎？過來和我對敵！」

宋江再叫朱仝出陣，和柴進交鋒。往來廝殺，只瞞著眾軍。兩個鬥不過五六個回合，朱仝詐敗而走。柴進趕來虛搠一槍，朱仝棄馬跑回本陣，南軍搶得這匹好馬。柯駙馬招動南軍，殺了過來，宋江急令諸將率軍退去十里下寨。柯駙馬領軍追趕了一程，然後收兵，退回到洞中。

已有人先去報知方臘，說：「柯駙馬十分英雄，戰退宋兵，連勝三將。宋江又折一陣，被殺退十里。」方臘大喜，安排了御宴。第二天一早，方臘設朝，叫洞中敲牛宰馬，令三軍飽食，各自披掛上馬，離開幫源洞口，搖旗發喊，擂鼓搦戰。方臘卻領著內侍近臣，登上幫源洞山頂，看柯駙馬廝殺。

宋江當天傳令，囑咐眾將：「今天廝殺，非比平時，正是要緊的時候。你們軍將，要各各用心，擒獲賊首方臘，不得殺害。你們眾軍士，只看南軍陣上柴進回馬帶領，就順勢殺進洞中，並力追捉方臘，不可違誤！」三軍諸將得令，各自摩拳擦掌，掣劍拔槍，都要擄掠洞中金帛，活捉方臘，建功請賞。

當時宋江眾將，都到洞前，把軍馬擺開，列成陣勢。只見南兵陣上，柯駙馬立在門旗之下，正要出戰，只見皇姪方傑立馬橫戟，說：「都尉先等一等，看方某先斬宋兵一將，然後都尉出馬，用兵對敵。」

望見燕青跟在柴進後頭，眾將都喜：「今天計策必成！」人人自行準備。那皇姪方傑，爭先縱馬搦戰。宋江陣上，關勝出馬，舞起青龍刀，和方傑對敵。兩將交馬，一往一來。一翻一覆，戰不過十多個回合，宋江又遣花榮出陣，共戰方傑。方傑見二將前來夾攻，全無懼怯，力敵二將。又戰了數個回合，雖然難見輸贏，方傑也只是遮攔躲避。宋江隊裡，再派出李應、朱仝，驟馬出陣，並力追殺。方傑見四將夾攻，這才撥回馬頭，望本陣中就走。柯駙馬卻在門旗下截住，用手一招，宋將關勝、花榮、朱仝、李應四將趕了過來。柯駙馬挺起手中鐵槍奔來，直取方傑。方傑見勢不妙，急忙下馬逃命時，措手不及，早被柴進一槍戳著。背後雲奉尉燕青趕上一刀，殺了方傑。

南軍眾將驚得呆了，各自逃生，柯駙馬大叫：「我不是柯引，我是柴進，宋先鋒部下正將小旋風！隨行雲奉尉，是浪子燕青。如今已知洞中情形，如果有人活捉方臘，高官任做，細馬揀騎。投降的人，都免血刃，抗拒者全家斬首！」喊完，回身帶領四將，招起大軍，殺進洞中。方臘領著內侍近臣，在幫源洞頂上，看見殺了方傑，三軍潰亂，情知事急，一腳踢翻了金交椅，望深山中奔走。

宋江領著大隊軍馬，分開五路，殺進洞來，爭先捉拿方臘，沒想到方臘已經逃去，只拿得侍從人員。燕青搶進洞中，叫了數個心腹，到那庫裡，擄了兩擔金珠細軟，就在內宮禁苑，放起一把火。柴進殺進東宮時，那金芝公主已經自縊身死。柴進見了，就連宮苑燒化，以下的人，放其各自逃生。眾軍將進入正宮，殺盡嬪妃彩女、親軍侍御、皇親國戚，擄掠了方臘內宮的金帛。宋江大縱軍將，入宮搜尋方臘。

卻說阮小七殺進內苑深宮裡面，搜出一個箱子，卻是方臘偽造的平天冠、袞龍袍、碧玉帶、無憂履。阮小七看見上面都是珍珠異寶，龍鳳錦文，心想：「這是方臘穿的，我就穿穿，也沒什麼關係。」便把袞龍袍穿了，繫上碧玉帶，著了無憂履，戴起平天冠，跳上馬，手執鞭，跑出宮前。三軍眾將，只道是方臘，一齊鬧動，搶來看時，卻是阮小七，眾人大笑。這阮小七也只當好玩，騎著馬東走西走，看那眾將搶擄。正在那裡鬧動，早有童樞密帶來的大將王稟、趙譚入洞助戰。聽得三軍鬧嚷，只說拿得方臘，都來爭功。卻見是阮小七穿了御衣，戴著天平冠，在那裡嬉笑。

王稟、趙譚大罵：「你這傢伙難道要學方臘嗎?做這等樣子!」

阮小七大怒，指著王稟、趙譚，說：「你們這兩個，算得什麼鳥！如果不是俺哥哥宋公明，你們這兩個驢馬頭，早被方臘砍下了!今天我們眾將弟兄成了功勞，你們顛倒來欺負！朝廷不知情形，只道是兩員大將協助成功。」王稟、趙譚聽了大怒，便要和阮小七火拚。當時阮小七奪了小校手中的槍，奔上來要戳王稟。呼延灼看見，急忙飛馬隔開，這時，自有軍校報知宋江。宋江飛馬到來，見阮小七穿著御衣，宋江、吳用把阮小七喝下馬來，剝下違禁衣服，扔在一邊。宋江陪話解勸。王稟、趙譚二人雖然被宋江及眾將勸和了，只是記恨在心。

當時宋江眾將率軍都來洞口屯駐，下了寨柵，計點生擒人數，只有賊首方臘沒有獲得。

卻說方臘從幫源洞山頂逃走，望深山曠野，透嶺穿林，脫了赭黃袍，丟去金花樸頭，脫下朝靴，穿上草履麻鞋，爬山奔走，要逃性命。連夜過了五座山頭，走到一處山凹邊，見到一個草屋，嵌在山凹裡。方臘肚裡飢餓，卻待要去討點飯吃，只見松樹背後轉出一個胖大和尚，把他一禪杖打翻在地，取出一條繩索綁了。那和尚不是別人，正是花和尚魯智深。魯智深捉拿了方臘，帶到草屋中，取了一些飯吃，正要解押出山，卻好迎著搜山的軍健，魯智深見到宋先鋒。宋江見拿了方臘，大喜，便問：「我師，你怎麼正好等得這個賊首？」魯智深說：「我自從在烏龍嶺萬松林裡廝殺，追趕南兵入深山裡去，被我殺了貪戰賊兵，一直趕到亂山深處。迷路了！」

且說先鋒使宋江思念亡過眾將，潸然淚下，這時，患病留在杭州的張橫、穆弘等六人，包括負責照顧的朱富、穆春，共是八人。後來，除了楊林、穆春歸來。其他人都患病死了。

宋江和盧俊義收拾軍馬將校人員，跟隨張招討回到杭州，聽候聖旨，班師回京。眾多將佐功勞，造成冊，上了文簿，進呈御前。

宋江看了部下正偏將佐，只剩得三十六員。那三十六人是：

呼保義宋江　玉麒麟盧俊義　智多星吳用
大刀關勝　豹子頭林沖　雙鞭呼延灼
小李廣花榮　小旋風柴進　撲天雕李應
美髯公朱仝　花和尚魯智深　行者武松
神行太保戴宗　黑旋風李逵　病關索楊雄
混江龍李俊　活閻羅阮小七　浪子燕青
神機軍師朱武　鎮三山黃信　病尉遲孫立
混世魔王樊瑞　轟天雷凌振　鐵面孔目裴宣
神算子蔣敬　鬼臉兒杜興　鐵扇子宋清
獨角龍鄒閏　一枝花蔡慶　錦豹子楊林
小遮攔穆春　出洞蛟童威　翻江蜃童猛
鼓上蚤時遷　小尉遲孫新　母大蟲顧大嫂

當時，宋江和眾將，率兵馬離開了睦州，回到杭州。屯兵在六和塔，眾將都在六和寺安歇。先鋒使宋江、盧俊義早晚入城聽令。

魯智深和武松在寺中一處休息聽候，看見城外江山秀麗，景物非常，心中歡喜。這一夜月白風清，水天共碧，二人正在僧房裡，睡到半夜，忽然聽得江上潮聲雷響。魯智深是關西漢子，不懂得浙江潮信，只道是戰鼓響，賊人前來，跳了起來，摸了禪杖，大喝著，奔搶出來。

眾僧吃了一驚，都來詢問：「師父怎麼了？要到哪裡去？」

魯智深說：「我聽得戰鼓響，要出去廝殺。」

眾僧都笑了，說：「師父聽錯了！不是戰鼓響，是錢塘江潮信響。」

魯智深見說，吃了一驚，問：「師父，怎麼叫做潮信響？」

寺內眾僧，推開窗戶，指著那潮頭，讓魯智深看，說：「這潮信日夜兩次來，不違時刻。今天是八月十五，正應此刻潮來。由於從不失信，所以謂之潮信。」

魯智深看了，心中忽然有所領悟，於是，前去洗浴，然後換了一身御賜的僧衣，叫來部下軍校：「去報告宋公明先鋒哥哥，來看看我。」又從寺內眾僧那裡討來紙筆，寫了一篇頌子，在法堂上拿過一把禪椅，坐了。焚起一爐好香，放了那張紙在禪床上，疊起兩隻腳，左腳搭在右腳，自然天性騰空。等到宋公明見報，急領眾頭領來看時，魯智深已經坐在禪椅上不動了。這也是魯智深成了正果，按下不表。

當時，宋江又看視了武松，武松雖然不死，已成廢人。武松對宋江說：「小弟今已殘疾，不願赴京朝覲。願將身邊金銀賞賜，都獻納在這六和寺中，陪堂公用，做個清閒道人，那就十分好了。哥哥造冊，不要寫小弟。」

宋江只得說：「任從你心！」武松從此以後，只在六和寺中出家，後來到八十善終，這是後話。

半月中間，朝廷天使到來，奉聖旨令先鋒宋江等班師回京。張招討，童樞密，都督劉光世，大將王稟、趙譚，以及中軍人馬，陸續先回京師去了。宋江隨即收拾軍馬回京。快要起程時，沒想到林沖染患風病，癱了，楊雄發背瘡而死，時遷又得了攪腸痧而死。宋江見了，感傷不已。丹徒縣又申報文書，報說楊志已死，葬在本縣山園。林沖風癱，又不能治癒，就留在六和寺中，讓武松照顧，以後沒過半年，也身亡了。

再說宋江和眾將，離開杭州，望京師進發。那浪子燕青，便私自來勸主人盧俊義，說：「小乙自幼隨侍主人，蒙恩感德，一言難盡。如今，大事已成，我想和主人一起納還原受官誥，隱跡埋名，找個僻淨地方，以終天年。不知主人怎麼想？」

盧俊義說：「我自從在梁山泊歸順宋朝以來，俺弟兄們身經百戰，勤勞不易，邊塞苦楚，弟兄損折，幸存我一家二人性命。正要衣錦還鄉，圖個封妻蔭子，你如何卻要這麼一個沒結果？」

燕青笑著說：「主人錯了！小乙這一去，正是有結果，只怕主人這一去無結果呢。」

燕青，可謂是知進退存亡之機。

盧俊義說：「你離開我，要到哪裡去？」

燕青說：「也只在主公前後。」

盧俊義笑了，說：「原來也只是這樣。看你能到哪裡去！」

燕青當即納頭拜了八拜，夜間收拾了一擔金珠寶貝，竟不知到哪裡去了。

第六十回 盧俊義魂歸淮河 宋公明靈顯蓼窪

話說宋兵人馬，迤邐前進，來到蘇州城外時，只見混江龍李俊詐稱中風，倒在床上。手下軍人來報宋先鋒。

宋江見報，親自帶領醫人前來看治，李俊便說：「哥哥不要耽誤了回軍的期限，不要被朝廷見責。哥哥如果憐憫李俊，可以丟下童威、童猛，照顧兄弟。等病體痊癒，隨後趕來朝覲。哥哥軍馬，請自赴京。」

宋江見說，心裡雖不以為然，倒也沒有疑慮，留下李俊、童威、童猛三人，和眾將上馬赴京去了。

且說李俊三人來尋費保四人，不負前約，七個人都在榆柳莊上商議定了，把全部家私拿出來打造船隻，後從太倉港出海，投到外國去了。李俊後來成為暹羅國之主，童威、費保等人都做了國外官職，自取其樂，另霸海濱，這是李俊的後話。

宋江軍馬回京，朝見天子。徽宗天子覽表，嗟嘆不已，說：「卿等一百八人，上應星曜，今只有二十七人見存，又辭去了四個，真是十去其八啊！」隨即降下聖旨，把這已歿于王事的正將偏將，各授名爵。正將封為忠武郎，偏將封為義節郎。如有子孫，就令赴京，照名承襲官爵；如無子孫，敕賜立廟，所在享祭。

唯有張順顯靈有功，敕封「金華將軍」。僧人魯智深擒獲賊寇有功，善終坐化於大剎，加贈「義烈昭暨禪師」。武松對敵有功，傷殘折臂，現在六和寺出家，封為「清忠祖師」，賜錢十萬貫，以終天年。已故女將二人：扈三娘加贈「花陽郡夫人」，孫二娘加贈「旌德郡君」。

朝覲時，除先鋒使另封外，正將十員，各授武節將軍，諸州統制；偏將十五員，各授武奕郎，諸路都統領；管軍管民，省院聽調。女將一員顧大嫂，封授「東源縣君」。

先鋒使宋江加授武德大夫、楚州安撫使，兼兵馬都總管。

副先鋒盧俊義加授武功大夫、廬州安撫使，兼兵馬副總管。

軍師吳用授武勝軍承宣使。

關勝授大名府正兵馬總管。

呼延灼授御營兵馬指揮使。

花榮授應天府兵馬都統制。

柴進授橫海軍滄州都統制。

李應授中山府鄆州都統制。

朱仝授保定府都統制。

戴宗授兗州府都統制。

李逵授鎮江潤州都統制。

阮小七授蓋天軍都統制。

且說宋江衣錦還鄉後，又回到東京，和眾弟兄相會，令其每人收拾行裝，前往任所。這時，神行太保戴宗來探望宋江，二人坐下閒話。只見戴宗起身，說：「小弟已蒙聖恩，除授兗州都統制。今天情願納下官誥，要去泰安州嶽廟裡，陪堂求閒，實為萬幸。」

宋江問：「賢弟為什麼有這樣的念頭？」

戴宗說：「兄弟夜來夢見崔府君勾喚，因此起了這片善心。」

宋江說：「賢弟生身，既為神行太保，今後必做嶽府靈聰。」相別之後，戴宗納還了官誥，到了泰安州嶽廟裡，陪堂出家，每天殷勤奉祀聖帝香火，十分虔誠。後經數月，一夕無恙，請眾道伴相辭作別，大笑而終。後來在嶽廟裡多次顯靈，州人廟祝，隨塑戴宗神像在廟裡，胎骨是他的真身。

又有阮小七受了誥命，辭別宋江，往蓋天軍做都統制職事。沒過數月，被大將王稟、趙譚懷挾幫源洞辱罵舊恨，多次在童貫樞密面前訴說阮小七的過失。童貫把這件事告訴了蔡京，奏過天子，請降了聖旨，移下公文，追奪阮小七本身的官誥，復為庶民。阮小七見了，心中也自歡喜，帶了老母，回到梁山泊石碣村，依舊打魚為生，奉養老母，以終天年，後來壽至六十而亡。

且說小旋風柴進在京師，見戴宗納還官誥，求閒去了；又見說朝廷追奪了阮小七官誥，只是因為戴了方臘的平天冠、龍衣玉帶，罰為庶民，尋思：「我也曾經在方臘那裡做駙馬，如果日後奸臣們知道，在天子面前讒佞，見責起來，追了誥命，豈不受辱？不如自識時務，免受玷辱。」於是推稱風疾，難以任用，情願納還官誥，求閒為農。後辭別眾官，再回滄州橫海郡為民，自在過活。忽然有一天，無疾而終。

李應受中山府都統制，赴任半年，得知柴進求閒去了，也推稱風癱，不能為官，申達省院，繳納官誥，復還故鄉獨龍崗村中過活。後和杜興一處做了富豪，都得善終。

關勝在北京大名府總管兵馬，極得軍心，眾人都十分欽服。一天，操練軍馬回來，因為大醉，失腳落馬，得病身亡。呼延灼受御營指揮使，每天隨駕操備。後來率領大軍，破大金兀朮四太子，出軍殺到淮西，陣亡。只有朱仝在保定府管軍有功，後來跟隨劉光世破了大金，一直做到太平軍節度使。

花榮和妻小妹子，前赴應天府到任。吳用是個單身，只帶了隨行安童，去武勝軍到任。李逵也是獨自帶了兩個僕人，來到潤州到任。

再說宋江、盧俊義在京師，分派了眾將賞賜，各各令其赴任。歿於王事的將領，給其家眷人口，發給恩賞錢帛金銀，各送回故鄉，聽從其便。再有在京偏將一十五員，除兄弟宋清還鄉為農外，杜興跟隨李應還鄉去了；黃信仍任青州；孫立帶著兄弟孫新、顧大嫂，並妻小，仍舊到登州任用；鄒潤不願為官，回到登雲山去了；蔡慶跟隨關勝，仍回北京為民；裴宣和楊林商議了，自回飲馬川，求閒去了；蔣敬思念故鄉，願回潭州為民；朱武投授樊瑞道法，兩個做了全真先生，雲遊江湖，去投靠公孫勝出家，以終天年；穆春回到揭陽鎮鄉中，復為良民；凌振炮手非凡，仍受火藥局御營任用。原在京師偏將五員：安道全欽取回京，就在太醫院做了金紫醫官；皇甫端原受御馬監大使；金大堅已在內府御寶監為官；蕭讓在蔡太師府中受職，成了門館先生；樂和在駙馬王都尉府中盡老清閒，終身快樂，不在話下。

且說宋江自和盧俊義分別後，各自前去赴任。盧俊義也無家眷，帶了數個伴當，望廬州去了。宋江謝恩辭朝，告別了省院眾官，帶著幾個家人僕從，前往楚州赴任。自此相別，都各分散去了，也不在話下。

此時，卻是蔡京、童貫、高俅、楊戩四個賊臣，見到天子重禮厚賜宋江等這夥將校，心內好生不快。賊臣計議定了，令心腹人出來尋覓到兩個廬州土人，寫狀子，叫他們去樞密院首告盧安撫，說盧安撫在廬州招軍買馬，積草屯糧，意欲造反，使人常往楚州，結連安撫宋江，通情起義。入內啟奏了天子。

天子說：「可把他們叫來，寡人親自詢問。」

蔡京、童貫又奏：「盧俊義是一猛獸，未保其心。如果驚動了他，必然走透消息，十分不便，今後難以收捕。只可賺來京師，陛下親自賜他御膳御酒，用聖言撫諭，窺其虛實動靜。如果無事，不必究問，也顯得陛下不負功臣之念。」

上皇准奏，隨即降下聖旨，派一使命前往廬州，宣取盧俊義到朝，有委用的事。盧俊義聽了聖旨，便和使命離開廬州，一齊上馬來京。路上無話，早到東京皇城司前歇了。第二天，早到東華門外，伺候早朝。時有太師蔡京、樞密院童貫、太尉高俅、楊戩，帶領盧俊義來到偏殿，朝見上皇。拜舞過後，天子說：「寡人想見卿一面。」又問：「廬州可好？」

盧俊義再拜，上奏：「託賴聖上洪福齊天，那裡的軍民，也都安泰。」

上皇又問了一些閒話，看看快到了中午，尚膳廚官啟奏：「進呈御膳在此，不敢擅便，乞取聖旨。」這時，高俅、楊戩已把水銀暗地放在御膳裡面，供呈在御案上。天子當面把膳賜給盧俊義。盧俊義拜受而食。

盧俊義當夜回廬州來，覺得腰腎疼痛，動彈不得，不能乘馬，只得坐船回來。來到泗州淮河，天數將盡，自然生出事來。當夜大醉，要站在船頭上消遣觀景，沒想到水銀墜下腰胯及骨髓裡去，站立不牢，也加上酒後失腳，掉在淮河裡而死。從人打撈起屍首，葬在泗州高原深處。本州官員動文書申覆省院，不在話下。

且說蔡京、童貫、高俅、楊戩四個賊臣，計較定了，把泗州申達文書，早朝奏聞天子，說：「泗州申覆盧安撫經過淮河，因酒醉墜水而死。臣等省院，不敢不奏。今盧俊義已死，只恐怕宋江心內設疑，別生他事。乞陛下聖鑒，可派天使，持御酒往楚州賞賜，以安其心。」

上皇沉吟良久，本想不准，不知其心，意欲准行，誠恐有弊。上皇無奈，最終被奸臣讒佞所迷惑，於是，降御酒二樽，派天使一人，前往楚州，限馬上就行。眼見得這個使臣也是高俅、楊戩二賊手下的心腹之輩，天數只叫宋公明命盡，這幫奸臣在御酒內放了慢藥，卻讓天使持著，前往楚州。

宋公明自從到楚州，兼管總領兵馬。公事之余，時常出城郭遊玩。原來楚州南門外，有一個地方，地名叫做蓼兒窪。這裡四面都是水港，中有高山一座。其山秀麗，松柏森然，頗有風水。雖然是一個小地方，其內山峰環繞，龍虎盤踞，曲折峰巒。四圍港汊，前後湖蕩，儼然是梁山泊水滸寨一樣。宋江看了，心中大喜，想道：「我如果死在這裡，堪為陰宅。」只要有空，常去遊玩，樂情消遣。

話休絮煩。自從宋江到任以來，不到半年，時是宣和六年首夏初旬，忽然聽得朝廷降賜御酒到來，和眾人出城郭迎接。天使捧過御酒，讓宋安撫飲下。宋江也把御酒回勸天使，天使推稱自來不會飲酒。天使回京。

宋江自飲了御酒後，感覺肚腹疼痛，心中疑慮，想被下藥在酒裡。急令從人打聽那來使時，在路上館驛裡，那天使卻又飲酒。宋江已知中了奸計，必是賊臣們下了藥酒，乃嘆了口氣，說：「我自幼學儒，長而通吏，不幸失身於罪人，並沒有存半點異心。今天天子輕聽讒佞，賜我藥酒，得罪何辜。我死沒關係，只有李逵現在潤州做都統制，他如果得知朝廷有這樣的奸弊，必然再去嘯聚山林，把我們一世清名忠義之事都搞壞了。只除非是這樣行事才好。」於是，連夜叫人往潤州讓李逵星夜前來楚州，別有商議。

且說李逵自到潤州做都統制，只是心中悶倦，和眾人天天飲酒，只愛貪杯。聽得宋江派人到來有請，李逵說：「哥哥叫我，必有話說。」便和幹人下了船，直到楚州，來到州治，拜見宋江。

宋江對李逵說：「兄弟，自從分散之後，日夜只是想念眾人。吳用軍師，武勝軍又遠，花知寨在應天府，只有兄弟在潤州鎮江，離我這裡較近，現特請你來商量一件大事。」

李逵問：「哥哥，什麼大事？」

宋江說：「你先飲酒！」宋江把李逵請進後廳，有現成的杯盤，隨即管待李逵，吃喝了半天。酒至半酣，宋江便說：「賢弟不知，我聽得朝廷派人持藥酒來，賜給我飲下。如死，卻是怎麼好？」

李逵大叫一聲，說：「哥哥，反了吧！」

宋江說：「兄弟，軍馬全都沒了，兄弟們又各自分散了，怎麼反得成？」

李逵說：「我鎮江那裡有三千軍馬，哥哥這裡的楚州軍馬，全部點起來，加上百姓，再招軍買馬！只是再上梁山泊倒快活！強似在這奸臣們手下受氣！」

宋江說：「兄弟先別著急，再有計較。」

原來那接風酒內，已經下了慢藥。當夜李逵飲了酒，第二天，宋江備舟相送。李逵說：「哥哥什麼時候起義兵，我那裡也起軍前來接應。」

宋江說：「兄弟，你不要怪我！前幾天朝廷派來天使，賜藥酒給我服了，我死在旦夕。我為人一世，只主張『忠義』二字，不肯有半點欺心。今天朝廷賜死無辜，寧可朝廷負我，我忠心不負朝廷。我死之後，恐怕你造反，壞了我梁山泊替天行道忠義之名。因此，請你來，相見一面。昨天酒中，已給你慢藥服了，你回到潤州必死。你死之後，可來這楚州南門外，那裡有一個蓼兒窪，風景和梁山泊無異，我和你陰魂相聚。我死之後，屍首定葬在這裡，我已看定了！」說完，墮淚如雨。

李逵見說，也垂下淚，說：「罷，罷，罷！生時服侍哥哥，死了也只是哥哥部下的一個小鬼！」說畢淚下，當時就覺得身體有些沉重。李逵拜別宋江下船，回到潤州，果然藥發身死。李逵臨死前，囑咐從人：「我死後，千萬要把我的靈柩送到楚州南門外蓼兒窪和哥哥一處埋葬。」從人置備棺木，扶柩而往。

再說宋江自從與李逵別後，心中傷感，思念吳用、花榮，不得會面。當夜藥發臨危，囑咐從人親隨：「可遵照我的話，把我的靈柩，安葬在南門外蓼兒窪高原深處，我必報你們眾人之德。」說完而逝。宋江從人置備棺木，依禮殯葬。楚州官吏不負遺囑，和親隨人從、本州吏胥老幼，扶宋公明靈柩，葬在蓼兒窪。數天之後，李逵靈柩，也從潤州到來，葬在宋江墓側，不在話下。

卻說武勝軍承宣使軍師吳用，自從到任後，常常心中不樂，於是收拾行李，往楚州來，這才知道消息。吳用安排祭儀，來到南門外蓼兒窪，找到墳塋，祭奠了宋公明、李逵，正準備在墓前自縊，只見花榮從船上飛奔到墓前，見到吳用。吳用說：「吳某心中想念宋公明恩義，交情難報，正準備在這裡自縊，欲魂魄和仁兄同聚一處。身後的事，託付給賢弟。」

花榮說：「軍師既然有心，小弟願意隨從，也和仁兄同歸一處。」兩個人於是大哭一場，雙雙懸在樹上，自縊而死。後被葬在蓼兒窪宋江墓側，成東西四丘。楚州百姓，感念宋江仁德，忠義兩全，建立祠堂，四時享祭，人們祈禱，無不感應。

宿太尉把事情上奏天子。上皇聽說，不勝傷感。第二天早朝，天子大怒，當著百官面，責罵高俅、楊戩：「敗國奸臣，壞寡人天下！」二人俯伏在地，叩頭謝罪。上皇最終被四賊婉言掩飾，故不加罪，只是喝退高俅、楊戩，便叫追索原御酒使臣。沒想到那使臣自從離開楚州回還，已經死在路上。

宿太尉第二天又在偏殿見上皇，再把宋江忠義顯靈的事，奏聞天子。上皇准宣宋江親弟宋清，承襲宋江名爵。這時，宋清已經感風疾在身，不能為官，上表辭謝，只願在鄆城為農。上皇憐其孝道，賜錢十萬貫、田三千畝，以贍其家。等有子嗣，朝廷錄用。後來宋清生了一子，名叫宋安平，應過科舉，官至祕書學士，這是後話。

再說上皇根據宿太尉所奏，親書聖旨，敕封宋江為忠烈義濟靈應侯，仍敕賜錢，在梁山泊起蓋廟宇，大建祠堂，裝塑宋江等眾多歿于王事將佐神像。敕賜殿宇牌額，御筆親書「靖忠之廟」。

後來，宋公明經常顯靈，百姓四時享祭不絕。梁山泊內祈風得風，禱雨得雨。楚州蓼兒窪也屢顯靈驗。這裡的人民，重建大殿，添設兩廊，奏請賜額。裝塑神像三十六員在正殿，兩廊仍塑七十二將。年年享祭，萬民頂禮，至今古蹟尚存。

有詩曰：

生當鼎食死封侯，男子平生志已酬。
鐵馬夜嘶山月曉，玄猿秋嘯暮雲稠。
不須出處求真跡，卻喜忠良作話頭。
千古蓼窪埋玉地，落花啼鳥總關愁。